KB121700

우리의
문학
수업

우리의 문학 수업

1판 1쇄 | 2019년 2월 12일   1판 3쇄 | 2020년 5월 21일

글쓴이 | 조향미
펴낸이 | 조재은
편집부 | 김명옥 육수정
영업관리부 | 조희정 정영주

펴낸곳 | (주)양철북출판사
등록 | 2001년 11월 21일 제25100-2002-380호
주소 | 서울시 마포구 양화로8길 17-9
전화 | 02-335-6407   팩스 | 0505-335-6408
전자우편 | tindrum@tindrum.co.kr
ISBN | 978-89-6372-286-3 04810   값 | 14,000원
ISBN | 978-89-6372-288-7 04810 (세트)

편집 | 김명옥   디자인 | 표지 · 김선미 본문 · 신용진

우리의
문학
수업

조향미 씀

양철북

문학을 즐기는 문학 교육

열 살 때 도시로 이사 와서 교과서가 아닌 책을 처음 읽었다. 내 첫 책은 《엄지 공주》였다. 그 뒤로 책이 좋았다. 알프스의 소녀 하이디처럼 나도 향수병에 걸린 것 같았는데, 고향에 대한 그리움을 문학의 상상으로 채웠다. 그리고 평생 문학을 즐기면서 살 수 있는 방책으로 국어 교사를 생각하게 되었다. 교사가 아니라 문학을 목적으로 사범대학에 입학했으니, 대학 시절 내내 교직 이수는 귀찮은 곁다리였다.

막상 교사가 되고 아이들을 만나면서, 교사란 생계의 방편으로만 할 수 있는 직업이 아니라는 것을 깨달았다. 성장기의 아이들, 그 분출하는 영혼들에게 온전히 마음을 내어주지 않고는 교사를 해낼 수 없었다. 좋은 글을 쓰고 싶은 바람 못지않게 아이들을 잘 키우고 싶었다. 아이들이 지금도 행복하고 어른이 되어서도 행복하기를, 혼자서도 굳세고 더불어 더욱 넉넉한 사람이 되기를 바랐다. 자신의 꿈과 세상의 꿈이 다르지 않은 사람으로 살기를 바랐다. 이러한 소망을 실현하는 데 문학이 큰 힘이 될 것이라 생각했다. 문학은 아름답고 따뜻하며 진실한 것이니까. 문학을 즐기게 되면 그런 사람에 더 가까워지리라 믿었다. 그래서 학생들에게 문학의 빛을 나누어 주려 애썼다.

이 책은 고2부터 고3 입시가 끝나기까지 국어 교과 수업을 담고 있다. 지난 몇 년, 국어 선생 경력 30년이 넘어서 새롭게 시도해 본 것들이 많았다. 수업의 변화를 꾀하는 혁신학교의 문화와 동료들이 있기에 가능한 일이었다. 수업 시간에 학생들에게 장편소설을 읽게 한 뒤 아주 긴 글 쓰기를 시작했다. 작품을 제대로 이해하고 현실 속에서 문학의 의미를 되새겨 보기 위한 작업이었다. 긴 글을 쓰려면 먼저 치밀하게 읽어야 하고 많은 것들을 연관 지어 생각해 봐야 한다. 아이들은 처음에 책 읽는 것을 힘들어했지만 점점 재미있어했다. 긴 글을 쓰는 것은 더욱 힘들어했지만 성취감과 배움이 컸다. 원고지 40장이 넘는 긴 글을 쓰고 나니 웬만한 글쓰기는 두렵지 않게 되었다. 그 힘으로 아이들은 난생처음 소설까지 썼다.

글쓰기를 하면서 생각하는 힘이 커졌고 자기 삶에 대한 주체성이 강해졌다. 3학년이 되어서도 계속된 글쓰기는 입시 현실에도 유용하게 쓰였다. 많은 학생들이 자기소개서를 훨씬 수월하게 쓸 수 있었고, 그동안의 치열한 글쓰기 활동이 어떻게 자신을 성장시켜 주었는지를 글감으로 활용했다. 면접에서도 자신감 있게 응했다. 그리하여 전공과 진로를 택할 때 생각 없이 점수에 맞춰가는 학생들은 드물었고, 최대한 자신의 관심과 꿈을 살렸다.

그 학생 활동의 결과물들을 학교 안에서만 묵히기 아까워 책으로 묶기로 하고, 수업의 과정을 따라가는 글을 새로 썼다. 수업의 기술을 담고자 했던 게 아니었으므로, 아이들을 중심에 놓고 활동과 과제별로 글을 배치했다. 대부분 실명을 쓰고 아이들이 어떻게 변화해가는지 자연스레 드러나게 하고 싶었다.

사실은 나도 잘 모르는 길을 걸어왔다. 처음 시도한 난이도 높은 과제들이 학생들에게 어떤 의미를 가질지 다 예측하고 시작한 것은 아니었다. 그러나 공부의 기본은 읽고 쓰는 것이라는 것. 더구나 문자가 매체인 문학 공부는 읽고 쓰지 않으면 안 된다는 것은 알고 있었다. 4년 전에도 문학 수업 이야기를 《시인의 교실》이라는 책으로 냈다. 그 책은 문학작품을 수업에서 어떻게 풀어내는가를 중심으로 다루었는데, 학생들의 활동과 결과물은 많이 싣지 못했다. 이번 책은 학생의 활동과 배움을 중심에 두었다. 특히 글쓰기 활동을 중심에 놓고 진행 과정과 결과물을 실었다.

문학 수업의 목표는 학생들을 문학을 즐기는 사람, 곧 훌륭한 독자로 키우는 것이다. 나아가 멋진 필자가 되면 더욱 좋을 것이다. 이 책은 그런 목표를 향한 고투의 기록이다. 기록은 내가 했으나 책의 주인공들은 3년의 세월을 함께해 온 학생들이다. 바라건대 부디 우리 학생들이 생의 낯선 골목에서 휘청거릴 때 시 한 편, 소설 한 권에서 힘과 용기를 얻는 사람으로 살아가길 바란다. 또 감히 바라건대 이 책으로 문학과 교육의 참된 의미를 한 번 더 생각하는 계기가 되면 좋겠다.

조향미

차례

(봄)

소설을
읽고
길고 길고
긴 서평을
써 보자

책 바구니를 들고
교실로 들어가다

고2 문학 수업 첫 시간. 널따란 소쿠리 가득 책을 담고 교실
로 들어간다. 작년에 같이 수업한 아이들, 아는 얼굴들이 편안
하고 정겹다.

"문학을 왜 배울까요?"

"수능에 나오니까요."

정답이 아닌 줄 알면서 한 녀석이 장난스레 말한다.

"수능에는 왜 문학이 나올까?"

"문학을 배우니까."

아이들이 까르르 웃는다.

"그래, 동어반복 하지 말고 본론으로 들어가 봅시다. 문학
을 배우는 건 문학이 가치 있는 인간의 문화이기 때문이죠. 학

교 공부라면 학생도 학부모도 시험을 먼저 생각하는데, 그보다 중요한 건 왜 이 과목을 배우는가. 무엇을 배우는가를 생각해야지요. 시험은 왜 치는가. 공부할 가치가 있는 거니까 열심히 공부하라고 시험을 쳐 주는 거예요. 그러니 우리가 배우는 공부의 진짜 목표, 목적이 뭔지 알아야겠지요? 문학은 재미있고 감동적이고 깨달음과 용기를 줍니다. 소설 한 권, 시 한 편을 읽고 우리 마음이 깨어나는 느낌, 위로와 평화를 얻은 경험이 있을 겁니다. 문학을 배우는 건 우리의 영혼을 풍요롭고 강하게 하기 위해서예요. 문학작품을 읽는 건 즐겁기도 하고."

잠시 말을 끊었다. 길게 말하면 아이들의 집중력이 흐트러진다.

"문학은 예술이고, 예술을 배우는 건 예술에 대한 지식을 얻기 위해서가 아니라 즐기기 위해섭니다. 여러분이 노래를 배우는 이유도 즐기기 위해서잖아요? 문학도 마찬가지. 모르는 것을 좋아하고 즐길 순 없으니까 먼저 배워야 하는 거지요. '아는 것보다 좋아하는 것이 좋고, 좋아하는 것보다 즐기는 것이 좋다.' 공자님의 말씀. 예술에 딱 맞는 말이죠. 노래를 즐기고 그림을 즐기고 시와 소설을 즐길 수 있게 하는 게 예술 교육의 목표지요.

문학─시와 소설을 즐길 수 있으면 삶이 훨씬 재미있고 풍요로워요. 시를 좋아해서 햇볕 드는 창가에 앉아 시집을 읽는 사람, 도서관에서 소설책을 빌려 읽고 서점에서 소설책을 사기도 하는 사람은 게임만 하고 TV만 보는 사람보다 삶의 격이 높아집니다. 몸은 그대로지만 정신이 크고 자유로워집니다. 세계를, 우주를 품을 수도 있어요. 가 보지 못한 곳, 만나지 못한 사람들, 몰랐던 일들을 알게 되고 삶의 진실을 깨닫게 되거든요. 여러분을 훌륭한 독자로 만드는 게 문학 수업의 목표예요. 나아가 글을 쓰는 필자가 되고, 여러분 중에 시인이나 소설가가 나온다면 더욱 좋겠죠."

아이들의 표정이 밝다. 즐기는 건 좋은 거니까. 좋은 독자가 되는 것은 수능 점수 올리는 것보단 부담이 없는지도 모른다. 실은 훨씬 크고 힘든 목표지만.

"훌륭한 독자로 키우려면 문학 수업을 어떻게 운영하는 게 좋을까. 문학을 좋아하고 즐기려면 교과서 수업만으로는 안 되겠어요. 아무리 재미있는 글도 교과서에 실리면 재미없게 느껴지니까. 물론 교과서 수업도 해야지요. 꼭 필요한 문학 지식, 작품을 꼼꼼하게 읽고 분석하는 방법은 교과서 공부로 배울 겁니다. 하지만 교과서는 너무 파편적인 면이 있어요. 교과서엔 호흡이 긴 글을 싣기 어려우니까. 그런 글만 읽고는 문학을 좋아하고 즐기는 건 힘들지요. 그래서 교과서의 조각 글을 넘어서 수업 시간에도 진짜 시집을 읽고 소설책을 읽을 겁니다.

문학 수업 주당 세 시간 중 두 시간은 교과서 중심 수업, 나머지 한 시간은 교과서와 상관없이 책을 읽고 글을 쓰는 시간으로 운영할 거예요. 문학은 무엇보다 작품을 읽어야겠지요? 그리고 토의 토론, 서평 쓰기, 다른 매체로 표현하기, 또 여러분이 직접 시도 쓰고 소설도 창작해 볼까 해요. 이런 활동이 모두 수행평가에 들어가요. 지필고사는 한 학기에 한 번 40퍼센트, 수행평가는 60퍼센트 반영할 거예요. 좀 더 정착이 되면 지필과 수행 비율이 30, 70퍼센트 정도가 좋다고 생각해요."

　아이들은 고개를 끄덕인다. 지필고사를 한 학기에 한 번만 치는 것은 1학년 때부터 하던 방식이라 당연하게 여긴다.

　"1학기에 가장 핵심이 되는 활동은 장편소설 읽고 서평 쓰기예요. 다른 문학 선생님, 이주형 샘과 의논해서 권장 도서를 정했어요. 좋은 작품들 중에서 여러분이 최대한 재밌게 읽을 수 있는 것들로 골랐어요. 소설이 재미있다는 걸 느낄 수 있게. 청소년 성장소설은 1학년 때 열심히 읽어서 많이 넣진 않았어요. 추리소설 형식도 있고, 연애소설, 가족 이야기, 역사 이야기…… 주제도 다양해요. 책 종류가 너무 많으면 고르기 힘드니까 25권 정도 가지고 왔어요. 이 책들 중에서 모둠별로 같은 작품을 골라서 읽으면 되는데, 다른 모둠과 중복되지 않도록 합니다. 한 학급에서 여러 책을 읽으면 자기 모둠에서 읽지 않은 책에 대해서도 친구들에게 듣게 되고 관심 있는 사람은 더 읽을 수도 있으니까.

수업 시간에 책 읽는 시간을 주긴 할 건데, 수업 시간만으론 다 읽을 수 없겠죠. 집에서도 읽으세요. 소설은 재미가 붙으면 하루 만에도 읽을 수 있어요. 사람마다 책 읽는 속도가 다 다르니까 일단 한 달 정도 읽는 시간을 주고, 그 뒤로는 글을 쓸 겁니다. 책을 꼼꼼히 읽고 서평을 좀 많이 길게 써 보려고 해요. 긴 글을 한번 쓰고 나면 글쓰기 내공이 부쩍 늘거든.”

아이들은 기대와 불안이 섞인 얼굴로 쳐다본다.

“얼마나 길게 써야 하는데요?”

“음, 아주 긴…… 책을 건성으로 읽지 않고 꼼꼼히 의미를 따져가며 읽으려면 긴 글을 써 보는 게 제일 좋은 방법인 것 같아.”

“그러니까 얼마나 길게요?”

“책 내용을 분석하고, 책의 내용을 자신의 삶으로 내면화하고, 우리 현실에도 적용해 보려면 분량이 꽤 되겠지? 지금 생각으론 A4지 다섯 장 분량, 글자 수로 하면 8천 자 정도?”

아이들의 비명과 탄식.

“8천 자요? 쌤, 농담이지요? 2천 자도 못 쓰는 우리한테 8천 자?!”

“그러게. 너무 과한 것 같지? 목표를 이렇게 한번 잡아 봤어. 8천 자라는 숫자가 중요한 게 아니고, 할 수 있는 가장 길고 풍부하고 깊이 있는 글을 쓸 거란 의미. 왜냐? 글을 쓰는 것만큼 사고력을 키우는 게 없거든. 그리고 긴 글을 쓰려면 깊이 읽게 되어 있으니까. 목적은 이거예요. 제대로 읽고 쓰게 하는 것. 나중에 보고 정 안 되겠으면 좀 줄여 줄게."

아이들의 저항이 클 줄 알았는데 생각보다 무던하게 받아들인다. 몇 자가 되든 한번 해 보죠 뭐, 하는 얼굴이다. 설마 진짜 8천 자까지 쓰라고 하겠나 싶겠지. 나도 그랬다. 8천 자까지 쓰는 애들이 얼마나 될까. 결국 줄여 줄 수밖에 없겠지.

"자, 일단 글에 대한 부담은 뒤로 미루고 재미있는 책을 읽는다는 기대감을 가지도록!"

권장 도서 목록을 모두에게 나눠 주었다.

"책을 빨리 자기 손에 넣어야 읽을 수 있으니까, 오늘 모둠에서 읽을 책을 정하고 다음 시간엔 자기 책을 사 와서 바로 읽기를 시작합시다. 일단 책부터 골라 보세요."

아이들이 교탁 앞으로 우르르 몰려와서 바구니의 책을 살펴본다. 인쇄물에 책 내용을 간단히 소개하고 난이도 표시도 해 놓았다. 보통 수준의 책을 반 정도로 하고, 나머지 반은 어려운 책과 쉬운 책을 반반씩 나누어 배치했다. 먼저 읽어 본 아이들이 재미있다고 하는 것을 서로 하려고 한다. 《나미야 잡화점의 기적》《7년의 밤》들이 인기다. 두 모둠이 같은 책을 찜하면 가위바위보로 이긴 쪽에서 가져간다.

예전에 독서 지도를 할 때는 한 학년 전체가 같은 책을 읽게 했다. 3월의 책, 4월의 책, 하는 식으로. 그러나 갈수록 아이들은 그런 방식을 좋아하지 않았다. 취향과 수준이 다양해서 꼭 같은 책을 읽게 하는 것도 힘들고. 권장 도서 안에서라도 아이들 스스로 책을 선택하는 것은 독서의 흥미를 유발하는 중요한 요소다. 보통 도서관에 데려가면 권하는 책마다 마음에 안 들어 하는 아이들이 있기 마련이다. 그런데 20권 남짓, 내 책을 직접 갖다 안겼더니 그 안에서만 고르는 것을 받아들이며 별 불만이 없었다. 종류가 많을수록 선택에 더 혼란을 느낀다는 것을 알겠다.

아이들은 시장에서 인기 상품을 고르듯이 이 책 저 책을 들었다 놓았다 하며 고르는 걸 즐긴다. 아이들이 책을 고르는 기준에는 표지와 제목이 큰 몫을 한다. 표지 그림이 예뻐서 고르고, 제목이 뭔가 있을 것 같아 고른다. 저자를 보고, 책 소개를 보고 고르는 어른들과는 다르다. 성석제의 《투명인간》을 판타지소설인 줄 알고 고른 아이들이 있다. 그거 공상소설 아니야. 우리나라 현대사를 한 가족의 삶으로 형상화한 거야. 너희 모둠엔 좀 어려울지도 몰라. 이런 설명에 포기하는 모둠도 있고, 그래도 읽어 볼래요, 하는 모둠도 있다. 세계 명작을 읽어 보고 싶어 하는 아이들도 좀 있다. 《데미안》《수레바퀴 아래서》는 워낙 많이 들어 본 작품이라 이 기회에 읽고 싶단다. 같은 책을

19

고른 아이들끼리 모여서 모둠을 만들기도 하고, 친한 아이들, 취향이나 수준이 비슷한 아이들끼리 모둠을 먼저 짜서 같은 책을 고르기도 하는데, 대체로 후자가 많다.

　권장 도서를 정하는 것은 꽤 신경 쓰이는 일이다. 좋은 책이야 많고 많은데 그중에 무엇을 정할 것인가. 기존에 여러 단체에서 만든 도서 목록을 참고하기도 하는데 최종 선택은 내 몫이다. 내가 읽은 책 중에서 이건 정말 괜찮다 싶은 것을 권할 수밖에 없다. 그런데 이번엔 동료와 함께 정하니, 내가 안 읽어 본 작품도 몇 권 있었다. 권장 도서를 정하는 작업은 새 학년 수업이 결정된 2월부터 시작했다. 동료가 강력하게 추천하는 책 중에 내가 읽지 않은 것은 봄방학 때 책을 구해서 먼저 읽었다. 심장이 쫄깃쫄깃하다는《7년의 밤》, 정말 재밌다는《나미야 잡화점의 기적》《슬럼독 밀리어네어》같은 작품을 그때 읽었다. 그리고 좋은 소설로 평가받는데 아직 읽지 않았던《검은 꽃》도 그즈음 읽었고,《투명인간》은 다시 읽어 보고 이 정도는 읽을 수 있는 아이들이 있겠다 싶었다.

　교사 한 사람이 모든 책을 읽을 수는 없기에 동료와 독서 경험을 공유하는 것이 아주 중요하다는 것을 알았다. 물론 동료와 협의해서 권장 도서 목록을 정하더라도 또 최종적으로 내가 맡은 학급에서는 내가 좋은 책을 소개하게 된다. 그러니 교사가 맡은 학급별로 읽는 책 목록이 조금씩은 달라진다. 무엇보다 교사가 안 읽은 책을 학생들에게 권하기는 어렵기 때문에 교사들은 어떻든 꾸준히 읽어야 한다. 문학 교사는 특히 그렇다. 기본적인 고전은 물론, 당대에 주목받는 작가와 작품에 대해서 늘 관심을 가져야 한다. 문학작품을 읽는 것은 문학 교사의 기본 임무이기 때문이다.

서점에서
책을 사라

독서 목록을 안내하고 며칠 뒤, 수업 마치고 하교하는 시간. 보충수업이나 야간 자습을 하는 아이들을 빼고 대부분 집이나 학원으로 간다. 아이들이 우르르 몰려 나가고 한적해진 복도에서 5반 영한이가 나더러 들으라는 듯 "내 영혼이 따뜻했던 날들-"하고 지나간다.

"오, 그 책 읽는 거야? 책은 구했어?"

"지금 서점에 사러 가요."

"그래? 잘 사 가지고 와라."

평일 오후에 소설책을 사러 간다는 말을 들으니 감동스럽기까지 하다. 해 밝을 때 학생들이 자유롭게 나갈 수 있는 것이 좋고, 책을 사러 서점으로 간다니 흐뭇하다. 영한이는 1학년 때 수업 시간에 툭하면 자고 공부에 관심이 없는 아이였다. 물론 독서 과제도 거의 하지 않았다. 이런 애가 책 사러 서점엘 간다니.

청소 시간에 이번 주 '시 외우기' 활동을 독촉하러 2반에 들렀더니 진경이가 나를 부른다.

"선생님, 저 《구덩이》 살 거예요."

"그래? 서점에 가서 살 거니?"

"아뇨, 책을 빨리 사야 하는데 제가 미술 학원 때문에 시간이 없어서 아빠한테 사 달라고 했어요."

진경이는 부모님이 이혼한 뒤 어머니와 사는 아이다.

"소설책 사 달라니 아빠가 뭐라셔?"

"예! 아빠가 아주 좋아하셨어요. 책 사는 이런 부탁은 많이 많이 하래요."

활짝 웃는 아이의 얼굴에 내 마음도 환해진다.

문학 수업을 안내하는 지난 시간, 아이들에게 간곡하게 말했다.

"한 가지 말할 게 있어. 꼭 들어줘. 모둠에서 선정한 책은 각자 사도록 해라. 도서관에서 빌릴 수도 있지만, 이번에는 글쓰기까지 한 학기 내내 교재로 써야 하는데 빌린 책은 금방 반납해야 해서 곤란해. 자기 책을 사도록."

뭘 그렇게까지, 하는 얼굴로 보는 아이들도 있다.

"2월 봄방학에 선생님들 워크숍 할 때 내가 그랬지. 올해 문학 시간에 아이들에게 모두 책을 사도록 하겠다고. 선생님들이 뭔 그런 불가능한 꿈을 꾸냐는 식으로 웃으시더라. 책을 갖다 안겨도 안 읽는 애들이 책을 살 리가 없다고 생각하시는 거지. 정말 불가능한 목표일까? 자기 책꽂이에 교과서나 문제집 말고, 자기가 산 자기 책이 꽂혀 있는 사람 손 들어 봐."

손 드는 아이들이 많지 않다.

"책장은 그 사람의 영혼을 보여 주는 것이기도 해. 고2가 되도록 서점에서 책 한 권 안 사는 사람, 시험 치고 나면 내다 버릴 교과서와 문제집만 꽂혀 있는 사람은 영혼이 가난한 사람이야. 물론 문자를 넘어선 경지에 있는 현자들도 있지만 요즘 시대엔 그러기는 더 어렵지. 책을 한 권씩 사 모으는 것, 그래서 좋아하는 책으로 가득 찬 책장을 가지는 걸 목표로 삼아 보는 것도 멋진 일이지. 자, 이번 기회에 서점에 가서 책을 사 봐. 한번 발길을 트면 서점과 친해질 수도 있어."

처음 말을 꺼냈을 때보다 아이들 표정이 괜찮다. 나름 설득이 되었을까.

그래도 정말 얼마나 책을 살까 미심쩍기도 했는데, 안내를 한 다음 주 첫 문학 시간. 많은 아이들이 책을 들고 있었다.

"와! 정말 책 사 왔구나! 기쁘다."

내가 탄성을 지르며 좋아하자 아이들도 기분 좋은 얼굴

이다.

"자기 책인 사람 손 들어 봐."

두 명을 빼고 자기 책이다. 한 아이는 시간이 없어서 일단 도서관에서 빌렸다며 다음 시간엔 사 올 거라고 했다. 또 다른 아이는 서점에 책이 다 팔려서 주문을 해 놓았단다. 뭔가 조짐이 좋다. 문학 수업 시간에 교과서도 문제집도 아닌 소설책을 들고 있는 교실은 얼마나 아름다운가. 얘기를 들어 보니 알라딘 중고 서점에서 산 아이들도 많다. 가격도 2, 3천 원 정도 한단다.

"그 정도면 너희 용돈 아껴서 충분히 살 수 있겠네. 이제 서점 가는 길을 알았으니 다른 책들도 사 보렴. 독자들이 책을 사줘야 저자들도 좋은 책을 쓰지 않겠니? 사실 책값은 저자들이 들인 노력에 비하면 엄청 싼 거야. 책 한 권을 쓰기 위해 몇 년이 걸리잖아. 그리고 책 한 권이 우리에게 주는 감동과 여운은 다른 물건값이랑 비교가 안 되지."

문학 수업은 서점에서 책을 사는 일부터 시작해야 한다는 걸 깨닫는다.

1학기 말, 몇 번이나 독촉을 받고 완성한 8천 자 서평에서 상봉이는 서두에 이렇게 썼다.

태어나서 몇 번 가지도 않은 서점에 갔다. 문제집 사러

25

나 몇 번 가 보았지 나만의 책을 사러 간 적은 초등학생 이후 처음이었다. 색달랐다. 나는 단지《슬럼독 밀리어네어》란 책을 사러 온 거였지만 나를 제외한 서점의 모든 손님들이 자신만의 세계에 심취해 책을 고르고 읽고 있었다. 그때 마침 나도《슬럼독 밀리어네어》를 찾아서 줄거리를 대충 훑어보았다. 읽는 도중 나는 내가 지금 여기서 뭘 하고 있나 생각했다. 평소라면 피시방에 가서 게임이나 하고 있었을 내가, 아니면 집에서 잠이나 자고 있었을 내가 내 발로 서점에 와서 책을 고르다니⋯⋯. 글을 쓰기 전서부터 나는 내가 조금 변한 것 같다는 생각이 들었다.

… 정상봉

초등학교, 중학교 때부터 서점과 도서관을 자주 드나들게 하는 학교교육이 되었다면 서점에서 책을 사는 자기 모습이 신기하게 보일 정도는 아니었겠지. 그러나 이렇게라도 서점에 발을 들였으니 다행이다. 한 번의 경험으로 습관을 바꿀 수는 없을 것이다. 아이들을 유혹하는 핸드폰, 컴퓨터, 텔레비전에 아이들을 몽땅 빼앗기지 않으려면 학교교육의 변화가 절실하다. 교과서와 문제집을 넘어선 진짜 책으로 이끄는 수업이 여러 교과에서 뿌리를 내리도록 애쓰면 좋겠다. '한 학기 한 권 읽기'라는 교육과정이 들어와 독서 교육을 강화하도록 하고 있으나 건성으로 구색만 맞추려는 학교와 교사들도 있다. 제대로 시행을 해 보고 아이들의 변화를 느껴 보면 힘듦보다 즐거움을 더 많이 느낄 수 있을 텐데.

규아의 글도 놀라웠다.

나는 초등학교 때 엄마가 책을 사 준다고 고르라고 해서 책을 사 본 적이 몇 번 있는데, 그 이후에는 내가 직접 그 책을 읽고 싶다는 생각을 해서 내 스스로 책을 사러 서점에 간 적은 없었던 것 같다. 그런데 이번 문학 시간에 선생님께서 골라 놓으신 책들 중에 마음에 드는 책을 골라서 읽고, 긴 글 쓰기를 하는 계기를 통해서 직접 책을 사게 되어서 기분이 색달랐다. 그리고 책은 항상 재미가 없고, 지루한 줄만 알았는데 그게 아니었다. 내가 그렇게 느꼈던 것이다. 그렇게 느낀 이유는 내가 원해서 읽거나 고른 책이 아니라 그냥 엄마가 읽어 보라고 주거나 학교에서 시켜서 어쩔 수 없이 읽어서 그랬던 것 같다. 하지만 이번엔 내가 항상 느꼈던 생각들과는 달랐다. 매번 틈틈이 아침 자습 시간이나 시간이 빌 때 읽고, 주말에도 집에서 심심하면 읽고 하니까 처음에는 거의 5백 장 가까이 되는 책을 어떻게 언제 다 읽을지 생각하면서 막막했는데, 자투리 시간을 이용하면서 책을 읽다 보니까 어느새 책을 다 읽게 되었다. 다 읽고 나니까 이렇게 두꺼운 책을 다 읽은 것이 처음이라서 되게 뿌듯하기도 하고, 다른 책들도 한번 도전해 볼까? 하는 생각이 들기도 하였다. 원래는 항상 책 읽는 것이 너무 싫고, 재미도 없고, 지루하기도 하고, 책을 읽으면 항상 잠이 왔는데, 지금은 그렇지 않은 것 같다.

… 차규아

규아는 1학년 때 정말 공부에 관심이 없고 독서도 글쓰기도 너무나 싫어해서 과제 미제출자 명단에서 한 번도 빠진 적이 없었다. 그런데《나미야 잡화점의 기적》이라는 두꺼운 책을 다 읽고 이렇게 멀쩡한 글을 써내니, 책을 다 읽고 뿌듯함을 느꼈다니, 어찌 함께 뿌듯하지 않을까. 처음 두어 시간 동안은 어렵고 지루해했다. 하지만 뒤로 갈수록 재미있다는 친구들의 격려로 고비를 넘기더니 나중엔 점점 빠져들어서 읽었다.

2백 명 가까운 아이들의 긴 글을 다 읽고 일일이 첨삭을 해주기란 아주 고단한 일이다. 그러나 기꺼이 그 일을 감내하는 데는 아이들의 이와 같은 변화와 성장이 있기 때문이다.

너도 혹시
난독증일까?

아이들 모두 책을 준비해서 수업 시간에 읽기 시작했다. 교과서를 덮고 소설책을 펴는 아이들의 얼굴이 밝다.《나미야 잡화점의 기적》《7년의 밤》《슬럼독 밀리어네어》라는 책이 두툼하다. 이렇게 두꺼운 거 어떻게 다 읽어요, 미리 걱정하는 애들도 있다. 그거 재밌어, 먼저 읽어 본 애들이 용기를 준다.

"장편소설은 이야기가 복잡해서 앞부분은 읽기에 좀 힘들 수도 있어. 그래도 50쪽 정도만 참고 읽어 봐. 그다음엔 너무 재밌어서 손에서 책을 놓기 힘들걸."

반마다《데미안》을 선택한 모둠이 하나씩은 있다. 저 아이들은 충분히 읽겠다 싶은 모둠이 있는가 하면, 이걸 읽어 낼까 싶은 아이들이 있다.

"그거 좀 어려울 텐데 읽을 수 있겠니?"

모둠원이 네 명인데, 그중 한 명은 독서 수준이 높아서 얼마든지 읽겠다. 그런데 다른 아이들은 읽어도 무슨 소리인지 잘 모를 것 같다.

"읽을 거예요."

무시하지 말라는 듯 호기롭게 말한다. 그래, 그럼 읽어 봐. 미심쩍지만 놔둘 수밖에.

모둠을 만들 때는 남학생과 여학생을 섞으라고 했다. 남녀가 섞여 있으면 동성끼리만 있을 때보다 훨씬 활발하게 대화가 이어진다. 그런데 숫자가 안 맞았는지 남자애 셋만 된 모둠이 있다. 김영하의 《검은 꽃》을 들고 있다. 좋은 책이라는 이야기를 듣고 목록에 끼워 넣기는 했는데, 나도 얼마 전에야 읽어 보니 아이들이 읽기에는 좀 어려울 것 같다. 그 모둠에도 한아이는 충분히 읽겠다 싶고, 한 아이는 약간, 다른 아이는 많이 걱정스럽다. 1학년 마칠 때 시 외우기 활동이 너무 싫었다고 말한 석준이다. 그래서 2학년 때는 외우기 싫은 아이들은 감상문을 써도 된다고 했다. 글쓰기는 더 싫었는지 외우기로 계속하고 있었다.

"너, 이 책 어려울 것 같은데 괜찮겠니?"

석준이는 씩씩하게 말한다.

"괜찮아요. 읽어 볼 거예요."

하긴 책을 샀는데 지금 와서 바꾸라고 말하는 것도 그렇다. 그래도 많이 어려우면 도서관에 복권으로 구비된 다른 책을 빌려 읽어도 된다고 했다.

결국 2주 정도 지나서 한 학급의 《데미안》 팀은 《내 영혼이 따뜻했던 날들》로 바꾸었다. 석준이는 《검은 꽃》을 제법 읽었다.

"와, 좀 읽었네. 읽기 괜찮아?"

"예, 조금 어렵긴 해도 재밌어요."

호오, 문학에는 영 젬병일 줄 알았더니 새로운 면이 있다. 같은 팀의 창연이가 묘한 웃음을 짓는다.

"이 책 이상해요."

"이상한 건 없을 텐데? 뭐가?"

"저 완전 충격 먹었어요."

뭐 그런 장면이 있던가? 일제강점기 멕시코 이민사를 다룬 이야기인데.

"어떤 장면에서?"

"말하기 좀 그런데…… 너무 야해요."

"그래? 조금 그런 대목이 있지만 너무까지는 아닐 텐데?"

동성애 장면이 너무 충격이었단다. 아, 열여덟 순진한 소년에겐 그럴 수 있겠다 싶다.

"소설엔 야한 얘기도 꽤 나와. 그 정도는 심각한 거 아니니까 너무 지엽적인 것에 빠지지 말고 작품의 핵심이 뭘까 파악하며 읽어 봐."

옆에서 듣던 아이들이 뭔데, 뭔데, 야단이나.

"정 궁금하면 너희도 지금 읽고 있는 책 다 읽고《검은 꽃》에 도전해 보든가."

읽다가 조는 아이들은 깨운다. 뒤로 내보내기도 한다. 교과서 수업하는 시간보다 훨씬 좋다고 하는데, 아이들이 집중해서 읽지 않으면 내 마음이 초조하다. 4월까지는 읽기를 마치고 글쓰기를 시작해야 하는데, 벌써 다 읽고 다시 검토하는 아이들이 있는가 하면, 아직 서두 부분에서 머뭇거리며 장난치거나 조는 아이들이 있다. 한 명 한 명 지적하다가 화가 나서 전체 학생들에게 언성을 높였다.

"내가 교과서 수업하기 싫어서 너희한테 소설책 읽히는 줄 아니? 수업의 3분의 1을 할애해서 금쪽같은 시간 내주고 있는 거야. 그런데 이렇게 게으름 부리면 어떻게 해. 너희 이런 식이면 다 그만두고 교과서 수업하는 게 낫겠다. 그렇게 할까?"

내 기세에 눌렸는지, 아이들이 움찔하면서도 여럿이 목소리를 높인다.

"아니요! 책 읽는 거 좋아요. 교과서 하지 마요."

"그럼 열심히 읽어야지. 수업 시간에만 읽어서 끝낼 수는 없어. 주말에 좀 왕창 읽어. 소설은 맛 들이면 금방 읽을 텐데 이렇게 질질 끌고 있니? 다음 시간부터는 쓰기에 들어갈 거야. 개요 짜기부터 시작할 거니까 다음 주까진 다 읽어 와!"

"예-"

"인상 깊은 구절이나 중요한 내용은 책에도 표시해 두고 학습지에도 쓰고."

"예-"

그런데 정말 못 읽어 내는 아이들이 있다. 처음부터 읽기 쉬운 책을 택했는데도 책장을 못 넘긴다. 《나는 선생님이 좋아요》 《못난 것도 힘이 된다》를 고른 혜영이와 관우는 한결같이 장난이요 멍 때리기다. 그런데 《나의 아름다운 정원》을 선택한 모둠에서 도한이는 정말 10쪽도 못 넘긴 상태다. 한 달이 지났는데 대체 뭘 한 건지. 이 정도 상태인 걸 그동안 왜 못 봤던 걸까. 나에게도 짜증이 났다. 도한이를 따로 불렀다.

"왜 이렇게 못 읽었니?"

"잘 모르겠어요."

"내용이 어렵니?"

"그냥 재미없어요."

"이 책은 중학생들도 충분히 읽을 수 있는 책이야. 십몇 년 전에 이 책이 처음 나왔을 때 좋아서 애들한테 읽혔더니 책 읽기 아주 싫어하던 애들도 너무 재밌다고, 이런 책이면 얼마든지 읽겠다고 독후감 썼어. 그래서 책 읽기 어려워하는 애들한테 권한 건데. 이걸 못 읽겠어?"

"……."

"이 책은 동구라는 초등학생이 가정의 갈등 때문에 난독증을 겪다가 좋아하는 선생님을 만나 그걸 극복하는 내용이지. 그런데…… 너도 혹시 난독증일까?"

묵묵부답이다. 정말 애도 난독증일까? 공부에 집중을 잘 못하는 아이는 맞다. 성적도 안 좋다. 하지만 고2나 되어서 이런 정도 소설책도 못 읽어 내는 수준일까? 걱정스럽기도 해서 정말 간곡하게 말했다.

"잘 들어 봐. 네가 한 달 동안 소설책 10쪽도 못 넘기고 있으니 정말 걱정스러워. 난독증인 건지, 그 정도는 아니지만 이런 아이도 있다고 내가 포기해야 하는 건지 모르겠다. 네가 이 책을 읽는지 못 읽는지를 보고 내가 학생들에 대한 마음을 정할 거야. 네가 읽어 오면 어떻든 포기해야 하는 아이는 없다고 생각할 거고, 못 읽어 오면 정말 안 되겠다고 마음을 접을게."

도한이는 심각한 얼굴이 된다. 나도 그냥 엄포를 놓은 것이 아니었다. 정말 어떤 상태인지 파악을 못 하겠다.

다음 주 문학 시간. 3반 수업을 들어갈 때 내 최고의 관심은 도한이가 얼마나 책을 읽었을까 하는 거였다. 책을 다 읽고 개요 짜기에 들어가는 아이들이 대부분이었다. 아이들에게 각자 작업을 하도록 하고 도한이에게 갔다.《나의 아름다운 정원》

······ 책은 반을 넘겨 책장이 접혀 있다. 읽었구나.

"오, 많이 읽었네. 이제 재미가 있어?"

"예."

"무슨 내용인지 알겠니?"

"예."

"다행이다. 난독증은 아니네."

"에이 쌤, 아무리 그래도 제가 진짜 난독증이라고 생각했어요?"

"난 정말 걱정했지. 소설책을 한 달 동안 10쪽을 읽는 고등학생이 어디 있니?"

"제가 집중을 안 해서 그렇지요. 이제 금방 다 읽어 올게요."

그렇게 뒤늦게 책을 읽고 도한이는 다른 아이들보다 한 달 뒤에 글쓰기를 시작했다. 8천 자는 언감생심이고, 4천 자를 넘겨서 독후감을 썼다. 그 서두를 이렇게 썼다. (우리 학교는 수행평가와 자율 활동 들을 리로스쿨에 올리도록 한다. 손글씨보다 컴 자판이 편한 아이들, 한글 파일로 바로 올려놓으니 나중에 아이들 글을 참고하거나 문집으로 만들기도 쉽다.)

나는 고등학교 들어와서 책을 자주 읽지 않았다. 처음에는 책을 집중해서 읽지 않아서 이해가 안 됐다. 처음부터 이 책을 고르게 된 것도 야한 단어가 나와서 읽기로 조원들끼리 의견을 맞춘 것이었다. 그래서 계속 이 책을 안 보고 있다가 어느 순간 나만 빼고 다 읽어서 열심히 읽기 시작했다.

처음에는 집중이 안 됐지만 계속 읽다 보니 어느 순간 집중해서 읽으니깐 내용도 이해가 됐다. 계속 보니깐 너무 슬프기도 하고 짜증도 났다. 나를 이렇게 짜증 나고 슬프게 만든 이 책의 내용은 난독증이 있는 동구의 성장 이야기를 담고 있고 가족들의 따뜻한 애정이 잘 드러나 있는 소설책이다.

··· 박도한

이만해도 기뻤다. 그래도 문장과 띄어쓰기, 맞춤법 들도 엉망이어서, 나중에 도한이를 포함해 비슷한 수준의 아이들 네 명과 방과 후에 읽고 쓰기 공부를 몇 차례 했다. 그때 자기가 쓴 서평을 인쇄해서 함께 첨삭하는 작업을 했다. 그 덕분일까. 2학기에 쓴 소설은 괄목할 만한 성장을 보여 줬다. 음악을 하게 된 계기, 노래에 대한 사랑을 표현한 건데 달리 독촉하지 않아도 내용도 알차게, 맞춤법도 거의 틀리지 않고 글을 완성해 왔다. 이런 맛에 선생을 하는 거다.

이 활동을 하면서 꽤 많은 아이들이 소설책 한 권 제대로 읽어 보지 않고 고2까지 왔다는 사실을 알게 되었다. 1학년 때도 청소년 소설을 읽고 독후감을 쓰게 했지만, 제대로 읽지 않고 대충 글만 써냈던 모양이다. 논술과 창체, 주당 두 시간을 할애해서 읽게 했으나 성적에 들어가는 것이 아니니 꼭 해야 한다는 동기가 약했던 모양이다.

서점에서 자기 책을 사게 하고 수업 시간에 다 같이 읽게 하니, 아이들은 이제야 제대로 책을 읽어야겠다고 받아들였나 보다. 그래서 다음과 같은 소감을 쓴 아이도 있다. 방점이 "장편"에 찍히는지 "다"에 찍히는지 모르겠다.

책을 사기 위해서 서점에 가는 것이 정말 오랜만이었다. 항상 문제집만 샀지 책은 엄마가 샀다. 서점에 갔을 때는 내가 산 《나미야 잡화점의 기적》이 마지막이었다. 그때 기분은 내가 마지막으로 사게 되다니 영광인가, 라는 생각이 들었다. 그래서 더 읽어야겠다는 생각이 들었다. 책 읽기를 싫어해서 처음에 앉아서 읽을 때는 잠이 쏟아지고 재미가 없었다. 같은 책을 읽는 애들이 뒤에 갈수록 재밌다며 계속 읽어 보라고 하여 1장을 빨리 읽어버리자며 읽었다. 읽다가 졸았어도 기억은 났다. 조금 헷갈리거나 모르는 것이 있을 때는 모둠 친구들에게 물어보니 다 말해 줬다. 미래와 현재가 헷갈렸지만 한 번 더 읽어 봐서 이해할 수 있었다. 고민 상담이라는 주제가 있어서 더 흥미를 가지고 읽을 수 있었다. 그렇게 장편소설을 다 읽었다. 놀랐다. 내가 장편소설을 다 읽다니, 정말 신기했다.

… 정다영

스스로 대견해하는 아이를 보면서 기쁘기도 했지만, 우리의 교육이 어떻게 흘러왔기에 소설책 한 권을 읽는 기회도 능력도 키워 주지 못했나 싶었다. 학교도 들어가기 전 어린아이들에게는 그림책, 동화책, 위인전 들을 사 주며 책을 읽히려고 하고, 초등학교까지도 그런 흐름이 이어진다. 그런데 중학교 때부터 수능에 맞춘 문제풀이 공부만 강조하고 독서를 공부에 방해되는 활동으로 여기기도 한다. 저녁 자습 시간에 감독하던 교사가 책을 읽는다고 빼앗던 시절도 있었다. 지금은 그 정도는 아니지만 독서를 필수로 여기지 않는다. 12년 동안 국어와 문학을 배우고도 소설책 한 권 읽는 독자로 키우지 못한다면, 우리의 문학 교육은 무엇인가. 오지선다 수능이 없다면, 시와 소설을 읽고 토론하고 글을 쓰는 활동으로 수업을 채워도 학생들이 그럴까? 실제로 그렇게 수업을 진행하는 경우는 아주 드물다. 결국은 수능. 수능으로 귀결되고 만다. 수능이 없어지지 않고는 우리 교육의 근본적이고 전체적인 변화는 아득하다. 그래도 수능이 약화되고 학생부 기록이 강화되며, 과정 중심의 수행평가와 서술평가가 강화되면서 이만큼의 시도도 가능하고 변화의 싹도 키울 수 있다.

그런데 끝끝내 책 한 권을 읽지 못한 아이들이 있다. 그렇게 여러 번 불러서 으르고 달래고 해도 소용없었다. 그중에 한 명, 영우는 《못난 것도 힘이 된다》를 여름방학도 지나고 2학기에 와서야 읽고 있었다. 어쨌든 자기가 선택하여 산 책이니 늦게라도 읽어 보고 싶었던 모양이다. 친구들이 책 이야기를 하는데 읽지 못해 대화에도 끼지 못한 것이 마음에 개운찮게 남아 있었는지도 모른다. 그리고 2학기 말 소설 쓰기에서는 분량을 정해 주지 않았는데 스스로 8천 자로 완성해서 나에게 자랑했다. 한 번은 8천 자를 써 보고 싶었나 보다. 글이 전체적으로 정리가 안 되어 산만하긴 했지만, 자신의 꿈과 현실, 친구 관계들을 세밀하게 그려 냈다. 다른 아이들보다 한참 늦을지라도 포기하지 않고 나름대로 시도하는 모습을 보고, 누구도 완전히 마음을 버려서는 안 된다는 것을 깨닫는다.

진짜 8천 자를
쓰라고요?

서평의 서두는 편안하게 시작하기 위해서 문학 시간에 선생님이 책을 소개해 주는 이야기부터 쓰라고 했다. 책을 고르고 서점에 가서 책을 산 이야기, 읽기 전 책에 대한 인상과 책을 읽으면서 어땠는지, 그리고 8천 자나 되는 긴 글을 쓰라고 했을 때 어떤 마음이 들었는지. 본격적인 책 분석에 들어가기 전에 책과 글에 대한 일상의 이야기부터 시작하면 쓰기가 쉽다.

본문은 책 내용을 분석해서 나름대로 해석하고, 책의 내용을 자신의 삶에 적용하고, 현실과 세상 속에서 소설 이야기가 어떻게 적용될 수 있는지에 대해서도 쓰고, 결말은 이 작업의 의미에 대해서 느낀 대로 쓰면 된다.

서평의 중심 내용은 작품의 의미를 밝혀내는 것이다. 글의 분량이 많으니까 소제목을 붙여 몇 부분으로 나눠 쓰도록 했다. 이때는 작가가 쓴 대로 인물이나 사건을 따라가는 것보다 독자가 의미 있게 파악한 내용을 키워드로 정해 소제목으로 쓰는 것이 좋다. 책의 의미는 고정되어 있지 않다. 독자가 어떻게 읽어 내느냐에 따라 같은 책이라도 의미가 달라진다. 스스로 그 의미를 찾고 부여하는 것이 중요하다.

학생들이 가장 어려워하는 것이 키워드 정하기였다. 키워드 정하기란 책에서 내가 읽어 낸 것이 무엇인가의 문제다. 책을 읽으면 당연히 이런 것이 있어야 하는데, 그냥 줄거리 따라 읽기에 바빴지 의미를 찾아내는 것을 어려워했다. 이 작업을 함께 하느라 수업 시간과 방과 후에 모든 아이들을 개별로 만났다. 몇 마디 조언을 하니 바로 감을 잡고 글을 쓰는 아이들이 있는가 하면, 책 내용을 같이 정리하며 이런 걸 써 보는 건 어때, 저런 건 어때, 하고 내가 키워드를 잡아 주다시피 한 아이들도 있다. 물론 내가 말한 걸 그대로 쓰는 경우는 많지 않았다. 그것은 나의 의미화일 뿐 본인들이 바로 쓸 수 있는 건 아니니까.

정유정의 《7년의 밤》 같은 작품은 인물들의 개성이 워낙 또렷하고 인물의 성격 특성 때문에 계속 사건이 일어나는 내용이라서 인물을 중심으로 키워드를 잡아 글을 쓴 아이들이 많았다. 히가시노 게이고의 《나미야 잡화점의 기적》은 책 자체가 주제별로 구성되어 있어서 키워드 찾기는 상대적으로 쉬웠다. 성석제의 《투명인간》을 제목만 보고 골랐던 아이들은 시점이 바뀌어가면서 여러 인물들의 삶을 통해 한국 현대사를 소설로 형상화시킨 작품을 어려워했다. 어려워요, 어려워요, 하더니 중반을 넘기자 더는 그런 소리를 안 하면서 책에 몰입했다. 그래도 책 내용의 핵심을 뽑아 키워드를 정리하는 것은 힘들어했다. 정민이는 이렇게 시작했다.

문학 시간에 긴 글을 쓰기 위한 책을 골라야 했다. 가장 먼저 내 눈길을 끈 제목이 바로 이 《투명인간》. 나는 처음 이 책의 제목을 보았을 때는 판타지소설인 줄 알았다. 서점에 가서 이 책과 처음 만났다. 서점에서 문제집이 아닌 내가 읽을 책을 사는 게 얼마 만인지 새롭게 느껴질 정도였다. 책을 사고 한 장, 두 장 읽다 보니 금방 이 책이 판타지소설과는 거리가 먼 소설이라는 것을 알게 되었다. 처음에는 책이 어려웠다. 소설 속의 서술자가 계속 바뀌었기 때문이다. 하지만 나는 곧 이 방식에 적응했고, 이 책의 매력에 푹 빠지게 되었다.

그리고 키워드를 '첫인상-만수네 이야기-월남전의 아픔-화려한 경제 발전의 이면-내가 원하는 세상-진정한 친구란-

투명인간의 의미 - 글을 쓰며 성장한다'로 정해 내용을 채워갔다. 사실 키워드가 들쭉날쭉이다. 작품을 읽어 내는 큰 줄거리가 없이 자신에게 의미 있는 내용, 해석할 가치가 있겠다 싶은 것을 되는대로 뽑아낸 것이다. 인물만 정리해도 되는 책에 비해서 내용이 전후좌우 복잡하니 큰 눈으로 파악해서 정리하기는 쉽지 않았을 것이다. 그래도 소제목 안의 내용들은 최대한 알뜰하게 정리를 했으니 이대로 괜찮다. 마지막에 이런 소감을 붙였다.

사실 생각해 보면 중학교 때 글을 쓴 기억이 거의 없다. 그리고 내가 과거에 썼던 글 중 보관되어 있는 글도 하나 없었다. 하지만 고등학교에 올라오고 지금까지 아침 활동 글쓰기나 역사 시간 글쓰기, 국어 시간 서평 등 수없이 많은 글들을 써 왔다. 부끄럽지만 중학교 때의 나는 독후감을 쓰라고 하면 인터넷에서 베낄 생각부터 했던 것 같다. 글을 쓰는 게 정말 싫었다. 하지만 지금의 나는 글을 쓰는 게 좋다. 우선 재밌고 내 생각을 글로 표현하여 보관할 수 있다는 게 너무 좋다. 난 분명히 일 년 반이라는 시간 동안 많은 성장을 했다.

이번 글쓰기도 마찬가지로 나에게 정말 의미 있는 시간 이었다. 난 이렇게 긴 글을 써 본 적이 처음이다. 처음에 선생님께서 8천 자라고 하셨을 때 "헐, 그걸 어떻게 쓰지"라는 생각을 하며 막막하기만 했다. 하지만 책에서 내가 중점적으로 본 부분 몇 가지를 꼽아 키워드별로 글을 쓰니 생각처럼 그렇게 힘들지 않았다. 8천 자라고 특별히 부담 갖지 않고 평소 짧은 글 쓰듯 편하게 써 나가니 재밌기까지 했다. 이 글에는 다양한 키워드에 대한 내 가치관과 생각들이 가득 담겨 있다. 그래서 난 이 글을 계속 간직할 것이다. 후에 내가 더 어른이 되어서 이 글을 본다면 그것만큼 의미 있는 일은 또 없을 것이다. 그때의 나는 지금보다 생각이 더 자랐을 것이다. 미래의 나에게 이 글은 어떻게 다가올지 궁금하고 정말 기대된다.

··· 이정민

아이들 글에서 책 내용을 자신의 삶으로 내면화한 내용이 좋았다. 작품 해석이 너무 적고 자기 이야기만 해도 안 되고, 내면화 없이 책 해설만으로 끝내도 안 된다고 여러 차례 강조했다. 현실에 적용해서 이해하는 부분은 좀 약했지만 그것은 고등학생 수준에서는 어쩔 수 없으니 너무 욕심부리지 않기로 했다.

책 내용에서 자기 삶을 되돌아보는 부분, 내면화 과정이 있으니 아이들의 솔직한 삶의 이야기가 나온다. 책에 의탁해 자신의 내밀한 이야기를 끄집어낸다. 누구에겐가 그런 이야기를 들려주는 자체로 의미가 있다. 수업 시간에 잘 참여하지 않고 책 읽기도 글쓰기도 성의를 보이지 않았던 한 학생이 이렇게 썼다.

세상과 관련지어 생각하라는데 솔직히 말해서 나는 이 책을 읽을 때 그런 거창한 생각은 하지 않았다. 그렇지만 내 삶과 관련지어 느낀 점을 설명하라면 잘할 자신이 있다. 일단 나도 주인공만큼은 아니더라도 좀 많이 힘들게 자랐다. 지금은 그런 것 없고 잘 지내지만 내 유년기를 보면 웃는 게 거의 없다시피 했다. 지금에서야 가족도 화목하고 좋은 친구를 많이 만나서 웃음을 되찾았지만 나는 어렸을 때 내가 우울증인가? 하고 생각할 정도로 많이 힘들었다. 진짜 자세히는 내가 못 적겠다. 지금 여기서 적어버리면 우리 가족도 망신일뿐더러 적기 시작하면 너무 오래 걸린다. 일단 이 주인공과 나의 공통점은 불행한 유년기를 보냈다. 자신을 괴롭히는 사람이 있었다. 하지만 믿고 기댈 수 있는 그런 사람이 한 명씩은 존재했다. 나 같은 경우에는 그게 저기 다른 학교의 친구이기는 하지만 그래도 나는 그 친구한테 기댈 수 있었고 많은 얘기를 털어놓아서 후련하기도 했다. 하지만 주인공은 어떤가. 기댈 수는 있고 털어놓을 수 있어도 후련한가? 아니 그렇지 않았다. 그게 나와 주인공의 결정적인 차이점이다. 느낀 점을 말해 보자면 나는 과연 그 친구를 만나지 않았더라면 정상적으로 행동할 수 있었을까다.

… 장수혁

아, 이 글을 읽고 마음이 찌르르했다. 그랬구나. 그래서 늘 혼자 엎드려 있었구나. 오직 한 사람 마음을 기댈 수 있는 친구가 다른 학교에 있다 하니 우리 학교 와선 친구를 깊이 사귀지 못했구나. 선생님들도 큰 힘이 되지 못했구나. 미안하고 안타까웠다. 잘 어울리지 못하는 아이들은 대체로 상처가 깊다. 그런데 그런 상처를 드러내기 쉽지 않기 때문에 잘 모르고 넘어가는 경우도 많다. 글을 쓰게 하면 이렇게 마음속 이야기를 털어놓는다. 이런 글을 읽었으면 불러서 좀 더 이야기를 들어 봐야 하는데, 어깨라도 두드려 줬어야 하는데 그러지 못했다. 그럴 여유가 생기지 않았다. 수업 들어가서 얼굴 볼 때만 생각나고 잊어버렸다. 지금 글을 정리하면서 미안하고 가슴이 아프다. 이런 아이들을 도와주라고 선생이 있는 건데…….

이 아이는 가장 늦게까지 과제를 안 낸 그룹에 속해 있어서 마지막까지 부르고 챙겼다. 이 과제만큼은 한 명도 포기하지 않는 것으로 목표를 세웠으니까. 이 학생은 글 분량을 조건대로 다 채우지는 못했다. 나도 그걸 바란 것이 아니었다. 그냥 늘 과제를 안 하고 제출하지 않는 습관에서 벗어나 보라는 것. 조금이라도 성의를 내 보라는 것이 내 마음이었다. 그걸 알았는지 글을 이렇게 마무리했다.

집안 사정으로 인해서 그렇게 길다시피는 못 적지만 이 정도라도 읽어 주셔서 감사합니다. 그리고 계속 불러다가 수행평가도 챙길 수 있도록 도움을 주셔서 감사합니다.

글쓰기 때문에 만나기로 하고 일찍 조퇴했을 때 내가 문자로 몇 가지 말을 한 적이 있었다. 한편으로 애가 귀찮아하지 않을까 걱정도 했는데, 챙겨 준 것을 고맙게 느꼈다니 마음이 뭉클했다. 아마도 이 아이는 오랫동안 학교에서 내팽개쳐져 있었을 것이다. 아무리 말해도 안 듣는 아이, 교사도 지치고 아이들도 시시하게 보고, 스스로도 자존감이 낮아져 나는 원래 못하는 놈이지 했을 테고. 학교가 아이들의 능력을 키워 주는 것이 아니라 열등감과 소외감을 더 부추기는 역할을 할 때가 많다. 학교를 다닐수록 더 비참하기만 하니 이런 상태가 악화되면 학교를 떠나버리기도 한다. 물론 학교를 떠났다고 삶이 끝난 것은 아니다. 어쩌면 더 치열한 배움을 얻을 수도 있다. 그러나 학교의 선생으로서 이런 학생들이 마음에 걸리지 않을 수 없다.

일대일
피드백

아이들 글을 읽고 피드백을 해 주는 일. 아주 중요한 일이지만 쉽지 않다. 그러나 안 할 수 없다. 글이란 말과 같으니 말을 듣고 나면 나도 말을 하고 싶듯이 글도 그렇다. 대화 나누듯 상대를 해 주고 싶은 글이 있다. 이런 생각을 했구나, 멋지네. 앞으로도 좋은 글 기대할게. 이런 인사성 댓글에서부터 글의 내용에 깊이 개입하여 비판하고 공감하는 댓글도 쓰게 된다. 짧게 써야지 하다가 자꾸 길어져서 아예 공책 한 쪽을 다 채워서 쓸 때도 있다.

처음부터 댓글을 달아 준 것은 아니었다. 이전 학교에 있을 때 국어과 선생님들이 모두 나서서 학생들 독서 지도를 아주 열심히 했다. 저마다 독서 공책이 있어서 단행본 독후감, 시 감상, 신문 읽기까지 아이들은 매달 책을 읽고 글을 써내고 선생님들은 그 공책을 끼고 읽었다. 한 선생님이 댓글을 달기 시작하니 동료들 사이로 퍼져 나갔다. 그래, 아이들이 이렇게 열심히 쓴 글에 반응을 보여야지. 도장만 꾹 찍어 주면 아이들이 얼마나 심심하겠는가. 댓글도 교사의 성향을 잘 반영한다. 한결같이 좋은 말, 애썼다는 말로 격려하는 교사가 있는가 하면, 글의 문제점을 조목조목 짚어 주는 비판형 교사도 있다. 비판을 싫어하는 아이들도 있고, 뻔한 칭찬을 재미없게 생각하는 아이들도 있다.

　아이들은 댓글을 달아 준 독서 공책을 기다렸다. 빨리 공책을 주지 않으면, 독서 공책 안 줘요? 독촉을 하기도 했다. 검사가 끝난 과제물이 교탁 서랍에서 잠자고 있는 경우도 있지만, 교사들이 댓글을 열심히 달아 준 공책은 달려들어 가져갔다. 선생님이 내 글에 뭐라고 평을 했는지, 칭찬을 받았는지 지적을 받았는지 궁금한 것이다. 그럴 만도 하겠다. 십몇 년 학교 다니면서 선생님에게 그런 피드백을 받아 본 적이 한 번도 없었다. 초등학교 시절 '참 잘했어요' 도장 외에는. 그런 쓸쓸한 시절을 생각하면, 선생님이 일일이 내가 낸 과제에 반응을 보여 주는 일은 얼마나 신나는 일인가. 댓글은 학생과 나누는 대화가 되기도 한다. 예전에 학생이 낸 글에 교사가 댓글을 달고, 그 댓글에 학생이 다시 댓글을 달고, 나중에는 공책에 빈 곳이 없어서 포스트잇을 붙여 가며 대화를 주고받던 후배 교사도 있었다. 토요일 하루를 온전히 아이들 글을 읽고 댓글을 달아 주는 데 쓰는 헌신적인 국어 교사도 있다. 아이들은 안다. 선생님들이 얼마나 애정을 기울여 자신들을 보살펴 주는지를.

그런데 8천 자 서평 쓰기는 그렇게 댓글로 달아 줄 수 있는 활동이 아니었다. 학생들이 책을 제대로 읽었는지 점검하고 글을 어떤 방향으로 써갈지 조언을 해야 했다. 한두 마디만 해도 척척 알아서 쓰는 학생도 있었지만 몇 번이나 만나서 점검을 하고 수정하도록 이끌어야 하는 아이들도 있다. 긴 글 쓰기는 댓글이 아니라 일대일 면담으로 지도하기로 마음먹었다. 수업 시간 다른 아이들이 글을 쓸 때 한 사람씩 나와서 글의 방향에 대해 조언하고, 반 정도 쓴 글을 두고 어떤 내용을 더 채워야 할지, 어떤 방향으로 마무리를 할지, 부족하거나 잘못 쓴 내용은 없는지, 어떻게 고쳐야 할지 학생과 대화를 나누었다. 다 쓴 글을 두고 평가하고 조언하는 것이 아니라 처음 쓸 때, 쓰는 과정에 지도가 필요했다.

사실 이것이 제일 중요하고 의미 있는 활동이었다. 아무리 댓글을 달아 줘도 학생의 글이 별로 달라지지 않는 경우가 있다. 문단 나누기 같은 것은 그렇게 여러 번 지적해도 수정이 안 되는 대표적인 오류였다. 왜 그런가 했더니 어떻게 문단을 나눠야 할지를 모른다는 것이었다. 글을 놓고 구체적으로 짚어 주고 거듭 훈련하게 하는 수밖에 없었다.

그리고 컴퓨터 문서 작업을 하면서 이 아이들이 얼마나 문서 편집에 서투른지 알게 되었다. 한 번도 문서를 쓰고 편집해 본 적이 없는 아이들도 있었다. '한글' 작업을 처음 한다는 아이도 있으니. 문단 나누기, 맞춤법, 띄어쓰기는 너무 엉망이라 한숨이 푹푹 나왔다.

"여태껏 한글 문서로 보고서 하나도 안 만들어 봤니?"

"중학교 때 하긴 했는데 모둠으로 해서 제가 직접 해 본 적은 없어요."

무임승차만 했다는 것이다. 그때는 좋았겠지만 결국 능력을 키우지 못해 지금 더욱 고달프다. 문서 편집하고 맞춤법 수정하는 작업부터 가르쳤다. 가정 형편 때문에도 그렇겠지만 핸드폰으로 인터넷이 가능해지면서 아예 컴퓨터가 없는 아이들도 있다. 컴퓨터는 게임이나 하는 용도로만 알고 있는 아이들에겐 떠듬떠듬 타자를 치는 법부터 배우라고 말할 수밖에 없었다. 이런 식의 첨삭 지도니 수업 시간만으로 감당이 안 되는 건 자명한 일. 방과 후에 만나자 하니 학원 때문에 시간이 없다는 아이들도 있어서 아침 일찍부터 교무실에서 한 명씩 만나 이야기를 했다. 교무실에 있는 다른 과 선생님들도 다 알 만큼 한 달 가까이 첨삭 지도가 이어졌다. 목에서 단내가 난다는 말은 그럴 때 쓰는 말이었다. 담당 학급과 학생 수를 줄이지 않고는 이런 작업을 보편화할 수 없다는 걸 절감했다.

그래도 아이들 글이 조금씩 좋아지고 분량이 늘어나면서 보람을 느꼈다. 그렇게 글쓰기를 많이 하면서 직접 대면하여 글쓰기를 지도하는 시간이 있어야 했다. 그런데 생각해 보니 특정한—뛰어난 학생들 몇 외에는 그런 일을 별로 하지 않았던 것 같다. 공책에 댓글을 달아 주는 것도 꼭 필요한 일이지만, 직접 만나서 대화를 나누며 글 지도를 해야 한다는 걸 너무 늦게 깨달았다. 그런 시간이 없어서 아이들 글이 쑥쑥 자라지 않았구나, 같은 실수를 되풀이하는구나 싶었다. 비문투성이에 내용도 뒤죽박죽이던 한 아이의 글을 꼼꼼히 분석해 첨삭 지도를 했더니 그다음 번 글은 훨씬 매끄러워졌다. 쟤는 글을 못 써, 라고 단념할 학생은 없다는 것을 깨달았다. 학생 수만 적으면, 맡고 있는 학급만 적으면, 가장 공들여서 할 작업은 일대일 대면 지도다.

저는 그냥
버려 주세요

1학기 말 시험이 코앞이다. 계획대로 했다면 수행평가 과제는 벌써 끝냈어야 하는 시점이다. 그런데 아직 마무리를 못 한 아이들이 있다. 사실 책 읽기가 끝나고 글쓰기를 시작할 때 아무래도 8천 자는 너무 무리인 것 같아서 분량을 좀 줄이려고 했다. 같은 과 후배 이 선생에게 말했다.

"애들 8천 자는 좀 무리일 것 같지요? 좀 줄일까요? 5, 6천 자 정도로?"

이 과제는 내가 제안했고 이 선생이 세 개 반, 내가 여섯 개 반을 맡았다. 책도 같이 정하고 협조가 잘되는 동료였다.

"저는 애들에게 8천 자라고 말을 해서 그냥 그렇게 하겠습니다. 선생님은 줄이셔도 됩니다."

엇, 이런 반응이 나올 줄은 몰랐다. 아무래도 그런 것 같아요, 좀 줄여 줍시다, 이럴 줄 알았는데. 나보다 더 세게 나간다. 너무 무리한 과제를 줬다고 생각힐 줄 알았는데 뜻밖의 대답에 나는 기껍게 웃었다.

"그렇다면 그대로 해요. 안 되는 애들은 안 되는 대로 두고 되는 애들은 하겠지요."

그렇게 아이들도 설마, 설마하던 글쓰기를 진짜 8천 자로 진행했다. 그리고 놀랍게도 전혀 불가능해 보일 것 같은 아이들이 8천 자 넘는 분량의 글을 써서 리로스쿨에 올렸다. 나는 첨삭 과정에 시간을 많이 끌어서 내가 맡은 학급은 안 한 아이들이 많은데, 이 선생이 맡은 반은 벌써 끝내고 손을 턴 아이들이 많았다. 은근히 비교도 되면서 마음이 초조했다. 학년 전체 반장들 단톡방도 만들고 아이들에게 독촉 메시지를 보냈다. 격려가 될 만한 아이의 글을 복사해서 붙이기도 하고, 내용을 확장하는 팁도 알리느라 단톡방이 바빴다. 지필고사 기간이 다 되어 미안했지만 이 과제의 성적 비율도 높기 때문에 어쩔 수 없었다. 책을 읽을 때 좀 더 독촉을 해서 4월 안으로 끝을 냈어야 했는데 그러지 못한 것이 잘못이었다. 아이들도 나도 힘들었다. 그래도 막바지 힘을 내어 앞 반 아이들도 차츰차츰 마무리를 했다.

정말 안 하려고 미꾸라지처럼 빠져나가던 아이들 가운데 몇

이 막판에 주말 이틀 동안 몰입을 하더니 8천 자를 거뜬히, 내용도 썩 좋은 글을 완성해 올렸다. 그리고 끝에 이런 소감을 붙였다.

나는 솔직히 8천 자 쓸 생각이 없었다. 하지만 선생님께서 끝까지 나를 잡아 주셨고 나는 너무 미안했다. 나 땜에 없는 시간 더 쪼개서 나를 보려고 해 주셨다. 그래서 나는 나를 위해서라도 선생님을 위해서라도 끝까지 쓰고 싶다. 비록 8천 자가 아니라고 하더라도 끝까지 내가 부딪치는 곳까지 가 보고 싶었다. 결국 나는 여기까지 왔다. 내가 다 했다는 생각과 함께 너무 기뻤고, 선생님께 너무 고마웠다. 너는 할 수 있다, 라는 자신감을 붙여 주시고 용기를 주신 선생님께 너무 고맙다는 말을 하고 싶었다.

… 정홍재

아이들이 쓴 글이 백 퍼센트 진실은 아니다. 말에서 끝나는 경우가 더 많다. 그 순간 간절한 마음이 들었지만, 삶 속에 뿌리내리긴 쉽지 않다. 그러나 이렇게 도전하고 극복하는 경험을 거듭하다 보면 조금씩 변화하고 성장할 수 있을 테다.

그런데 도검이는 《연을 쫓는 아이》를 들고 끝내 다 읽지 않고 글도 쓰지 않았다. 1학년 때부터 그런 태도였는데 바뀔 생각을 안 한다. 글을 쓰면 문장도 괜찮고 이해력도 있는 아이인데 자신을 마냥 방기하고 있다. 몇 번째 불러서 말을 했다.

"늘 안 하는 습관이 붙는 건 아주 나빠. 책 분량이 많아서 다 못 읽겠으면 읽은 데까지라도 글을 써라."

"선생님, 저는 그냥 버려 주세요."

"우리 학교의 모토가 '한 명의 아이도 배움에서 소외시키지 않는다'야. 예수님이 한 마리의 양도 포기하지 않는다는데, 너를 포기할 수 있겠니? 이번엔 안 하고 넘어가는 아이 한 명도 없게 할 거야. 꼭 같은 수준을 요구하는 게 아니야. 네가 할 수 있는 만큼은 해!"

그 녀석은 결국 책을 다 읽지 못했지만 최소한의 성의를 보이기 위해서 글을 내기는 했다. 분량도 내용도 불성실하게. 그 글에 이런 구절이 보였다.

세 달이면 충분히 책을 완독하고도 남을 시간이고 서평도 쓸 수 있다. 하지만 세 달이나 시간이 있었지만 난 책의 반도 읽지 못했고 당연히 서평을 쓸 생각도 없었다. 나를 제외한 우리 반 아이들은 거의 다 검사를 맡았고 몇몇 아이들도 우여곡절 끝에 검사를 맡았다. 그래서 선생님께서 찾아오셨다. 평소에 찾아오셨으면 반갑게 선생님 - 하고 달려 나갔을 테지만 서평 때문에 찾아오신 거라 솔직히 반갑지는 않았다. 선생님께서는 이런저런 말들을 내놓으시며 한 마리의 양도 놓칠 수 없다 하셨다. 나는 선생님께서 무슨 말씀을 하시는지 알고 있었다. 물론 수행평가도 수행평가지만 이러한 활동이 우리의 점수를 위해서가 아니라는걸.

… 홍도겸

생각은 멀쩡한데 몸이 움직이지 않는 아이들이 있다. 아무리 두드려도 안 열리니 지치기도 한다. 하지만 하는 데까지 해 보는 거지 뭐. 그런데 녀석이 일 년 뒤 3학년이 되어선 담임에게 그렇게 말했단다. 저를 계속 좀 찔러 주세요. 이제야 정신을 차린 모양이다. 지난 시간들, 그 방황과 실패의 시간들은 그 아이의 인생에서 어쩔 수 없이 지나야 하는 길이었는지도 모른다. 그렇게 구불구불한 길을 걸어서 패배할 만큼 패배하고서야 새로운 시작을 해 볼 마음이 드는 사람도 있다. 인생의 길이란 한 길만 있는 건 아니니까 안타깝지만 어쩔 수가 없다. 아이들이 언제 깨어날지 모르니 포기하지 않고 정성을 다할 수밖에.

많은 학교에서는 공부 잘하는 아이들을 더욱 잘하게 하는 데 역량을 가장 많이 쏟는다. 공부 순으로 자리를 배치하고, '정독실'이라고 부르는 자습실은 성적순으로 들여보내 주는 것이 오랜 관행이었다. 뛰어난 인재를 잘 기르는 것은 물론 중요하다. 인류사에 빛나는 뛰어난 개인들이 얼마나 많았던가. 그들의 빛으로 많은 사람들을 어둠에서 구원하기도 한다. 그러나 한 사람을 소외시키고 방치했을 때 일어나는 비극도 우리는 종종 접한다. 뛰어나면 뛰어난 대로 뒤처지면 뒤처진 대로 관심을 갖고 공동체 속으로 끌어들여 함께 발전할 수 있는 길을 마련해야 한다.

수업 시간에 가장 힘든 것은 자거나 떠드는 아이들이다. 수업 내용을 이해하지 못하거나, 관심이 없거나, 자기 생활 관리가 안 되어 낮밤의 수면 시간이 바뀌었거나…… 하는 이유 때문이다. 참여시키기 위해 갖은 애를 쓰다가 포기하는 경우도 허다하다. 저 애는 안 되겠구나. 그러나 그 마음은 얼마나 참담한지……. 혁신학교, 다행복학교를 표방하고 있는 우리 학교에선 이래서는 안 되겠다고 선생님들이 마음을 모았다. 수업에 너무 뒤처져서 혼자서는 회복하기 어려운 아이, 생활 습관이 너무 나빠서 한두 번 훈계로 바뀌지 않는 아이들을 꾸준하게 지도를 해 보기로 했다. 한 명도 배움에 소외되지 않게 한다는 목적으로. '돌봄 프로그램'이라는 이름으로 인문학, 영어, 수학 과목을 희망하는 선생님들과 희망하는 학생들이 모여 수업과 상담을 이어갔다. 교육청에서 내려오는 예산으로 의무적으로 실시했던 부진아 지도와는 다른 방식이었다. 성적순으로

모집하는 것도 아니고, 하기 싫은 교사들이 마지못해 하는 것
도 아니었다. 스스로 마음을 낸 교사들과 같이해 보겠다고 약
속한 아이들이 멘토와 멘티 관계로, 한 교사당 학생 네댓 명으
로, 한 학기 동안 프로그램이 진행되었다. 수업 내용을 따라가
기 힘든 아이들은 멘토 교사를 정해 따로 시간을 마련해서 보
충수업을 하거나, 생활과 관계에 어려움을 겪는 아이들은 면
담을 하며 문제를 함께 해결하려 했다.

조금씩이지만 아이들이 변화하는 게 보였다. 여태 학교에서
못한다는 잔소리만 듣다가 돌봄을 받는 것이 아이들의 자존감
과 관심을 높이는 계기가 된 것 같다. 학교와 선생님들이 나에
게 관심이 있구나, 내 성장을 진짜로 바라는구나, 느끼게 되면
마음이 조금씩 깨어나는 것이다. 작물이 농부의 발걸음으로
자란다고 하듯이, 진정 어린 관심과 보살핌이 있으면 더디더
라도 그 효과는 나타난다.

내가
여기까지 왔어!

"내가 정말 이걸 다 썼나 싶어서 너무 신기해서 10분 동안 화면을 죽 내려서 음미했어요. 이렇게 긴 글을 내가 쓸 수 있을 줄 몰랐어요."

자신이 진짜로 해낼 줄은 몰랐다고, 자기 안에서 새로운 발견을 한 것 같다고 쓴 아이들이 많았다. 리로스쿨에 글이 속속 올라온다. 8000, 90000, 13000. 애들이 정말 써내는구나. 사실 몇 명 안 하고 포기할 줄 알았다. 3, 4천 자, 길어야 5, 6천 자 정도면 족하지 않을까 했는데 여러 학급에서 대여섯 명의 학생만 빼고 모두 분량을 달성했다. 내용도 충실했다. 소설 속 인물들을 자신이 할 수 있는 한 분석하고 현실에 적용하고 자기 삶의 경험 속으로 끌어들였다. 1학년 땐 어떤 과제도 제출하지 않던 아이, 연체동물처럼 엎드려만 있던 아이, 저 애가 3년을 어떻게 학교에 다닐까 걱정스럽던 아이도 8천 자 넘는 글을 거뜬하게 써냈다. 그런 아이들이 제법 있었다. 아이들도 나도 놀랐다.

서평 끝에 이 활동의 의미에 대해서 써 보라고 했더니, 이렇게들 썼다.

이 책을 읽고 이렇게나 긴 서평을 써 보니 참 많은 것을 느꼈다. 이 서평을 적기 전, 막대한 글자 수에 겁에 질려 있었고, 시도조차 하기 버거운 상황이었다. 허나 하나하나 내가 책을 읽으며 느꼈던 감정을 글에 정성스레 옮겨 담아서 그런지 글을 쓰는 것이 생각보다 힘들지 않다고 느꼈다. 나는 문득 소수의 친구들이 이런 말을 했던 것이 기억난다. "《구덩이》는 그냥 스토리 형식이라서 적을 게 많이 없지 않나?" 솔직히 말해서 이 서평 쓰기 활동을 하기 전까지는 독서의 목적을 '독후감 분량을 채우기 위한 목적'으로 삼았다. 그래서 소수의 친구들과 같은 걱정을 하였던 것도 사실이다. 하지만 이 서평 활동은 이러한 바람직하지 못한 독서 태도에 대해 반성하고 바꾸도록 하였다. 책에 담겨 있는 의미를 깊게 들여다보고 이 의미를 다양한 방식으로 접근해 보니 독서를 하면서 느낄 수 있는 여운과 재미를 깨닫게 되었고, '분량'을 목적으로 하는 것이 아니라 '깨달음'에 초점을 두어 독서하는 자세를 고칠 수 있었다. 또한 다양한 방식으로 작품을 해석하다 보니 생각의 폭이 넓어진 것 같다. 책만이 아니라 영화나 드라마를 볼 때 '이 배경이 무엇을 상징하는지 혹은 이러한 장면을 넣은 작가의 의도는 무엇인지, 이 소재가 나중에 나오는 장면의 소재와 어떤 관계가 있는지' 등을 생각하게 되어 작품을 심도 있게 감상할 수 있게 되었다.

… 김건현

끔찍하게 느껴졌던 8천 자 글쓰기를 내가 해내었다. 무려 8천 자를 넘어 만 자를 써냈다. 소설에 대해 생각하고 또 생각하고, 혼자 질의응답도 해 보고 조사도 해 보니 어느새 이렇게 긴 글을 쓰고 있었다. 많이 써 봤자 3천 자도 못 넘길 줄 알았던 나였던지라 나 자신도 깜짝 놀랐다. 이렇게 글을 쓸 수 있다는 사실 자체가 놀라웠다. 긴 글 쓰기를 통해 '나도 어느 정도 생각할 수 있는 사람이구나'를 느꼈고 무엇보다 이 활동으로 인해 '못 할 것은 없다. 무엇이든 할 수 있다'라는 큰 깨달음을 얻었다. 과장을 해서 말하자면 앞으로 내 앞길에 어려운 일 힘든 일이 나에게 불어 닥쳤을 때, 피하지 않고 부딪쳐 볼 수 있을 것 같다. 너무 힘들었지만, 내 인생에서 한 번도 해 보지 못하고 죽을 수

도 있는 일이었는데 이런 의미 있는 활동을 할 수 있게 해
주신 선생님께 큰 감사 인사를 드리고 싶다.

… 임다은

　장편소설을 읽으면 분명 초반엔 재미가 없어서 집중이
잘 안 된다. 그래서 이 책을 포기해버릴까, 놓아버릴까 하
면서도 어찌어찌 읽다 보면 나도 모르는 새에 그 책에 빠
져들어 있다. 정말 재미없는 책이었는데 어느 순간 재밌다
고 느껴지고, 어느 순간 빠져들어 있다. 신기하게도 그렇
다. 이것이 단편소설 같은 글에선 느낄 수 없는 장편소설
만의 장점인 것 같다. 단편소설은 읽다 보면 집중되려고
할 때쯤에 끝이 나버린다. 하지만 장편소설은 길어서 오히
려 더 빠져들게 해 준다.
　이번에는 장편소설을 읽은 느낌보다는 장편소설을 읽
고 긴 글을 쓴다는 게 더 새롭고 신기하다. 내가 이 책을 읽
고 이만큼이나 생각할 줄 안다니! 이렇게 쓴 적이 처음이
라서 쓴 행위 자체가 새로웠다. 초반엔 이렇게 긴 글을 어
떻게 써야 하나, 어떤 식으로 써 내려가야 하나, 막막했
다. 하지만 천릿길도 한 걸음부터라고, 차곡차곡 이야기를
하나하나 쌓아가고 그것을 배열하고, 구조를 잡아가고, 이
를 토대로 살을 붙이고, 그러다 보니 어느샌가 글이 완성

되어 있었다. 그리고 한글 파일 왼쪽 하단의 '7쪽'이라 되어 있는 글씨는 정말 낯설다. 내가 초등학생 때 한글 자격증을 따려고 했을 때보다 많은 느낌이다. 그리고 가상 큰 감정은 뿌듯함이다. 내가 여기까지 왔어! 여기까지 썼어!

··· 김혜인

글쓰기의 내공을 심어 줄 생각으로 시작한 과제였는데, 아이들은 삶의 큰 산 하나를 넘은 것처럼 느끼고 있었다. 처음에 가졌던 두려움, 그러나 천릿길도 한 걸음부터라고 한 줄 한 줄 쓰다 보니 어느새 목표점을 훌쩍 넘기기도 한다. 사람들은 해 보지 않은 것에 두려움을 느낀다. 삶의 경험이 빈약한 아이들은 더욱 그렇다. 무얼 그렇게 힘들게 해 본 적 없는 아이들이 대부분이다. 책 한 권을 놓고 이렇게 많은 생각을 해 본 것도 처음이다. 많은 아이들이 말했다. 성적이 어떻게 나오는가가 중요한 것은 아니다. 이만큼 해낸 나 자신에게 어깨를 두드려 주고 싶다고.

이런 경험이 중요한 것이다. 에너지를 한껏 끌어내어 쓰는 것, 나도 마음먹으면 할 수 있다는 자신감을 심어 주는 일. 공부에서 지식을 얻는 것보다 더 중요한 것은 이런 마음과 태도다. 물론 이런 활동 한 번으로 아이들의 삶이 확 바뀌진 않는다. 그러나 학교는 이런 도전과 성취를 얻게 해 주는 곳이어야 한다.

그 후,
우리의 발견

그렇게 아이들과 씨름을 하고 새로운 모습을 발견하기도 하면서 긴 글 쓰기를 하고 난 뒤 내가 아이들을 보는 눈도 많이 달라졌다. 이전에는 아무 생각 없이 놀기만 좋아하는 아이라고 생각한 학생들 가운데 잠재 능력을 발휘한 아이들이 꽤 많았다. 자라는 아이들을 짧은 시간에 단편적으로 판단할 것은 아니라고 다시 깨닫게 되었다. 그 후의 다른 활동에서도 계속 느꼈지만, 처음으로 해 보는 어려운 과제를 통과하며 아이들도 나도 많이 성장했다.

완성된 서평 자체로 나를 깜짝 놀라게 한 아이도 있다. 승민이가《데미안》을 읽고 쓴 글은 책의 내용에 대한 이해나 핵심 키워드를 뽑아 군더더기 없이 조직해 내는 능력, 풍부한 표현들에서 탁월했다. 승민이는 책 읽기를 제일 먼저 끝내고 다시 훑어보고 있을 때 짧게 이야기를 나누었다.

"이 소설은 성장소설이면서 구도자, 진리를 찾는 사람들의 이야기로 볼 수 있어. 데미안과 어머니의 모습이 그렇고 싱클레어도 그렇지 않니? 자아의 참된 완성을 향해 나아가는 사람들."

승민이는 고개를 끄덕였다. 그리고 다음 시간에 글의 앞부분을 써 왔고, 나는 아주 좋다고 칭찬했다. 진짜로 좋았으니까.

세상에 절대적인 진리가 있을까? 과연 무엇이 진리일까? 나는 무엇을 추구하며 살아야 할까? 본능적으로 이 물음들에 대해 끊임없이 고뇌하며 때로는 상실감에 젖고, 때로는 사랑에 빠진 소년 싱클레어의 이야기는 특유의 문체로 덤덤하게 다가오면서도 격동적이다. 숨 막히게 달리며 읽어 온 까닭은 아마 내 마음속 깊은 곳에 싱클레어가 겪은 폭풍이 잠재되어 있는 것이겠지, 하고 생각한다.

··· 정승민

그 뒤로 승민이는 노트북을 들고 와서 수업 시간에 열심히 글을 썼다. 그리고 완성해서 리로스쿨에 올렸다. 글을 다 읽고 감탄했다. 고등학생이 이 정도로 쓸 수 있다니. 물론 평소에도 필력이 있는 학생이었다. 보기 드물게 사색적이고 감수성도 풍부한 친구였다. 승민이가 쓴 서평을 내 벗들에게 보여 줬더니 독문학을 전공하는 교수가 그랬다.

"야가 천잰교?"

"핫, 그런 것 같죠. 진짜 청출어람입니다."

그런가 하면, 농땡이 짓만 하고 마지막까지 글을 안 써서 애를 먹이던 아이가 막판에 글을 썼고, 꽤 감동스런 내용도 있어서 아이를 다시 보게 된 경우도 있다. 올해 3학년 담임을 맡았는데 그 아이가 우리 반이 되었다. 그 아이와 있었던 작은 이야기, 느낀 점을 써서 페이스북에 올렸다. 별것 아닌 이야기인데 독자들이 내가 아주 좋은 선생인 양 칭찬해서 좀 어리둥절했다. 사실 이 정도의 정성은 많은 교사들이 쏟는 것이다. 얼마 전에 쓴 그 글을 옮겨 본다.

괄목상대(刮目相對)

영민이는 공부를 잘 안 했다. 수업 시간에 집중하지 않는 데다 자기표현도 거의 안 해서 재미가 없는 아이로 생각했다. 그런데 작년 2학년 때 몇 차례 내 독촉을 받고 장편소설 긴 서평을 뒤늦게 썼는데 내용도 좋고 문장도 깔끔했다. 특히 다음과 같은 결말은 잊히지 않는다. 끝까지 게으름을 부리는 아이들과 씨름을 하던 나에게도 용기를 주는 말이었으니까.

8천 자 글쓰기라고 했을 때 과연 내가 이것을 할 수 있
을까? 하는 생각을 했다. 그 생각에 맞게 나는 미루다 마지
막까지 가버렸다. 마지막까지 갔을 때는 내가 진짜 미친놈
이지라는 생각까지 들었다. (중략) 선생님이 한 명도 포기
하지 않는다고 했을 때 나는 진짜 제대로 해야겠다는 생
각이 들었다. 선생님이 포기하지 않는데 포기하는 학생이
어디 있겠는가? 선생님이 아니었으면 나는 8천 자가 아
닌 8백 자도 못 적었을 것이다. 이때까지 글쓰기를 한 것
중에서 가장 힘들었지만 가장 의미 있고 가장 재미있었던
글쓰기인 것 같다. 내가 이렇게 적을 때마다 하나씩 올라
가는 숫자 6571자 이것을 보면서 나는 감탄했다. 내가 이
렇게까지 하다니. 이 글쓰기를 통해 내가 많이 바뀐 것 같
다. 책을 보는 시선, 글쓰기에 대한 감정, 작가가 말하고 싶
은 것들을 볼 수 있는 눈을 가지게 된 것 같다.

… 한영민

이 정도로 생각할 줄 아는 학생이었던가? 새로운 발견
이었다. 학생의 지적 능력을 파악하는 건 여러 가지가 있
지만, 나는 문장을 보고 종종 판단한다. 꼭 작문 실력이 아

니라 기본적인 학습 능력—이해와 표현 능력 말이다. 얘가 능력은 있는데 게으름을 부렸구나 싶었다. 하지만 그 뒤로도 다른 활동들을 계속 불성실하게 해서 츳츳 안 되겠구나 했는데, 올해 담임을 맡았다. 가까이 봐도 역시나 공부를 안 하고 성적도 바닥이다. 첫 상담을 하면서 가족 상황을 살펴보니 누나들은 공부를 잘해야 들어갈 수 있는 직장엘 다니고 있다. 막내아들 하나가 부모 속을 좀 썩이겠다. 공부엔 영 취미가 없어 보여 어쩔 수 없나 했는데, 작문 시간에 요약하기를 하는데 핵심을 잘 찾아낸다. 읽는 속도도 빠르다. 너 알아서 해라, 내버려 두기엔 아깝다.

우리 학교는 고3들에게 자습을 권유하지만 강제는 아니어서 학교에서 야간 자습을 안 하는 아이들이 많다. 학원, 공부방, 독서실, 도서관 등등 자신이 공부가 더 잘되는 공간에서 하겠다는데 무슨 권리로 막겠나. 자습 시간도 10시까지로 되어 있지만 9시까지만 하는 아이들이 훨씬 많다. 물론 다 수용해 준다. 교사의 지시나 권유보다 학생들의 결정이 우선이다. 보충수업도 완전 자유 선택이다. 이제 우리 학교에서 강제 보충, 강제 야자는 구시대의 말이 되었다. 그러나 자습을 하겠다고 해 놓고 게으름을 부리는 아이들은 단속을 하고 있다. 의지가 굳건하지 못한 학동들에겐 지도가 필요하다. 영민이는 처음엔 월요일부터 금요일까지 밤 9시까지 자습을 하겠다고 했다. 그런데 그저께 와서 계속 공부하는 것은 너무 피곤해서 금요일은 쉬겠다고 한다. 고3인데 힘든 것도 좀 참아 부라고 했지만 안 들을 태세다. 그런데 작년 담임들에게 들어 보니 피시방엘 자주 간단다. 그럼 얘가 피곤해서가 아니라 피시방을 가고 싶어서 금요일은 빼 달라고 한 건가? 이건 좀 곤란하다. 청소년기에 컴퓨터를 조절하지 못하면 중독되기 쉽다. 미성년자들을 무엇에든 중독으로 빠지도록 방치해서는 안 된다.

오늘 청소 시간에 그 애를 잠깐 불러서 얘기했다. 너는 글도 잘 쓰고, 요약을 잘하는 걸 보니 읽기 능력도 좋다. 기본 학습 능력은 있는데, 그동안 네 안의 에너지를 잘 끌어내지 않았네. 하지만 지금도 늦지 않았다. 점수로 드러나는 결과도 중요하지만, 스스로를 통제할 수 있는 능력, 자신의 에너지를 끌어낼 수 있는 힘을 기르지 않으면 안 된다. 지금부터 바짝 공부를 해 봐라. 내 말의 핵심은 금요일도 빠지지 말고 학교에서 공부하라는 말이야. 몇 마디 안 했는데, 어제까진 금요일엔 가겠다고 뿌득뿌득 고집을 부리던 애가 순순히 수긍한다. 가능하면 10시까지 하면 좋겠다고 했더니 그것도 고개를 끄덕인다. 얼마나 실천으로 이어질지 모르지만, 적어도 내가 야자 감독을 하고 있는

70

지금 9시 40분, 정독실에서 공부를 하고 있다. 10시까지 하는 거니? 했더니, 당연하죠, 대답이 시원하다. 곧 영민이를 괄목상대(刮目相對)할 날이 올 것을 믿어 본다.

학교 공부가 인생의 성공과 행복을 백 퍼센트 보장해 주는 것은 아니다. 그러나 세상을 이해하고 자기 권리를 지키고 살려면 최소한 지식 공부는 필수다. 대부분의 일반계 고3 학생들에겐 공부 외에는 달리 할 일이 없다. 공부를 해서 어떤 진로와 기회를 얻는가는 차치하고라도 자신을 절제하는 힘, 자기 내면에서 에너지를 최대한 끌어내는 능력을 키우는 것은 아주 중요하다. 그것은 사실 인생의 제일 큰 자산이다. 자기를 다스리지 못하고 할 수 있는 일은 아무것도 없다. 지금 검찰 조사에 오르내리고 있는 이들은 한때 세상을 얻어 무소불위(無所不爲)의 권력을 휘둘렀으나 자신을 통제하지 못하여 파멸했다. 삶은 결국 자기와의 대결이다. 세상과의 맞섬도 마찬가지다. 내가 나를 이기는 것, 그리하여 장자가 말했듯이 더 높은 경지에서는 편협한 자아에서 벗어나 무장무애(無障無礙) 자유로워지는 것. 모든 인간의 궁극적인 꿈이다.

(봄에서 여름)

시에
마음을
얹다

시에 기대어
와르르

　일요일. 아침에 개 두 마리를 데리고 뒷산 산책을 한다. 소나무 군락에 진달래꽃이 만발했다. 소나무와 진달래는 연인 사이처럼 잘 어울린다. 산자락 사이 습지에는 버들개지가 노랗게 피어올랐다. 태어난 지 넉 달 된 강아지는 천방지축 뛰어다니고 며칠 전 중성화 수술을 한 어미 개는 붕대를 감고도 산속으로 뛰어가버린다. 뭇 생명이 물이 오르는 계절. 봄 햇살에 빨래를 널고 등에 햇볕을 받으며 쑥을 캤다. 강아지는 옆에 앉아 나뭇가지를 갉작거린다. 더없이 평화로운 시간.

　책상에 앉아 아이들 수행평가 사이트를 연다. '시 에세이 쓰기' 평가다. 시 에세이는 좋아하는 시를 베껴 쓰고 자신의 경험을 바탕으로 시 감상을 쓰는 글이다. 특별한 형식이 있는 게 아니어서 아이들이 제일 편안하게 하는 글쓰기다. 본격적으로 점수를 매기기 전에 몇 개 클릭해서 읽은 글은 감동이다. 기형도의 〈엄마 생각〉을 쓰고 늦게까지 안 돌아오는 엄마를 기다리며 울던 이야기, 윤동주의 〈편지〉에 덧붙여 왕따를 당하던 시절 유일하게 곁을 지켜 주던 친구 이야기, 그마저 헤어져 편지 대신 보낸 메시지에 돌아오지 않는 답신. 이장근의 〈그냥이라는 고양이〉에 덧붙여 그냥 편안하게 마음을 보여도 되는 친구 이야기. 시 한 편 한 편마다 쉽게 드러낼 수 없는 이야기들이 소복하다. 아이들은 이야기 들어 줄 사람이 필요했다는 듯 술술 이야기를 풀어놓았다.

그랬다. 아이들은 말을 하고 싶어 했다. 마음을 보여 주고 싶어 했다. 그런데 그런 계기가 없었으므로, 아무에게나 불쑥 마음속 이야기를 드러내기는 멋쩍었으므로, 꽁꽁 싸매고 있다가 시 한 편에 기대어 와르르 마음을 쏟아 내는 것이다.

시를 통해 자기 이야기를 털어놓은 글을 오래 읽어 왔다. 참고서를 보고 시를 해석할 것이 아니라 시를 읽고 떠오르는 생각을 자유로이 풀어놓을 것. '시 감상문 쓰기' 활동을 수행평가로 해 온 지는 20년이 다 되어간다. 오래전에 처음 고3을 맡았을 때, 아이들이 기본 작품을 너무 안 읽었구나 싶은 마음에 1, 2학년을 맡으면 시와 소설을 기본 작품부터 읽혀야지 했다. 그래서 믿을 만한 시 해설집을 골라(김흥규의 《한국 현대시를 찾아

76

서》를 많이 이용했다) 시와 해설을 같이 복사해서 모든 아이들에게 나눠 주고 시에 대한 느낌을 쓰라고 했다. 그렇게 한 2년 하다가 문득 드는 생각. 이렇게 한다고 아이들이 시를 좋아할까? 졸업하고 난 뒤에도 시를 찾아 읽고 시집도 사 볼까? 고개가 저어졌다. 아이들의 자발성을 억누르는 짓이다. 스스로 읽도록 이끌어야지, 떠먹여 주는 짓은 그만하자.

그래서 학교를 옮긴 다음부터는 활동을 바꾸었다. 시를 지정해 주지 않고 시집에서 마음에 드는 시를 골라서 베껴 쓰고 감상을 쓰는 것. 인터넷도 없던 시절이니 시집을 찾아볼 수밖에. 괜찮은 시집을 내는 출판사를 알려 준 것이 전부였다.

아이들은 시를 잘 찾아왔다. 베스트셀러 시집으로 서정윤, 원태연 같은 대중적인 시만 골라 온 아이들이 소수 있었지만 대체로 좋은 시인들의 좋은 작품을 찾아왔다. 해석도 곧잘 했다. 완전히 오해를 한 해석에는 댓글로 수정을 해 주었다. 아이들은 시를 베껴 쓰고 감상을 쓰고 그림도 그렸다. 시 감상 공책은 예쁜 시화집이 되었다. 국어 교사들은 서로 자기가 담당하는 반 아이들 글을 자랑하기 바빴다. 그 학교에선 마음이 잘 통하는 후배들이 많았다. 마음이 쓸쓸한 날, 공책들을 집에까지 싸 들고 가서 뜨거운 차 한잔을 마시며 아이들 글을 읽으면서 위로를 받는다는 교사도 있고, 편지를 주고받듯 독서 공책에서 아이와 긴 댓글을 주고받는 교사도 있었다. 시 감상문만 받

은 게 아니라 신문 기사평, 단행본 독후감까지 아이들 글에 파
묻혀 허덕이기도 했지만, 시 감상문은 부담 없이 즐겼다. 쓰는
학생들도 읽는 교사들도.

한 아이가 생각난다. 문학 수행평가로 시 감상문 쓰기와 함
께 시를 외워 수업 시작할 때마다 한 명씩 발표하는 활동을 했
다. 좋아하는 시를 외고 자기 느낌을 말하는 형식이었다. 〈가을
떡갈나무 숲〉이라는 긴 시를 외워 온 여학생.

가을 떡갈나무 숲
이준관

(상략)
나는 떡갈나무에게 외롭다고 쓸쓸하다고
중얼거린다.
그러자 떡갈나무는 슬픔으로 부은 내 발등에
잎을 떨군다. 내 마지막 손이야. 뺨에 대 봐,
조금 따뜻해질 거야, 잎을 떨군다.

···《가을 떡갈나무 숲》(1991)

시를 외다 말고 울컥 목이 멘다. 듣고 있던 아이들은 탄성을
지르며 친구를 위로한다. 나중에 그 애가 감상문 공책에 썼다.

시 한 편으로 눈물이 나올 줄은 몰랐다고. 시 감상문 쓰기 활동
이 1학년 때는 무척 귀찮았으나, 자신은 문학 특히 시 같은 것
에는 아무 감흥도 못 느낀다고 생각했으나 차츰 시가 좋아졌
다고. 감상문 쓰기를 일 년쯤 하고 나니 2학년인 지금은 시가
정말 좋다고. 눈물을 흘릴 정도로 시가 좋다고. 자신이 이렇게
변할 줄은 상상도 못 했다고.

교사에게 용기를 주는 학생이었다. 그 학년 아이들은 정말
열심히 글을 써 왔는데, 3학년이 되어서도 시 감상 수행평가를
해 볼까 했더니 대부분이 동의했다. 그리고 3학년, 이전보다
더욱 열심히 글을 썼다. 문제 풀기에도 바쁜 아이들이 글쓰기
에 이렇게 정성을 들일까 싶었는데, 시를 읽고 마음을 풀어놓
는 시간이 행복하다고 했다. 시를 놓고 문제만 풀고 넘어가는
공부가 토할 것처럼 재미없고 힘들었다고 했다. 글을 쓰는 이
시간이 정말 마음의 위로와 치유가 된다고. 그 뒤로 빠지지 않
고 시 감상문 쓰기 활동을 해 왔다.

그러다 학교를 옮기면서 시 외우기 활동을 했다. 아이들이
교무실로 찾아와서 시를 외우게 하면 재밌겠다고 해서 시작했
다. 시는 노래에서 출발했으므로 외는 것도 좋다. 그리하여 우
리 학교 1, 2학년 학생들은 특별한 일이 없으면 주마다 시 한
편씩을 왼다. 월, 화, 수에는 띄엄띄엄 오다가 목요일 오후부터
금요일 사이엔 교무실이 미어터질 지경이다. 복도마다 시 외

는 소리가 낭랑하다. 근처에 자리한 다른 과 선생님들도 저절로 시를 외울 정도로 반복해서 듣게 된다. 국어과 선생님이 너무 바쁠 땐 옆에서 봐 주시기도 한다. 외울 작품은 선생님들이 매주 제시하는데, 교과서에 나오는 시를 하기도 하고, 특별히 애착이 가는 시, 계절의 분위기를 잘 반영한 시들을 고른다. 너무 길면 학생도 교사도 힘드니 길이가 적절한 작품을 고르는 것도 일이다. 백석의 〈산숙〉과 릴케의 〈가을날〉은 내가 좋아서 제시한 시였고, 반칠환의 〈노랑제비꽃〉, 시바타 도요 할머니의 〈약해지지 마〉를 주었을 땐 아이들이 엄청 좋아했다. 약해지지 마, 약해지지 마, 하고 복도를 오가며 읊었다.

그런데 개중에는 외우는 것을 정말 힘들어하는 아이도 있었다. 이걸 이렇게 못 외울까 싶은데 잊어먹고 또 잊어먹고 했다. 뜻도 모르고 입으로만 외는 것 같아서 수업 시간에 간단히 의미를 설명해 주기도 했다. 그래도 외우기가 싫은 학생이나 글쓰기를 더 좋아하는 학생은 감상문을 내도 된다고 했더니 몇 아이들이 꾸준하게 감상문을 썼다. 글쓰기를 좋아하는 아이들이었다. 아무튼 이렇게 시를 가까이 접할 기회가 많다 보니 생활에서 시와 가까워진 건 분명하다. 그래서 시 감상문이 갈수록 깊이를 더해간다.

대신 울어 주는
사람, 시인

월요일 아침, 다정이가 방글방글 웃으며 내 자리로 왔다. 손에 예쁜 봉투를 들었다.

"어제 순원이랑 서점에 갔다가 선생님 생각나서 샀어요. 선생님 백석 좋아하시잖아요."

봉투 속에는 쬐끄만, 5센티미터 정도 크기의 미니 시집이 들어 있었다. 백석 시집. 나도 백석 시집을 여러 권 갖고 있지만 이렇게 작은 것은 또 처음이다. 시는 다 실려 있다. 이런 것도 만들어 내다니. 이런 시집을 들고 다니며 시를 읽을까 싶기도 한데, 마음이 고마웠다. 녀석들이 내가 백석을 좋아한다는 걸 기억하는 것만 해도 어딘가.

작년에 그랬다. 문학 교과서로 수업하는 두 시간. 두 달 동안 시를 공부했다. 문학책 맨 앞에 시 두 편이 나오는데, 천양희의 〈참 좋은 말〉 그리고 백석의 〈수라〉였다. 수라는 그 작품만으로 충분히 이해되는 시가 아니었다. 백석의 시가 교과서에 정식으로 실렸는데, 한 편만 공부하고 넘어가기도 싫었다.

"시인들이 제일 좋아하는 우리나라 시인이 누군지 아니?"

"윤동주! 김소월! 한용운!"

아는 시인들 이름은 다 말해 본다.

"백석이야. 나도 백석을 제일 좋아해. 내가 꼭 시인이어서가 아니라 백석의 시는 읽을 때마다 감탄스럽지. 현대시가 시작된 지 얼마 안 된 시기에 어떻게 이렇게 세련되고 깊이 있는 시를 쓸 수 있었을까. 전통적이면서도 모던하고. 백석은 한국에서 최고의 시인이 아니라 번역만 잘되면 세계에서도 손꼽히는 시인으로 인정받을 만하다고, 일본의 어떤 평론가인가 시인인가가 그런 말도 했어. 안도현 시인은 자기 시집 제목을 "외롭고 높고 쓸쓸한"이라고 백석의 시구에서 따올 정도니 알 만하지?"

그 사랑하는 백석의 시가 나왔다. 시든 소설이든 교사가 먼저 설명해 주기보다 읽고 나서 궁금한 것을 질문하게 하는 방식으로 진행한다. 어떤 작품은 너무 어려워서 아예 질문조차 못 하는 경우도 있지만, 답을 찾는 것보다 질문하는 것이 훨씬 총체적 사고를 할 수 있다. 〈수라〉는 읽으면 무슨 이야기인지는 충분히 알 수 있다. 방에 들어온 거미 몇 마리를 밖으로 쓸어버리며 뿔뿔이 흩어진 거미 가족을 너무나 슬퍼하는 시인. 아이들은 대부분 이렇게 묻는다.

"거미 몇 마리 때문에 왜 이렇게 슬퍼해요?"

그렇다. 아무리 시인이 감수성이 풍부한 사람이래도 거미 몇 마리에 이렇게까지 슬퍼할 것이 있는가. 거미는 단순히 거미가 아닌 것이다. 가족들과 헤어져 살아가는 동시대의 동포들이며 바로 시인 자신이기도 하다. 백석이 이 시를 쓴 때가 일제 강점기라 말하면 아이들은 아, 하고 이해가 된다는 표정이다. 그러나 역사책에서 배운 보편적인 지식만으로 넘어갈 수가 없다. 이산(離散)의 삶을 살아가는 동시대인의 아픔을 다룬 〈팔원〉 〈여승〉 그리고 백석 자신이 가족들과 헤어져 외롭고 가난하게 살았던 이야기를 절절하게 풀어낸 우리나라 시사의 최고 명작(내가 생각하기에 그렇다) 〈남신의주유동박시봉방〉과 〈흰 바람벽이 있어〉를 인쇄해서 보여 주었다. 이 작품들은 역사책 몇 쪽보다 몇 배 가슴을 파고드는 시대의 고난과 개인의 절절한 삶이 녹아 있다. 교과서 학습활동은 이런 면에서 백석의 시를 더 소개하면 좋았을 것을, '거미'라는 소재와 '제비'라는 소재가 서로 통한다고 나희덕의 〈못 위의 잠〉을 보충 자료로 넣어 놓았다. 이 시도 좋은 시이긴 하지만, 교과서는 시 한 편의 전체적인 울림보다 표현에 더 초점을 맞춘 면이 있다.

백석의 시를 공부하고, 내친김에 내가 문학 강의에서 종종 인용하는 비스와바 쉼보르스카의 〈경이로움〉, 프랑시스 잠의 〈위대한 깃은 인간의 일들이니〉까지 함께 나누었다. 낯선 시를 소개해 줄 때는 중요한 단어를 빈칸으로 처리해 맞춰 보게 한다. 아이들은 처음엔 어리둥절해하다가 점점 답으로 가까이 간다. 나중엔 어휘력 테스트가 되기도 한다. 시의 핵심 정신이 담긴 단어 하나를 추리해 보는 자체가 재미있는 공부다. 아이들은 낱말 맞추기 같은 퀴즈를 좋아하는 편이니까.

이를 테면 이렇다.

"잠깐 시 한 편 읽을래. 내가 아주 좋아하는 시. 백석도 윤동주도 사랑했던 프랑시스 잠, 프랑스의 시인이지. 함께 읽어 보자. 그리고 제목의 빈칸을 채워 봐."

(　　　　) 것은 인간의 일들이니
프랑시스 잠

(　　　　) 것은 인간의 일들이니
나무 병에 우유를 담는 일,
꼿꼿하고 살갗을 찌르는 밀 이삭들을 따는 일,
암소들을 신선한 오리나무들 옆에서 떠나지 않게 하는 일,

숲의 자작나무들을 베는 일,

경쾌하게 흘러가는 시내 옆에서 버들가지를 꼬는 일,

어두운 벽난로와 옴 오른 늙은 고양이와,

잠든 티티새와 즐겁게 노는 어린아이들 옆에서

낡은 구두를 수선하는 일,

한밤중 귀뚜라미들이 날카롭게 울 때

처지는 소리를 내며 베를 짜는 일,

빵을 만들고 포도주를 만드는 일,

정원에 양배추와 마늘의 씨앗을 뿌리는 일,

그리고 따뜻한 달걀들을 거두어들이는 일.

···《새벽의 삼종에서 저녁의 삼종까지》(1995)

내가 아주 좋아하는 시를 읽어 줬는데 아이들의 얼굴에 별 감흥이 없다.

"빈칸에 어떤 말 들어갈까?"

애들은 눈만 말뚱거리다가 한 아이가 겨우 대답한다.

"힘든."

오우, 힘든! 이 녀석은 만사가 힘든가 보다. 내가 깔깔깔 웃으니 아이들도 머쓱해하며 따라 웃는다.

"그래, 다 힘든 노동이지. 그래도 인간이 살아가는 데 제일 필요한 의식주의 노동이고, 힘들면서도 재밌을 수도 있지 않을까? 이 일들 가운데 뭐가 제일 하고 싶니?"

"……"

"너희는 그냥 책 읽고 문제만 풀고 싶니?"

"자고 싶어요."

츳, 불쌍한 놈들……. 저쪽에서 한 애가 구두 수선하는 일이라고 대답해 준다. 한 명이라도 응답이 있어 다행이다.

"구두 수선? 그래, 벽난로 옆에서 고양이와 아이들 곁에서 구두 수선하는 일. 행복할 거 같지? 난 이게 제일 좋아. 달걀 거두어들이는 일. 생각만 해도 행복해. 금방 나온 따뜻한 달걀 집어 들 때 얼마나 행복한데. 너흰 한 번도 안 해 봤겠구나……. 난 어렸을 때 좀 해 봤거든."

"닭장에 들어가야 되죠?"

"당연하지."

"닭 싫어하는데……"

앞에 앉은 송이가 대답한다. 식단표 꺼내 놓고 닭갈비, 닭찜, 치킨에 형광펜으로 하트 표시한 녀석이다.

"야, 죽은 닭만 좋아하고 산 닭은 싫어하면 되겠니? 산 닭이 없이 어떻게 죽은 닭이 나오냐. 짜식."

시 한 편 놓고 이런 대화들 주고받는다.

"아무튼 답이 뭘까? 이런 일들이 인간이 살아가려면 가장 필요한 일이지? 가장 중요한 일이고, 또 가장 일상적인 일이야."

86

"평범한?"

"그래, 평범하지. 그런데 평범만은 아니야. 그 반대기도 해."

"특별한?"

"거기에 의미를 부여해 봐. 아주 좋은, 최고의 의미가 담긴 말이야. 이런 게 진짜 소중한 거잖아. 무슨 권력자가 되고 부자가 되는 것보다 사람을 살리고 세상을 살리는……."

"소중한!"

"비슷하긴 한데 약간 다른 단어야. 좀 성스러운 의미가 있어."

"성스러운."

"아니 그건 너무 직접적이고, 왜 석가나 예수나 그런 인류의 스승들을 지칭할 때 붙이는 수식어 있잖아."

"아, 위대한!"

"그렇지! 삐리리-"

드디어 답이 나왔다. 시 읽고 얘기 나누고 정답을 끌어내기까지 10여 분 걸렸다. 빈칸만 메우자는 게 시를 읽는 목적이 아니다. 이제 본격적으로 얘기를 해야 한다.

"생각해 봐. 이 시에 나오는 일들은 농부나 노동자의 일이야. 사람들은 흔히 하찮거나 시시하다고 생각하지. 그런데 세상에 없으면 절대로 안 되는 사람들이 학자나 정치가나 사업가일까, 농부나 노동자일까?"

"농부와 노동자."

"그렇지. 그분들이 없으면 우리는 먹지도 입지도 못하고 살 집도 없어. 그런데 세상에선 그들을 어떻게 대우하니? 여기서 몸을 쓰는 농부나 노동자가 되고 싶은 사람 있어?"

잠잠하다. 아무도 없다.

"거 봐. 가장 중요한 일을 이렇게 시시하게 여기는 풍조지. 이건 아주 잘못된 일이야. 직업에 대한 잘못된 의식, 정당하지 못한 대우, 잘못된 교육 때문에 이런 일이 생긴 거지. 노르웨이에선 버스 운전사랑 대학교수랑 월급이 같대. 같은 돈을 받는다면 너희는 뭘 하고 싶니?"

"버스 운전사!"

교수라고 말하는 아이들은 거의 없다.

"그렇지. 공부는 좋아하는 사람이 하는 거야. 버스 운전사보다 돈을 많이 벌거나 고귀해서 하겠다는 게 아니야. 음, 나는 교수를 하고 싶어. 난 공부를 좋아하거든. 너희 중에도 그런 사람도 있을 거야."

그런 세상이 오면 우리도 무턱대고 공부만, 대학만 강조하는 풍조에선 바뀔 것이다. 우리가 잘못된 생각을 하는 것은 잘못된 세상 때문이다. 그러나 잘못된 세상은 그냥 바뀌지 않는다. 우리의 건강한, 깨어 있는 의식이 잘못된 세상을 변화시킬수 있다. 이 시 한 편이 우리에게 그런 깨우침도 주지 않느냐.

시 한 편의 힘은 이런 것이다. 그리고 이 시에 나오는 노동 하나하나 참으로 단순하고 아름답고 평화롭다. 복잡하게 머리 굴리고 술수를 쓰며 사는 것보다 이렇게 담백하고 평화로운 노동을 해서 소박한 삶을 살 수 있다면 행복하겠지. 소박한 노동이 위대한 세상을 만든다는 것, 잊지 말자. 너희도 이런 농부나 노동자가 되면 좋겠다. 공부를 못해 이런 일을 하는 게 아니라 자부심과 기쁨을 가지고 노동하는 사람이 되기를 바란다. 그런 세상을 우리가 함께 만들어야 하겠지.

이런 말들로 끝을 맺는다.

시 단원 마지막 시간, 수행평가를 했다. 수업에서 배운 시들 가운데 가장 마음에 드는 시를 골라 다음 다섯 가지 항목이 잘 드러나게 시를 가지고 에세이를 쓰라는 것이었다.

❶ 시의 형식 요소
❷ 내용에 대한 이해
❸ 시대의 반영
❹ 독자의 내면화
❺ 정확한 문장 표현

그동안 시 감상문 쓰기를 과제로 많이 내주었지만, 수업 시간에 바로 쓰게 한 것은 처음이다. A4 한 장에 양면으로 줄을 그어 평가 용지로 내주었는데 시험에 10퍼센트 반영된다고 하니 아이들은 집중해서 열심히 썼다. 백석의 〈남신의주유동박시봉방〉과 〈흰 바람벽이 있어〉 그리고 쉼보르스카와 프랑시스 잠의 작품을 가장 많이 선택했다. 삶의 진실에 대한 배움과 깨달음이 녹아 있는 좋은 글들, 50분 동안 이 정도 깊이의 글을 썼구나 싶은 글들도 꽤 많았다. 예술은 좋은 작품을 소개해 주는 것만으로도 저절로 교육이 된다는 것을 느낀다.

작품을 공부할 때 이렇게 칠판에 썼다.

"시인은 대신 울어 주는 사람."

얼마 전 책에서 읽은 구절이다. 백석의 시엔 그런 작품들이 정말 많다. 스스로 슬픔을 겪지 않고는 나올 수 없는 감수성이다. 슬픔은 슬픔을 겪어 본 사람만이 제대로 아는 거겠지. 백석은 〈팔원〉에서 일본인 주재소장 집에서 식모살이를 하고 떠나는 어린 소녀의 신산스런 삶에 눈물짓는다. 〈수라〉도 그렇고 〈여승〉에서도 시인은 서러워하고 슬퍼한다. 동시대 많은 이들이 겪고 있는 이산의 아픔 그리고 자신 또한 그런 슬픔과 고독 속에서 절망을 극복해가는 모습을 보여 준다. 그런 모습은 동병상련의 공감을 불러일으키는 듯하다. 반에서 제일 조용한 아이, 영현이가 〈팔원〉을 읽고 감상문을 썼다. 백석에게 보내는 편지 형식이었다.

이 시를 읽고 무척 당황했습니다. 이토록 남을 위해 울어 주는 시가 또 있을까. 그토록 학교에서 시를 배워 왔어도 대부분의 시들은 자신에 대한 이야기—삶, 열정, 희망 뿐이었습니다. 하지만 이 〈팔원〉만큼은 달랐습니다.

당신은 한 가련한 소녀를 위해 울었습니다. 손잔등이 밭고랑처럼 터져버린 거친 두 손을 자세히 묘사하여 소녀의 삶을 보여 주었습니다. 당신은 사회를 비판했습니다. 소수의 부모 없는 아이를 위해 이 시를 적었습니다. 가혹한 현실에 내쳐진 한 소녀는 손이 꽁꽁 얼 정도로 일을 열심히 하는데도 소녀는 결국 제대로 된 돈도 못 받은 채 내쫓겨서 살기 위해 발버둥 치며 눈물을 흘리는 모습을 이 시에 담았습니다.

(중략)

저는 소녀처럼, 당신처럼 너무나 가련한 상황은 아니지만 어렸을 적 아버지 쪽이 아니면 어머니 쪽이 며칠씩 안들어온 것도 그리 마음이 아팠는데, 당신과 이 소녀는 얼마나 아플까요. 몇 십, 몇 배 그 아픔은 헤아릴 수 없을 것 같습니다. 그런데도 당신의 눈물은 오직 소녀의 눈물을 훔쳐 주는 눈물이군요. 저는 이 시로 하여, 당신으로 하여 무척 큰 깨달음을 얻었습니다. 그것은 '공감'이라는 말입니다. 이 시로 인해 이때까지 자신만 생각했던 나에게 이 무겁고 어려운 단어는 더욱 필요하다는 것을 알았습니다.

… 고영현

슬픔을 겪지 않은 사람은 슬퍼하는 사람이 눈에 잘 보이지 않는다. 백석이 〈팔원〉의 슬픈 소녀에게 그토록 깊이 공감한 것은 자신이 슬픈 사람이었기 때문이고, 이 시에 이토록 공감하는 학생도 슬픔을 아는 사람이기 때문이다. 시를 읽으면서 백석이 자신의 슬픔에 갇혀 있는 것이 아니라 뭇 사람들, 심지어 거미 몇 마리까지 연민과 자비의 눈길로 바라보는 것을 보고 깨닫는다. 나도 내 슬픔에만 갇혀 있지 않겠습니다. 공감을 배우겠습니다. 말처럼 쉬운 일이 아니다. 그러나 슬플 때 슬픈 노래로 위안을 받듯이, 내 슬픔은 너의 슬픔으로 달랠 수 있다. 삶은 원래 좀 슬픈 것이다. 원래 그런 것이라면 수용할 수밖에 없으니, 슬픔을 담담히 껴안게 된다. 다른 이의 슬픔도 함께 돌아보게 된다. 나도 슬픔을 모르는 사람과는 더불어 얘기할 수 없겠다고 느낀 적이 있었다. 가슴 깊은 곳 슬픔으로 닦인 맑은 샘물을 가진 사람만이 진실한 벗이 될 수 있다고 생각했다. 세상에 이토록 슬픔이 많은데, 더불어 슬퍼하지 않는 사람이라면 진실한 영혼을 가졌다고 보기 힘들지 않겠는가. 백석의 〈흰 바람벽이 있어〉를 읽고 이렇게 쓴 학생도 있었다.

나는 이 시를 읽고 학교에서 내 모습과 비슷하다고 생각해서 이 시를 고르게 되었다. 가난함이라는 말이 많이 나오는데, 학교에서의 가난함이란 공부를 못하는 것이다. 이 시에서 "나는 이 세상에서 가난하고 외롭고 높고 쓸쓸하니 살어가도록 태어났다"는 부분이 나와 비슷했던 것 같다. 이 세상엔 공부가 다가 아니지만 공부를 우선으로 돌아가고 있다. 그래서 나처럼 공부를 못하면 사람들이 비웃어 대고 무시해 대서 이 세상에서 외롭고 쓸쓸하게 살아간다. 물론 이렇게 생각하는 이유는 내가 겪어서 그렇지만 그렇게 생각을 하지 않는 사람도 있을 것이다.

　흰 바람벽. 정말 높고도 높은 담벼락이라고 생각한다. 바람은 어느 높이 상관없이 있으니 정말 높고도 높다고 느낀다. 흰 바람벽. 공부로 비유하자면 공부를 잘하는 애들이 부럽고, 눈에 떡하니 보이지만 공부를 잘하는 애를 뛰어넘을 수 없다고 생각해서 흰 바람벽이라는 것이 눈에 띄었다. 흰 바람벽은 정말 표현을 잘한 것 같다고 느끼고 또 느낀다. 보이지만 넘을 수 없는 이것을 보고 전신에 소름이 돋았다. 나랑 어울리는 말인 것 같다.

… 전승록

공부에 관심이 없었는데, 2학년 3월 한 달, 수업 시간 내내 엎드려 잤다. 깨워도 또 자고 또 자고. 수업 시간 한두 번 나무라는 것으로는 안 되겠다 싶어 불러서 조용히 얘기를 했다.

"1학년 내내 잠만 자던 정현이 알지? 나 그 애를 정말 걱정 많이 했지. 그 정도면 밤에 아예 잠을 안 잔다는 얘긴데, 분명 컴퓨터나 폰 중독일 거야. 담임은 아니지만 부모님께 전화라도 하고 싶었어. 습관 바꾸도록 함께 노력하자고. 그런데 너도 알다시피 그 애가 2학년 돼서 아주 달라지지 않았니? 1학년 말 성적 보고 너무 비참했대. 공부를 안 했지만 그 정도일 줄은 몰랐다고. 이래서는 안 되겠다 생각하고, 학생회 활동도 하고 공부도 힘껏 해 보려고 한대. 아. 몇 달 만에 저렇게 변할 수도 있구나. 요즘은 수업에 집중하고 거의 안 자거든. 그런데 너는 왜 그러니. 넌 1학년 땐 그 정도는 아니었는데, 2학년 와서 더 나빠졌네. 지금 너처럼 잠만 자는 애는 아무도 없어."

진짜 걱정스런 마음에 간곡하게 이야기했다. 아이는 말없이 듣고 있더니, 다음 시간엔 졸지 않고 꼿꼿하게 앉아 있었다. 그 다음 시간도. 내가 한 번 이야기한 것만으로 그런 변화가 일어난 것은 아니겠지만, 아무튼 말을 알아듣고 받아들이는 아이가 고마웠다. 칭찬을 해 주니 빙긋이 웃었다. 그리고 두 달 동안 시를 배우고 나서 이런 글을 썼던 거다. 그랬구나. 공부 못하는 것을 가난에 비유할 정도니, 공부 잘하는 아이가 넘을 수 없는 벽처럼 느껴졌다니. 공부에 무관심해 보이는 아이들이 사실은 이런 좌절감을 바닥에 깔고 있었던 거구나. 하긴 학생치고 공부를 의식하지 않는 사람이 누가 있을까. 이 글에 드러난 성찰의 태도가 진실하여 동료 선생님들께도 보여 드렸다. 모두들 감동을 받았다. 승록이가 이런 글을 썼다니.

은수도 〈흰 바람벽이 있어〉를 읽고 시 에세이를 썼는데, 해석이 독특했다. 때에 절은 셔츠를 입은 가난하고 외로운 사나이가 홀로 허름한 방에서 헤어진 연인이 다른 남자와 결혼해서 행복하게 사는 장면을 상상하는 장면은 서글프고 쓸쓸하기 그지없다. 그런데 은수는 그 가난한 남자를 아버지로, "내 사랑하는 사람"은 딸로 보고, 아버지가 딸이 결혼해 남편이랑 아기랑 오순도순 저녁을 먹는 모습을 떠올리며 흐뭇해하는 식으로 작품을 풀이한 것이다. 작품 전체 맥락에서 보면 적절한 해석이 아니었다. 수업 시간에 백석이 사랑했던 여자가 다른 남자, 그것도 백석의 친구와 결혼했다는 이야기도 해 주었는데 왜 이렇게 읽었을까. 나중에 신경숙의 장편소설 《엄마를 부탁해》를 읽고 쓴 서평에서 그 이유를 알게 되었다. 그 책을 읽고, 엄마도 엄마지만 아빠가 더 생각났다고 썼다. 부모님이 이혼해서 은수는 엄마와 살고 있는데, 혼자 사는 아빠에게 늘 애틋한 마음을 갖고 있었다. 외딴 방에서 낡은 셔츠를 입고 쓸쓸히 생각에 잠겨 있는 남자란 곧 아빠이며, 자기가 결혼해서 아빠에게 흐뭇한 마음을 느끼게 해 주고 싶다는 소망을 담은 것이었다. 주체적 오독이다. 그러나 어쩌겠는가. 가난하고 외로운 남자는 곧 아빠의 이미지인 것을. 백석의 시가 절망으로 끝나지 않아서, 가난과 고독을 이기고 하느님이 주신 그대로 삶을 수용하는 결말이 있어서 다행이라는 생각이 들었다. 시는 읽는 사람 마음이지, 틀렸다고 어찌 말할 것인가. 홀로 된 아빠를 향한 딸의 애틋한 마음을 어찌 점수로 환산할 것인가.

시집을
처음 읽다

어느 도서관이든 시집이 없는 곳은 없다. 학교 도서관에도 꽤 많은 시집이 있다. 당연하다. 시는 언어의 꽃이니까. 시집은 말 중의 말이니까. 그러나 시집은 늘 꽂혀만 있다. 시집을 빌려 가는 독자는 별로 없다. 학생들은 더욱 그렇다. 시집 한 권을 읽지 않은 아이들은 소설책 한 권 읽지 않은 아이들보다 훨씬 많다. 아니 거의 다라고 해도 될 것이다. 낱편의 시는 인터넷이든 교과서든 흔하게 읽을 수 있지만, 한 시인의 시집을 읽어 본 학생은 아주 드물다.

나도 고등학교 때《세계의 명시》《한국의 명시》 같은 책을 사 본 적은 있어도 시인 개인의 시집은 대학에 가서야 읽었다. 문학을 전공했으니 그렇지, 평생 시집 한 권 읽지 않는 사람이 훨씬 많을 것이다. 문학 수업의 목표를 좋은 독자로 키우는 것으로 했으니, 시집을 읽도록 이끌고 싶었다.

2학기 개학한 다음 주에 아이들을 도서관으로 불렀다. 그 전에 사서 선생님께 이번 주는 아이들이 시집을 읽으러 도서관에 올 거라고, 모두 한 권씩 대출을 할 거라고 얘기해 두었다. 도서관에 가니 탁자에 가득 시집들이 깔려 있다.

"자, 여기에 있는 시집을 펼쳐 보고 마음에 드는 한 권을 골라서 읽고 대출을 하세요. 저쪽 서가에도 더 많이 있으니까 거기 가서 골라도 돼요. 오늘 빌려서 이번 주에 읽고 다음 주에 시집에 대해 글을 쓸 거예요. 시집 비평하기야."

아이들은 교실을 벗어나면 일단 좋아한다. 도서관에 오자마자 소파에 털썩 주저앉거나 드러눕는 아이들도 있다. 일으켜 세워 시집 앞으로 끌고 갔다.

"뭘 읽어야 될지 모르겠는 사람은 나한테 물어봐. 너희 개개인의 수준에 맞는 책을 추천해 줄게. 그리고 대출해 갔다가도 못 읽겠으면 다른 책으로 바꿔도 돼요."

어떤 시집이든 다 좋지만, 독서력이 낮은 아이들은 난해한 시집은 이해하기 어려울 것이다. 그런 아이들에게는 국어교사 모임에서 엮은 《국어 시간에 시 읽기》 《문학 시간에 시 읽기》 같은 엮음 시집을 추천했다. 그리고 창비에서 나온 청소년 시집도 권하기 좋았다. 제목만 보고 채호기의 《슬픈 게이》 같은 책을 들고 왔다가 바꾸는 아이도 있다. 내 시집도 몇 권 있어서 빌려 갔다. 《교과서에서 걸어 나온 시》같이 시 해설과 함께 읽을 수 있는 책들을 좋아하는 학생들도 있었다.

아이들은 도서관 구석진 자리에 옹기종기 모여 앉았다. 시집을 읽지 않고 화보집이나 만화책을 읽고 있는 아이들은 책을 빼앗았다.

"이건 다음에 와서 읽어. 지금은 문학 수업, 시집 읽는 시간이야."

재미있는 시를 발견해 서로 읽어 주며 낄낄대는 머슴애들도 있다. 분명 뭐 야한 표현을 봤겠지. 여자애들은 류시화가 엮은 시집 《사랑하라 한번도 상처받지 않은 것처럼》에서 긴 시를 함께 읽으며 야, 이거 완전 멋지다! 감탄하기도 한다. 학급에 따라 너무 산만한 경우에는 시집을 빌리기만 하고 교실로 데려갔다. 아이들은 넓은 공간에 오면 그만큼 몸을 쓰고 싶어 한다. 교실이 20평인 이유를 알 것 같다. 더 커지면 집중시키는 게 힘들 것이다.

"시집은 장편소설처럼 처음부터 끝까지 다 안 읽어도 돼. 읽어도 무슨 말인지 모르겠는 작품은 그냥 넘겨도 되고, 알고 싶으면 나한테 와서 물어봐. 앞에서부터 읽든 뒤에서부터 읽든 가운데부터 읽든 마음대로 펼쳐서 읽을 수 있는 게 시집이야. 조금만 읽든 다 읽든 너희 자유. 어쨌든 이번 주에 시집을 읽고 다음 주 이 시간엔 글을 쓸 거야. 마음에 드는 시 서너 편, 시집 전체 느낌 들을 미리 생각해 와. 이번 활동은 장편소설 긴 서평처럼 오래 끌지 않을 기야. 딱 두 시간 만에 끝낼 거야."

이번 참에 가장 많은 시집이 햇빛을 보게 되었을 것이다. 아마 도서관에 들어온 다음 처음으로 바깥 구경을 하는 시집들도 있겠다.

다음 시간에 칠판에 적었다.

❶　시집 전체 느낌(비평)
❷　마음에 드는 시 세 편 골라서 베껴 쓰고
　　개별 작품 감상
❸　시집 읽기 활동의 의미

"이 세 가지에 대해서 쓰도록 합니다. 이번 시간에 초고를 쓰고 집에 가서 리로스쿨에 올리면 점수를 더 줄게요. 싫은 사람은 이 시간 끝나고 바로 종이에 쓴 것 제출하고. 시간은 더 안 줘요. 시 베껴 쓰는 건 인터넷에서 찾아 복사해서 붙여도 돼. 그런데 느낌과 평을 베끼는 건 절대로 안 됨. 만약 베꼈다 싶으면 미제출자와 같이 처리할 거예요. 난 너희들 글을 꼼꼼히 다 읽고 문체까지 알고 있으니 다른 생각 말도록."

아이들 대부분은 시집을 펼쳐가며 열심히 쓰기 시작한다.

100

그러나 시집을 안 가져왔어요, 하는 아이들이 있기 마련이다. 그런 아이들은 다시 도서관으로 보내서 새로 빌려 오게 한다. 집에 있는데 집에 가서 하면 안 돼요? 이런 아이들은 꼭 늦게 내고 결국 미제출자가 된다. 수행평가 활동에서 많은 글을 읽고 평가하는 것 못지않게 게으른 아이들의 결과물을 받아내는 데 품이 더 든다. 수업 시간 안에 끝낼 수 있는데도 애를 먹인다. 그러나 그런 아이들도 없으면 선생이 뭣하러 있겠나. 달래고 어르며 끌고 갈 수밖에.

다음 주 리로스쿨을 열어 보니 아이들 글이 많이 올라와 있다. 글을 읽어가면서 내심 놀란다. 시를 고르는 안목이 뛰어나다. 쉬운 시만 고를 줄 알았는데 꽤 심오한 시들을 많이 골랐다. 시를 읽어 내고 감상하는 안목도 쑥 자라 있다. 8천 자의 덕인가. 분량은 자유라고 했는데 이 정도쯤이야 아무것도 아니라는 듯이 2, 3천 자를 넘긴 아이들이 많다. 그리고 '시집을 처음 읽었다' '시집이란 이런 것이구나' 하는 소감이 많이 보였다.

평소 나는 소설책이면 몰라도 시집, 시에는 관심이 없었다. 소설책은 많이 읽었지만 시집은 따로 빌려 본 적도, 읽어 보고 싶었던 적도 없었다. 시를 읽을 땐 마음에 뭔가 와 닿는 게 있을지 몰라도 그게 오래가지 않는 느낌이다. 소설책은 오랫동안 여운이 남는 반면에 말이다.

이번 문학 시간에 시 비평 쓰기를 하면서 처음으로 시집을 빌려 읽어 보았다. 한 편 한 편 읽을 때는 몰랐는데 계속해서 한 시인의 시를 읽으면서 그 시인의 세상 속에 빠져드는 느낌이 있는 것 같다. 평소 그냥 지나쳐 갈 수 있는 모든 것들에서 시인은 많은 것들을 느끼고 생각하였다. 시인이 나보다 똑똑하고 머리가 좋아서가 아닐 것이다. 나도 충분히 스쳐 지나가는 많은 것들을 통해 다양한 생각을 해 볼 수 있을 것이다. 그런 의미에서 시 비평 쓰기 활동은 생각의 틀을 넓힐 수 있는 계기가 된 것 같다. 여유가 된다면 몇 권 더 빌려서 다양한 시인들의 시를 만나 봐야겠다.

··· 윤성준

나는 지금까지 숙제할 때를 빼고는 직접 시집을 사거나 빌려서 읽어 본 적이 없다. 딱히 소설처럼 인물들 간의 갈등도 나타나지 않아서 흥미가 없어 보였기 때문이다. 심지어 국어 시간에 시를 배우면 내용을 직접 마음으로 감상하기보다는 무슨 표현법이 쓰였는지, 무슨 구조인지에만 집중하다 보니 제대로 읽어 볼 기회가 별로 없었다. 하지만 이번 문학 시간을 통해 시집 한 권을 빌려 읽을 수 있어서 좋았다. 처음에는 시집은 무슨 시집이야…… 했는데 긴 시는 긴 대로 좋았고 짧은 시는 짧은 내용 안에 함축적인 의미를 파악하는 나름의 재미도 있었던 것 같다. 시집 읽기 활동을 통해 우리가 더 시에 가까워질 수 있었고 시 한 편을 깊이 생각할 수 있어서 의미 있었던 것 같다.

··· 이예은

아이들 글을 읽으며 시집 읽기의 의미를 다시 생각하게 되었다. 시를 낱편으로 읽는 것과 시인의 한 시절, 삶이 담긴 시집을 읽는 것의 차이. 시는 한 편으로도 충분히 완결된다. 그런데 시집 한 권을 읽는 것은 한 인간을 만나는 것이다. 시집 속의 여러 시편들을 읽으며 한 인간의 내면을 속속들이 만난다는 것—슬픔과 고통과 기쁨과 행복, 좌절과 극복을 만나고 배운다. 백석, 윤동주의 시집에서 언어를 넘어서 시인의 슬프고 아름다운 삶을 만나며 감동을 느낀다. 문학은 결국 인간이다. 학교 수업 시간에 시집을 읽혀야 하는 이유를 아이들의 글을 읽으며 다시 발견하게 된다. 학창 시절에 시집을 읽고 감동받은 경험이 있다면 어른이 되어서도 시집을 읽고 즐길 가능성이 훨씬 높아질 것이다. 새로운 언어의 발견, 일상을 뛰어넘는 매혹적인 상상력, 삶에 대한 치열함과 깊이. 그 모든 것을 빚어내는 인간 존재가 반짝이고 있는 시집은 이야기 문학과 다른 깊이로 우리에게 다가온다.

시집 읽기는 다른 책보다 시간도 적게 들어 시도하기 편하다. 시집 감상문을 쓰게 해도 좋고, 자투리 시간이 남을 때 도서관에서 시집을 꺼내어 읽고 마음에 드는 시 한 편을 골라 베껴 쓰고 시화를 그리게 하는 활동도 아이들이 픽 좋아한다. 이야기가 있는 시는 모둠을 지어 촌극으로 만들기도 하고, 그림을 그리거나 사진을 이용해 UCC도 만든다. 시를 공부하는 이유는 즐기기 위해서다. 시만큼 생활에서 즐기기 좋은 예술도 없다. 언젠가 SNS에서 오래전 가르쳤던 제자를 만났다. 노래를 부르는 가수가 되어 있었다. 그 애는 백석 이야기를 했다. 백석을 배워서 참 좋았다고. 좋은 시인 한 사람만 가르쳐도 괜찮은 국어 선생이 된 것 같다. 교사가 진심으로 좋아하는 것은 열정을 가지고 전달하게 되어 있고 아이들은 그런 열정에 감응한다. 진실한 마음만큼 퍼져 나가기 쉬운 것도 없다는 것을 우리는 광장의 촛불에서 절실히 확인했지 않은가.

어떤 방법이든 시를 경험할 수 있는 자리를 자꾸 만들어 주는 것이 중요하다. 나는 학교 안에서 밖에서 독서 모임을 몇십 년째 하고 있는데, 책 읽고 만나는 모임은 이야기가 풍성하고 깊이가 있어서 그 즐거움을 포기할 수 없었다. 그 독서 모임 가운데 가장 여유롭고 좋았던 것도 시를 읽고 만나는 시 모임이다. 좋아하는 시집과 시 두어 편을 준비해서 서로 공유하고 감상을 나누는 자리. 책을 못 읽어 가서 미안할 필요가 없었다. 시 몇 편 읽는 거야 식은 죽 먹기니까. 이야기도 무한정 풍성했다. 시의 세계는 현실과 상상을 종횡무진 오갔으니까. 시 두어 편만 가져가면 벗들이 또 그만큼씩 가져오니까 좋은 시들이 넘쳐 났다. 가을쯤엔 모임의 문을 열어 사람들을 초청해 시와 노래와 영상이 있는 문학의 밤을 열기도 했다. 학생들도 와서 좋아하는 시 한 편씩을 낭송하고 느낌을 말하고 노래도 불렀다. 한두 번만 경험해 보면 쉽게 즐길 수 있는 것이 시다. 시 낭송대회도 어렵지 않게 할 수 있는 좋은 활동인데, 시 낭송대회를 하면 학생들은 보통 시극(詩劇)을 만든다. 원래 있는 시에 상상을 보태 이야기를 더 지어도 좋을 것이다. 그러고 보면 시는 다른 예술로 확장하기 좋은 예술이다. 옛날에 글을 아는 사람이면 누구나 시를 썼고 시를 읊었듯이, 오늘도 시를 그렇게 부담 없이 즐길 수 있으면 좋겠다.

여우가 없는
〈여우난곬족〉 모방시

　모든 글이 그렇지만 시도 많이 읽다 보면 쓰고 싶어진다. 얼마나 멋진 시가 되는가는 그다음 문제다. 시 한 편을 만들기 위해 언어를 매만지고 운율을 맞추어 보고 하는 작업은 순수한 몰입의 기쁨을 준다. 시 창작도 문학 교육에서 외면할 수 없겠다. 하지만 아이들이 금방 자신의 시를 쓰기는 쉽지 않으니까 모방시를 쓰는 것부터 시작해도 좋다. 모방시를 쓰려면 자연스레 원래 작품을 꼼꼼히 읽게 되니 읽기 공부도 된다. 시의 내용은 물론 비유, 상징, 운율 같은 표현에 대해서도 세밀하게 파악할 수밖에 없다. 1학년 때 국어 시간, 백석의 〈여우난곬족〉을 배우고 나서 명절 풍경을 소재로 시를 써 보자고 했다. 집집마다 명절 풍경이 드러나 무척 재미있었다.

여우난곬족

백석

명절날 나는 엄매 아배 따라 우리집 개는 나를 따라 진
할머니 진할아버지가 있는 큰집으로 가면

얼굴에 별자국이 솜솜 난 말수와 같이 눈도 껌벅거리는
하루에 베 한 필을 짠다는 벌 하나 건너 집엔 복숭아나무
가 많은 신리(新里) 고무 고무의 딸 이녀(李女) 작은 이녀(李女)
열여섯에 사십(四十)이 넘은 홀아비의 후처가 된 포족족
하니 성이 잘 나는 살빛이 매감탕 같은 입술과 젖꼭지는
더 까만 예수쟁이 마을 가까이 사는 토산(土山) 고무 고무의
딸 승녀(承女) 아들 승(承)동이
육십리(六十里)라고 해서 파랗게 뵈이는 산(山)을 넘어 있
다는 해변에서 과부가 된 코끝이 빨간 언제나 흰 옷이 정
하든 말끝에 설게 눈물을 짤 때가 많은 큰골 고무 고무의
딸 홍녀(洪女) 아들 홍(洪)동이 작은 홍(洪)동이
배나무접을 잘하는 주정을 하면 토방돌을 뽑는 오리치
를 잘 놓는 먼섬에 반디젓 담그러 가기를 좋아하는 삼춘
삼춘 엄매 사춘 누이 사춘 동생들
이 그득히들 할머니 할아버지가 있는 안간에들 모여서

방안에서는 새옷의 내음새가 나고

또 인절미 송구떡 콩가루차떡의 내음새도 나고 끼때의 두부와 콩나물과 볶은 잔디와 고사리와 도야지 비계는 모두 선득선득하니 찬 것들이다

저녁술을 놓은 아이들은 외양간섶 밭마당에 달린 배나무 동산에서 쥐잡이를 하고 숨굴막질을 하고 꼬리잡이를 하고 가마 타고 시집가는 놀음 말 타고 장가가는 놀음을 하고 이렇게 밤이 어둡도록 북적하니 논다

밤이 깊어가는 집안엔 엄매는 엄매들끼리 아르간에서 들 웃고 이야기하고 아이들은 아이들끼리 웃간 한 방을 잡고 조아질하고 쌈방이 굴리고 바리깨돌림하고 호박떼기하고 제비손이구손이하고 이렇게 화디의 사기방등에 심지를 몇 번이나 돋구고 홍게닭이 몇 번이나 울어서 졸음이 오면 아릇목싸움 자리싸움을 하며 히드득거리다가 잠이 든다 그래서는 문창에 텅납새의 그림자가 치는 아침 시누이 동세들이 욱적하니 흥성거리는 부엌으론 샛문 틈으로 장지문 틈으로 무이징게국을 끓이는 맛있는 내음새가 올라오도록 잔다

… 《사슴》(1936)

얼마나 정겹고 푸근한 시인지. 친척들 하나하나 모습이며 성격이며 살아온 내력까지 다 드러난다. 떡이며 고기며 전과 나물들 축제—명절에 빠질 수 없는 푸짐한 명절 음식들, 생각만 해도 재미있는 가지가지 놀이들. 우리의 문화가 참 풍성하고 따뜻했구나 싶은 생각이 절로 드는 작품이다. 아이의 시점에서 그려 낸 명절이라 더욱 흥성하고 푸짐할지 모른다. 감각적인 비유와 풍성한 열거와 반복이 주는 운율감도 얼마나 흥겨운지. 누에고치가 실을 술술 풀어내듯 쓴 시 같다.

시를 읽고 자신이 경험한 명절을 떠올려 보고 원래 시의 표현을 최대한 살려서 모방시를 쓰라고 했다.

울산 외갓집에 가면

김서희

명절날 나는 엄마 아빠 따라 언니도 따라 큰외삼촌 큰외숙모가 있는 울산의 외갓집에 가면

외가 식구 중 혼자 부산 사람이 아닌 제사가 있는 날이건 없는 날이건 새벽 일찍부터 준비하시는 깔끔하신 큰외숙모 큰외숙모의 딸과 아들 외사촌 언니 오빠
중국을 자주 다니시는 해운대에 살고 있는 친형제만큼

이나 가까운 만나면 웃고 떠들기 바쁜 작은숙모의 딸과
아들 사촌 언니 동생

  이렇게 다들 명절 때가 되면 울산 큰외삼촌이 있는 큰
집에 외할아버지와 함께 모여서 방 안에서는 새 돈의 내
음새가 나고
  또 불고기 오리고기 회의 내음새도 나고 식사 후 단물
이 흐르는 사과와 달달한 냄새가 올라오는 인스턴트 커피
는 모두 눅눅하고 찹찹해진 지 오래된 것들이다.

  저녁 술을 놓은 우리들은 아파트 밖 베스킨라빈스에서
제일 큰 사이즈의 아이스크림을 사고 초코, 딸기, 치즈 향
여러 가지를 봉지에 넣고 다시 돌아와서 스마트폰을 켜고
게임을 하고 땅도 인수하고 관광지도 독점하고 건물도 짓
고 그러다 지겨우면 티비를 켜서 서로 재미난 이야기 하
고 싶었던 이야기들 하며 엄마가 또 숙모가 이제 그만 자
라를 몇 번 하고 난 후에야 보슬보슬하지만 우리의 냄새가
푹 배어 있지 않은 그런 베개와 이불을 덮고 잠이 든다 그
래서는 우리가 잠든 사이 방문 틈 사이로 따스하게 부엌
불이 비춰지고 그 틈새로 또 엄마 외숙모들 사촌 언니들이
웃고 이야기하는 소리가 전해 오면서 사과 깎는 소리 탕국

덥히는 냄새, 고소한 튀김과 전 냄새가 올라오도록 잔다.

백석의 〈여우난곬족〉만큼은 아니어도 이 집도 퍽 훈훈하고 넉넉한 집안이다. 음식이 달라지고 놀이가 달라졌지만 아이들에게 명절은 여전히 즐겁고 행복한 것이다. 백석 시의 비유와 감각적인 표현을 현대의 풍경에서도 살려 내려고 나름 애를 썼다. 모방시를 쓰기 위해서 본디 작품을 아주 세밀하게 읽고 특징을 파악하는 일부터 시작했다는 것을 알 수 있다. 물론 원래 시가 가진 리듬감, 생생한 비유로 인물의 외모와 성격을 절묘하게 표현한 백석의 시에 비할 바는 못 된다. 그래서 모방시를 써 보면 원래 시가 얼마나 탁월한지 더욱 잘 느낄 수 있다.

명절날 큰집에 가면
양원재

어른들 모두 명절날 모이니 돈 얘기, 돈 얘기, 돈 얘기,
건강 얘기, 자식 자랑하네.
자식들은 듣기 싫어 방에 모여 모두 바보상자나 휴대폰
만 보고 있네
(중략)
작은할아버지 집에 왔네. 그곳은 다를 게 있나. 모두 다

같이 더 크게 돈 얘기, 돈 얘기, 돈 얘기…… 건강 얘기, 자식 자랑. 듣기 싫어 방에 가니 전부 휴대폰에 빠져 있네. 모두 바보 같고 멍청해 보이네.

명절의 실상이 훈훈하고 즐거운 것만은 아니다. 어쩌면 이런 모습이 더 진실인지도 모르겠다. 오랜만에 만난 어른들의 공통분모는 돈과 건강과 자식 자랑. 그것을 냉소적으로 보고 있는 아이들. 그러나 그들의 문화도 별로 내세울 게 없다. 아예 말도 안 하고 제각각 휴대폰과 TV에만 빠져 있으니. 이것을 삐딱하게 지켜보고 있는 화자인 나. 공감과 애정이 없으니 친척들 모습도 일일이 그려 내지 않았다. 명절 음식도 거기서 거기니 특별히 쓸 것도 없었나 보다. 씁쓸하지만 정직한 도시의 명절 풍경이 담겨 있는 작품이다.

엄마 전 괜찮아요
정희진

명절날, 난 엄마와 둘이, 우리 집 멍멍이는 내 배 위에 '풀석', 따뜻한 이불 속 고개만 빼꼼 내밀어 호호 입김 불면

얼굴에 노란 때 묻히고 멍멍이랑 같이 눈도 깜박이는

따뜻한 이불 속에서 서로 등 돌린 채 손바닥만 한 수첩만 만지작만지작 만지작거리는 엄마, 전구 꺼진 엄마

　열에 일곱을 더하고 하나는 뺀 만지작의 딸, 그런 딸 허연 머릿속에 그런 엄마 뒷모습만 바라보는 딸, 그런 딸 눈에 노란 때 묻히고 입에 노란 튀김 묻히고 노란 이불 덮고

　하얀 먼지 휘날리며 내 배를 밟고 방방 뛰는 멍멍이 우리 집 네로, 만지작 엄마 맡에 똬리 틀고 앉아 꾸벅꾸벅 하양 먼지 휘날리며 날 노려보는 우리 집 아로아

　이 사랑스러운 것들이 따뜻한 이불 속 고개만 내밀고 호호 입김 불고 옆집에는 조용한데 우리 집만 TV 소리, 집 안을 가득 메우는 곱디고운 아나운서 언니 목소리, 그런 목소리

　또 조그만 접시에만 나뒹굴고 있는 노란 튀김 덩어리 하얀 먼지들 속에 나는 사료 냄새 그윽하고 사랑스럽기만 한 그런 냄새

　똑같은 부동자세로 계속 몸만 뒤척거리며 손가락만 만지작만지작 어두워 해 진 줄도 모르고 그렇게 꿈뻑꿈뻑 그렁그렁 훌쩍훌쩍

　커튼으로 가려 아직도 보이지 않는 밖은 개일 줄을 모

르며 이제야 일어나 한 숟갈 놓고 나면 다시 이불 속에 들어가 훌쩍훌쩍 개들도 새끼 찾아 왈왈왈 사람 내음새 찾아 꾸벅꾸벅. 붉은 빈점도 없이 깨끗하고 하얀 손 주름도 없는 하얀 손 뛰어놀 친구라도 찾으면 들려오는 예쁜 언니 목소리 그리 그리 하루 자고 다음 날 너도 내도 엄마도 강아지도 옹기종기 다시 손잡고 웃으며 끄덕끄덕, 괜찮다고 끄덕끄덕, 우린 가족이야 끄덕끄덕 엄마는 날 특유의 내음새가 코에서 사라질 때까지 안아 주며 들리지 않는 그렁그렁한 목소리

명절이 더 슬픈 사람들도 있다. 모두들 모여서 풍성하고 즐거운 자리를 만든다는데 올 사람도 갈 곳도 없는 외로운 사람들. 그 외로움은 얼마나 큰지. 엄마의 슬픔을 물끄러미 바라보며 난 괜찮아, 난 괜찮아를 반복하는 딸. 엄마는 딸을 외롭게 해서 미안하고, 딸은 외로운 엄마 때문에 마음 아프고……. 강아지라도 있어서 다행이다. 수첩엔 연락하고 싶은 이름과 번호들이 있지만 차마 연락하지 못하는 아픔. "훌쩍훌쩍" "만지작만지작" 같은 감각적인 표현으로 이 쓸쓸한 가족의 마음을 잘 그려 냈다. 그런 슬픈 명절이 지나고 다시 평범한 일상이 돌아오는 것으로 작품은 끝나지만 이 가족에게 명절이란 홍역 같은 것이 아닐까. 명절이 없었으면 이렇게 외롭고 슬프지도

않았을 텐데. 다수의 즐거움이 소수를 더욱 슬프게 할 때가 있다. 가족 해체가 다반사인 요즈음, 가족 중심의 명절이 얼마나 갈는지. 외로운 가족끼리 더 큰 가족을 만들어 함께 즐기는 명절이 될 수는 없는지. 이런저런 생각을 일깨웠던 글이다.

평가는 본디 시의 내용과 형식을 얼마나 잘 반영했는가, 자신의 이야기가 풍부한가, 표현이 좋은가를 기준으로 삼기는 했지만, 시를 써 보는 것에 중점을 두었기에 점수 차이를 많이 두지는 않았다.

예전에 좀 여유가 있을 때는 도서관에서 시집을 한 권씩 읽고 마음에 드는 작품을 골라서 모방시를 쓰게 한 적도 있었다. 그냥 시집을 읽으라고 하면 건성으로 읽는 아이들이 있는데, 이런 작업을 활동 과제로 주면 아주 집중해서 읽는다. 모방시로도 자신의 삶을 드러낼 수 있고, 시의 내용은 물론 표현에도 고심을 하게 되므로 모방시 쓰기는 감상과 창작 모두에 아주 좋은 문학 공부가 된다.

시
창작 시간

시를 쓰는 일은 삶의 물살에 정신없이 휩쓸려 가는 것이 아니라 멈추어 바라보는 것에서 시작한다. 귀를 열어 자연과 인간계 뭇 소리를 듣는 것도 시의 시작이다. 그보다 가슴을 뒤흔드는, 격동하는 체험이 시를 터져 나오게도 한다. 모든 사람은 살아가면서 마음이 물결쳐 일렁일 때가 있는데, 어떻게든 표현하고 싶어 한다. 노래든 그림이든 춤이든 표현하는 것은 즐겁다. 일상에서 쓰는 언어로 빚는 예술, 시를 쓰는 일은 가장 간단하면서도 자기 삶을 새롭게 볼 수 있는 일이기도 하다.

예전에 고1 아이들과 시 단원을 마치고 시 창작 수업을 한 적이 있었다. 그동안 시를 배웠으니 우리도 써 보자 했을 때 아이들의 반응 그리고 책상에 납작 엎드려 시를 구상하는 모습

을 보면서 나도 교탁에 기대어 같이 시를 썼다. 그렇게 쓴 시가
중학교 국어 교과서에 실리기도 한 〈시 창작 시간〉이다.

시 창작 시간
조향미

오늘은 우리도 짧은 시 한 편 써 보자
그동안 배운 비유와 상징 이미지도
때깔 좋게 버무려 맛있는 시를 빚어보렴
말 끝나기도 전에 으아
인상 찌푸리며 비명 질러대던 아이들은
시제 두어 개를 칠판에 써놓으니
금방 연필 들고 공책 위에 납작 몸을 낮춘다
먹이 앞에 순해지는 강아지처럼
소풍날 보물찾기 나선 꼬마들처럼
녀석들이 이제 무얼 찾아 들고 나타날까
갓 피어난 별꽃 한 점일까
오래전에 잃어버린 무지갯빛 구슬일까
짐짓 가려둔 흉터일까
이마 짚고 턱 괴며 골똘한 얼굴들
교실에는 아련한 눈빛으로 팔랑팔랑

시의 꽃가루를 찾는 나비도 몇 마리 있다
물론, 선뜻 씹히지 않는 생(生)의 먹잇감에
끙끙대며 씨름하는 강아지들이 더 많다
만지작거리다 밀어놓은 언어의 허물
책상 위에 지우개 가루만 소복이 쌓인다
그 속에 사금처럼 시가 반짝이고 있다

…《그 나무가 나에게 팔을 벌렸다》(2006)

시 창작 수업을 시작하는 장면부터 썼는데, 앞부분은 그냥 평범한 서술이다. 중간부터 비유와 상징의 이미지를 많이 사용했다. "별꽃 한 점" "무지갯빛 구슬" "팔랑팔랑 / 시의 꽃가루를 찾는 나비" 그리고 "사금처럼 시가 반짝이고 있다" 같은 이미지들은 그냥 느닷없이 하늘에서 떨어진 영감은 아니었다. 모든 시적 표현이 그렇다. 삶 속에 내재되어 있는 경험들이 때에 맞춰 이미지로 떠오르는 것이다.

"별꽃"이라는 꽃이 있다. 아주 조그만 풀꽃. 그냥 스쳐 지나가면 보이지 않을. 그런데 반짝이는 별 모양의 하얀 꽃이다. 그즈음 들꽃 기행을 몇 번 다녔다. 도감을 옆에 끼고 설렁설렁 도시의 야산을 걸었다. 거기서 발견하고 배운 꽃들. 별꽃, 꽃마리, 양지꽃, 각시붓꽃…… 그 들꽃을 소재로 시도 꽤 썼다.

"무지갯빛 구슬"도 그렇다. 우리가 어릴 때는 구슬을 가지고 놀았다. 주로 남자아이들이 구슬치기를 많이 했지만, 알록달록 유리구슬은 언제 봐도 예쁘고 신기했다. 운동장에서 누가 흘리고 간 구슬을 주워 들고, 이 예쁜 것이 너무 흔한 게 안타깝기도 했다. 다른 쓸모는 없는 오직 놀이 도구일 뿐인, 그러나 참 예쁜 구슬을 손 안에 굴리고 톡톡톡 두드려 보고, 이 예쁜 색깔을 저 단단한 유리 안에 어떻게 새겼을까 생각해 보고. 쓸모의 관점에선 전혀 무익한 구슬. 그러나 마음을 밝혀 주고 즐겁게 해 주는 구슬. 예술이란, 시란 이런 것인지 모른다. 그런 시구를 얻으면 얼마나 기쁜가. 어린 날의 오색찬란한 구슬이 내 시 안으로 또르르 굴러들어 왔다.

반짝이는 "사금"은 고향 마을 시냇가의 추억에서 건져 올린 것이다. 첩첩산골 고향 마을에는 저수지, 도랑 그리고 시냇물이 있었다. 시냇물이 가장 아름답고 넉넉한 물이었다. 물 밑이 환히 보일 정도로 투명한, 밤이면 동네 오빠와 아재들이 관솔불을 들고 가재를 잡으러 가던 곳. 눈부신 봄날 엄마가 겨울 이불 홑청을 뜯어 빨래하러 가던 시냇물. 홑청을 양잿물에 적셔 빨래방망이로 팡팡 두드려 빨고 시내에 펼쳐 놓으면 냇물이 흘러 저절로 헹궈 주었다. 양쪽 끝을 잡고 길게 휘어 짜서 시냇가 버드나무에 척 걸쳐 놓으면 "빨래 끝-"이다. 엄마 옆에서 나는 맨발로 뛰어다니고 노래를 부르며 놀았다. 그때 흰 모래가 반짝반짝 빛났다. 그 모래에 빛나는 것이 금 조각일지도 모른다고 생각했다. 물론 진짜 금은 아닐 텐데, 이렇게 모래에 섞여 있는 금도 있다는 얘기를 들었다. 이런 추억 덕분에 나는 사금이라는 말을 들으면 고향의 맑은 시내와 살랑이는 봄바람이 함께 떠오르는 것이다.

그 별꽃과 구슬과 사금이 시어(詩語)로서 상징의 의미를 갖게 되었다. 어린 날의 추억 조각을 붙잡아서 시에 담아 넣으며 나는 무척 행복했다. 시를 쓰는 그 시간, 흘러간 줄 알았던 시간들이 통째로 돌아와서 뒤섞이며 반짝이며 살랑이며 부풀어 올랐다.

"흉터"와 "나비"와 "강아지"도 마찬가지. 어렸을 때 마당에서 뛰어놀다 커다란 대못에 걸려 발등이 제법 많이 찢어졌다. 함께 있던 어른들도 크게 놀라서 지혈을 하고, 병원에 간 기억은 없으니 민간요법으로 지혈을 하고 상처를 싸맸겠지. 발에 붕대를 감고 한참 발을 절뚝이며 다녔다. 흉터는 오래 남았다. 초등학생 때 팔뚝에 결핵검사 주사를 맞았는데 관리를 잘못하여 큰 흉터도 남았다. 여름이면 그 흉터를 가리려고 손수건으로 팔뚝을 묶고 다니기도 했다. 마음에도 누구나 그런 흉터들이 있다. 나이가 들면서 세월만 한 약이 없다 하듯이 흉터는 서서히 흐려진다. 망각이라기보다 삶은 언제나 현재이므로 꼭 되새기고 기억해야 할 일이 아니라면 세월의 물살에 쓸려가도록 내버려 두면 된다. 그런데 시를 쓸 때는 그런 것들이 다시 생생히 떠오른다. 그중에 어떤 것은 이렇게 시구로 남기도 한다. 그 고향 집 앞, 장다리꽃밭에 봄이면 팔랑팔랑 날아다니던 희고 노란 나비들이 생각난다. 날갯짓이 봄볕처럼 눈부셨다.

아이들이 지우고 버린 "지우개 가루" 속에도 분명 그런 별꽃과 구슬, 사금과 흉터가 들어 있을 것이다. 다만 아직 눈이 밝지 못해 그것들을 줍지 못할 뿐. 그러나 빈 종이를 앞에 놓고 가만히 마음을 기울여 보면 그런 별꽃 같은 것, 흉터 같은 것들이 떠오른다. 그중에 어떤 것은 나를 건져 올려 달라고 손짓하기도 한다.

그때 시 창작 시간에 쓴 아이들 시 가운데 마음에 드는 몇 편이 있었는데, 다음은 그중 하나다.

애벌레
하지영

봄날 오후의 햇살 아래
애벌레 하나 기어간다

눈물 나게 파란 하늘
그 하늘 한번 날아 보려는
애벌레의 몸부림

애벌레의 소망
언제쯤 노란 날개 피어나
파란 하늘 살랑거리려나

애벌레야,
하늘은 아직 멀다

　자신을 애벌레로 상징한 발상이 아주 참신한 것은 아니지만
훌륭하다. "노란 날개"와 "파란 하늘"이 갖는 색채 대비의 이
미지도 선명하다. "애벌레의 몸부림" "애벌레의 소망" 사춘기
의 아이들이 얼마나 간절한 소망으로 몸부림치는지 모르는 사
람은 없으리라. 이만큼 지나고 보니 그날들도 심상하게 기억
되지만 그 당시엔 미칠 것 같고 죽을 것 같던 날들이 많았다.
아이도 어른도 아닌 시기, 지나가는 시기, 그 시절을 충분히 즐
기지 못하고 오로지 준비하고 노력해야만 하는 시간으로 여겼
다. 지금을 잘 보내지 못하면 어른이 되어서 인생을 망칠 수 있
다는 압박감. 시대가 그랬고, 우리 집의 환경이 그랬고 나 자신
의 특성이 그랬겠지만 사춘기는 바위 같은 무게로 나를 짓눌
렀다. 하루빨리 어정쩡한 상태에서 벗어나고 싶었다. 이 시를
쓴 아이의 마음에도 얼마나 한 간절함이 있었는지 알겠다. 그
러나 아무리 몸부림쳐도 세월의 실을 바늘허리에 묶을 순 없

다. "애벌레야, / 하늘은 아직 멀다." 더 꿈꾸고 몸부림치고 견뎌야 하는 것이다.

이 시는 내가 거의 손대지 않았다. 반복되는 구절이 있어서 한두 단어를 삭제하라고 했을 뿐이다. 성적으로는 눈에 뜨이는 애가 아니었는데 이런 깔끔한 시를 완성해서 아주 기뻤다. 지우개 가루들 속에서 사금을 얻은 것처럼.

그런데 사실 나 자신 시를 쓰면서도 시 창작 수업은 많이 못했다. 아이들이 써낸 시의 완성도를 봐 주기 힘들어서였던 것 같다. 백일장에서 쓴 시들을 보면서 시를 쓰는 것이 중·고등학생들에게는 쉬운 일이 아니라고 느꼈다. 그래서 올해도 학생들과 시를 많이 공부했고, 여러 갈래의 글들은 많이 썼지만 시 창작만은 하지 못했다. 내심 아쉽기도 했지만, 워낙 다른 글쓰기 활동이 많아서 더 쓰라고 할 수도 없었다.

그런데 마침 내 옆자리 국어 선생님이 '독서와 문법' 과목에서 시 창작을 했다. 교과서에 백석의 〈국수〉가 나오고 음식에 관한 추억을 소재로 시를 써 보자는 학습활동을 제대로 해 본 것이다. 2학년 전체를 대상으로 시 쓰기 수행평가를 했다. 선생님이 음식에 얽힌 추억 몇 개를—가난해서 슬프고 그러면서도 따뜻했던 이야기를 해 주면서 아이들에게도 이런 음식들이 있을 거라고, 그걸로 시를 써 보자고 했다.

전체 아이들이 모두 시를 써냈는데, 추억을 더듬어 시를 쓰면서 무척 좋았다고, 울컥하기도 했다는 아이들도 많았다 한다. 가려 뽑은 작품들을 보았는데 시적으로 잘 정제된 것은 아니었지만 삶의 진실이 녹아 있어 좋았다. 시를 쓰는 시간이 분명 행복하고 아프고 그리웠을 텐데 이런 경험을 하면서 마음은 깊고 넓게 성장해갈 것이다.

카레
하민철

초등학생 어린아이가 있었다
그 아이는 자신의 첫 시련이었던 수술을 막 끝냈다
병실로 돌아온 아이의 왼팔에는 무통제가 연결되어 있었다
침대에는 금식이라는 단어가 쓰여 있었다

간호사는 아이에게 이제 물을 마셔도 된다고 말했다
아이는 물을 마시며 갈증을 해소했다
그리고 아이의 부모는 밥을 가져다주었다
그러나 아이는 먹지 못했다

전신마취의 영향이었을까

아니면 무통제의 영향이었을까
아이는 밥만 보면 메스꺼웠다
물과 우유 외에 어떤 음식도 입에 댈 수 없었다

아이의 부모는 아이에게 음식을 먹이기 위해서
밥 대신 아이가 가장 좋아하는 컵라면을 건네주었다
하지만 아이는 컵라면마저도 거부하고 말았다

그렇게 아이는 몇 날 며칠을 계속해서
물과 우유만을 마시고 있었다
아이의 부모는 아이가 굶어 죽을까 봐 걱정하였다
결국 아이는 링거를 맞으면서 영양을 공급받았다

그러던 어느 날이었다
아이의 부모는 특별한 음식을 가져왔다
노란 빛깔을 띠고 있었고
이질적인 냄새를 풍기고 있었다

그렇다
그 음식의 이름은 카레였다
부모는 아이에게 카레를 먹여 주었는데

다행히도 이번에는 아이가 음식을 거부하지 않았다

생기라고는 눈 씻고 찾아봐도 전혀 찾을 수 없었던 그
아이를

그 아이의 부모가 가져다준 카레라는 음식이 살려 주
었다

아이는 그 후로도 다섯 차례의 수술을 더 겪었지만

더 이상 음식을 거부하지 않았다

그리고 아이는 지금도 카레를 먹을 때마다

마음 한구석에서 눈물이 흐르는 것을 느낀다

어릴 때부터 다리에 이상이 있어 수술을 여러 차례 받은 아이. 고통의 기억과 남은 수술에 대한 공포가 아이의 몸뿐만 아니라 마음도 짓누르고 있다. 아무것도 먹지 못하다 카레가 입맛을 돌아오게 하듯, 우리에게도 카레와 같은 존재가 나타나 삶의 전환점을 만들 수도 있다. 고통 속에 있는 자신을 세밀하게 관찰한 시선이 좋다. 마지막 구절을 읽으며 눈물이 맺힌다. 시를 쓰며 그 일을 떠올리는 시간이 어땠을까.

아이들이 서로 작품을 공유하며 이 시를 읽으면 이 아이를 새로운 시선으로 볼 수 있을 것이다. 원래 다리가 불편한 친구, 이렇게 건성으로 지내다 한 존재가 가지는 고통의 경험과 아픈 몸으로 산다는 것이 어떤 것인지를 생각하게 된다. 마음이 드러나는 글은 인간에 대한 이해를 높여 준다.

시 쓰기가 아이들의 마음을 위로하고 극복하는 시간이 될 수 있겠다는 생각이 들게 한 작품이다. 시는 하나의 응축된 대상을 통해 삶을 드러내는 작업이다. 음식은 참 많은 이야기들이 담길 수 있는 소재다.

노른자
이예은

늦은 밤, 부엌에서 들려오는 소리
나가 보니 아빠가 라면을 보글보글 끓인다

아빠 취향 따라 소시지 어묵 참치
그리고 계란을 넣은 아빠표 라면
세상에서 하나뿐인 라면
한 입만, 하니
아무 말 없이 냄비를 내 앞에 민다

계란 먹어도 돼? 옜다 여기!
아빠는 하나 넣은 계란뿐만 아니라

사랑을 주신 것이 아닐까……

흰자가 노른자를 감싸고 있듯이
아빠는 나에게 흰자였다
잘 익은 노른자가 되고 싶다
그러고 싶다……

　가장 흔한 음식 라면에 넣은 계란이 따뜻하고 정겨운 시로
살아났다. 평범한 서술로 이어지는가 했더니 마지막 연에서
시다운 맛이 난다. 이렇게 쓰기 위해 밤의 풍경을 골똘히 생각
했을 것이고, 계란이라는 사물의 형태도 골똘히 관찰한다.
　"시 쓸 때 계란을 그려 보았어요."
　노른자를 싸고 있는 흰자, 딸을 감싸고 있는 아버지. 존재의
유사성을 인지한다. 시는 무심하게 지나치는 것들을 새로운
눈으로 보게 하고 의미를 부여하여 살리는 작업이다.

　급식
　서정혁

　"밥 무라!"
　번뜩 들려오는 내 삶의 이유

128

가방도 배고픈 듯 입을 쩍 벌리고 있다
수저 한 자루를 꺼낸다

"마, 애들 뚫어라!"
급식 시간은 마치 야생의 한때
도태되면 질 좋은 급식은 없다
우리 콩팥이 오줌을 여과하듯 학생 사이를 빠져나간다

"노맛······."

맛있는 건 조금 맛없는 건 많이
기대는 조금 실망은 많이
오늘도 이름만 멋진 급식 메뉴에 속는다

그래도 우리는 급생급사
맛있게 인생을 먹는다
오늘도 내일도

  음식에 관한 시 중에 급식이 빠질 수 없겠다. 학생들을 심지
어 '급식충'이라는 은어로 부르지 않는가. 학교의 하루 중 가
장 즐거운 점심, 급식 시간이다. 인간은 역시 몸의 동물이니

먹는 것만큼 행복한 일도 드물다. 급식 시간의 떠들썩한 분위기를 잘 그려 냈다. 나름 이미지와 비유와 리듬을 살렸다. "가방도 배고픈 듯 입을 썩 벌리고 있다"와 같은 비유는 생동감이 있다. 그런데 "콩팥"과 "오줌"의 등장은 좀 거슬린다. 콩팥이 여과하는 오줌은 양분이 빠져나간 찌꺼기인데, 새치기를 하는 자신들을 찌꺼기라고 생각하진 않았을 텐데. 비유든 상징이든 전체와 어울리게 써야 한다. "맛있게 인생을 먹는다"와 같은 구절은 먹는 것의 의미를 확장한 감각은 좋다. 전체적으로 급식의 풍경을 적절히 그려 낸 즐거운 작품이다. 시를 쓰면서 즐거웠을 것이다.

밥, 옷, 집 같이 우리 삶에서 가장 중요한 물질들을 제재로 시를 써 보면 퍽 좋은 작품들이 나올 것 같다. 삶의 진실한 이야기, 행복과 기쁨 또는 슬픔과 고통의 기억일지라도 되새기며 아름다운 언어의 옷을 입혀가는 과정은 정신이 발효하는 시간이다. 산문도 좋지만, 이렇게 시로 응축하여 써 보는 작업은 아이들의 정신을 좀 더 섬세하고 풍부하게 가꿀 수 있는 기회가 될 것이다.

시 단원을 끝낸 뒤, 특히 시집 읽기 같은 작업을 하고 난 뒤엔 꼭 시 창작을 해 보겠다고 다짐한다.

(가을)

우리도
소설을
써 볼까

소설 쓰기
진짜 할 거예요?

여름방학을 며칠 앞두고 복도에서 진영이가 말했다.

"쌤, 2학기에 소설 쓰기 할 거예요?"

"음, 해 볼까? 소설 쓰고 싶어?"

"《구덩이》읽었는데, 거기 애들이 구덩이를 막 파잖아요. 저
는 제 마음의 구덩이를 파는 생각을 해 봤어요."

"오, 멋진데?"

"마음의 구덩이를 판 이야기를 써 보면 재밌을 것 같아요."

"그래! 2학기에 소설 쓰기 하자."

꼭 그래서만은 아니었다. 소설을 읽고, 시를 읽고 서평도 쓰
고 감상문도 썼는데, 하나 남겨 놓은 것이 있었다. 자기 이야기
쓰기였다. 자라 온 이야기, 내 자서전, 자기 자신을 소재로 한

133

글쓰기를 한번은 하려고 마음먹고 있었다. 초반에 하면 아이들이 쉽게 자신을 드러내지 않기 때문에 더 많이 편안해지고 민음이 쌓일 때까지 기다리고 있었다. 1학년부터 함께해 온 아이들. 2학년 2학기니 이제 충분하다. 더 미룰 수도 없으니 자기 이야기를 써야 할 때다.

왜 자기 이야기를 써야 할까. 청소년기의 막바지, 자기 삶의 소중한 이야기를 짚어 보는 것은 자신의 정체성과 자신을 둘러싼 관계들의 의미를 확인하는 작업이다. 나는 누구인가. 나는 어떤 삶을 살아왔으며 어떻게 살고 싶은가. 나를 기쁘게 한 존재, 괴롭고 슬프게 하는 것들은 무엇인가. 혼돈 속에서 자기 존재를 외면하고 방기하는 아이들도 있다. 이러면 안 되는데 하면서도 관성에서 벗어나지 못한다. 관계 때문에 괴로워하는 아이들. 앞날에 대한 희망과 불안, 해맑은 웃음이 그치지 않는 교실이지만 난마처럼 내면이 얽혀 있는 아이들도 많다. 글 한 편 쓴다고 달라질 건 없지만, 잠시 멈추어 열여덟 살 내 이야기를 써 보는 시간은 자신을 치열하게 응시하게 만든다. 빛나는 혹은 아픈 무엇을 길어 올리는 과정을 거치며 생각은 깊어지고 마음이 정화될 수 있을 것이다.

일찌감치 시집 비평 활동을 끝내고 체험학습, 중간고사도 끝내고 기말고사 준비에 들어가기 전까지 시간을 잘 써야 한다. 2학기 들어서자마자 소설을 쓴다는 이야기를 했다.

"이제 2학기에 제일 중요한 수행평가 소설 쓰기를 할 거야."

오, 예, 하는 탄성이 터졌지만, 아이들 대부분은 예상했다는 듯한 표정이다.

"마음대로 지어내서 써도 돼요?"

"아니, 자기 이야기를 소재로 해야 해. 상상이 어느 정도 포함되어도 되지만 기본은 자기 이야기를 바탕으로 할 것."

"그게 무슨 소설이에요!"

"소설가들도 첫 소설은 대체로 자기 이야기인 경우가 많지. 자기 자신이나 가족이나 친구에서 출발하는 거야. 사실 소설을 허구라고 하지만 현실의 이야기를 연결하고 변형하고 조합한 것이지. 나는 허무맹랑한 판타지를 보고 싶지 않아. 너희의 진실된 모습, 진짜 이야기를 듣고 싶어."

"그럼 수필하고 차이가 없잖아요."

"그렇게 생각할 수 있지. 수필은 자기 자신을 있는 그대로 자유로이 드러내는 글쓰기인데, 그것보다 소설적인 형상을 갖춘 글을 써 보면 소설 공부도 되고, 좀 어려운 말로 미학적인 즐거움도 느낄 수 있을 거야. 수필도 물론 미적인 형식을 갖출 수 있지만, 소설은 그 형식이 더 뚜렷하니까. 서술자를 내세워서 갈등을 중심으로 인물, 사건, 배경을 잘 엮어서 이야기를 짜 보는 즐거움을 느낄 수 있을 거야. 소설 쓰기, 재미있는 작업이야."

자기 이야기를 쓰되, 자기가 아닌 것처럼, 1인칭 주인공 시점을 쓰더라도 수필과는 다른 느낌으로 인물의 성격을 빚고 사건을 집약시기고 배경 묘사노 하며 갈등이 점점 고조되고 풀어지는 소설 형식으로 써 보는 것은 반죽을 빚어 도자기를 만드는 것과 같은 일이라고 해도 될 것이다.

　"내 이야기를 쓰되, 나 밖으로 나와서 나를 객관적인 인물로 형상화해서 써 보는 거야. 그렇게 하면 나와 나를 둘러싼 관계들이 더 잘 보일 거야. 그렇게 자신의 현실을 확인해 봐."

　소설 쓰기 활동은 나도 처음 해 보는 것이다. 자기 이야기 쓰기는 '작문' 과목에서는 빼놓지 않고 했고, 감동스런 글도 많았다. 그런데 그런 수필보다 소설을 써 보게 하고 싶다는 강렬한 생각이 들었다. 그동안 장편소설 서평이나 시 감상문도 모두 에세이였으니 다른 갈래의 글을 써 볼 때가 되었다. 나를 다른 사람 보듯 밖에서 들여다보는 것. 내 속에 묻어 둔 이야기를 소설의 형식을 빌려 내가 아닌 듯 툭 털어놓아 보는 것이다. 음식을 예쁜 그릇에 담으면 더욱 구미가 당기듯 소설이라는 형식에 담아서 나인 듯 내가 아닌 듯 이야기를 풀어내 보는 것은 흥미 있는 작업이며 분명 새로운 배움이 있을 것이다. 글쓰기를 누에가 실을 뽑아내는 것에 비유한다면, 특별한 형식이 없는 산문은 그냥 실을 풀어내는 것이라면 소설은 그 실로 옷을 짓는 것이라고 말할 수 있겠다. 물론 수필 같은 산문도 미학적인 형식을 갖출 수는 있지만 소설의 틀은 분명히 다르다. 문학적 형상화. 소설이라는 틀에 넣어 문학적 형상화를 꼭 경험해 보게 하고 싶었다.

나도 고등학교 시절 소설을 즐겨 썼다. 이야기를 지어내는 것이 재미있기도 했고, 그땐 내 삶이 힘들어 나를 벗어나고 싶어서 내가 살고 싶은 삶을 맘대로 그려 냈다. 그런 글을 쓸 때만이라도 행복했다. 친한 친구에게 보여 주고 재미있다는 칭찬을 들으면 더 신나서 글을 쓰며 소설가가 되고 싶었다. 그러나 그때는 소설 쓰기 같은 과제를 내준 국어 선생님은 아무도 없었다. 소설은커녕 수필 한 편 안 쓰고 고등학교 3년 국어 시간을 보냈다. 다른 책을 읽으라는 말도 거의 못 들어 본 것 같다. 그래도 그때 우리는 책을 많이 읽었다. 시를 쓴다는 국어 선생님이 딱 한 번 《죄와 벌》 읽은 사람이 있느냐 묻기에 손을 들며 그렇게 물어라도 주는 것, 교과서 밖의 독서에 대해 한 번이라도 말을 해 주는 것이 고맙다고 생각했다. 지금 생각하면 화가 나는 일이지만. 그런 국어 교육을 받아도 우리의 시간을 빼앗아갈 다른 매체들—컴퓨터, 스마트폰이 없었기에 책을 많이 읽었다. 책가방 속에 다른 읽을거리가 들어 있는 친구들이 대부분이었다. 많이 읽으니 쓰고 싶은 거다. 이상석 선생 말대로 "글쓰기는 똥누기." 읽은 것이 많으면 마음에 쌓이게 되고 표출하고 싶은 것이 인간의 자연스런 본능이다.

그래서 글을 썼다. 일기장 검사를 하던 초등학교 때보다 더 열심히 일기를 쓰고, 아무도 시키지도 않았는데 소설을 썼다. 그런데 내 이야기를 쓸 생각은 못 했다. 그랬으면 좋았을 텐데. 있는 그대로 내 삶의 괴로움, 번민, 갈망, 슬픔을 썼으면 좋았을 텐데. 그저 나에게서 벗어나고 싶어서 다른 삶을 지어내서 썼을 뿐이다. 나를 들여다보는 것은 일기만으로 충분했다. 나 자신과 내 주변의 삶을 더 깊이 들여다보았더라면 소설가가 될 수 있었을까?

학생들에게 소설가가 되라는 것이 아니다. 그러나 시를 몇 편 써 볼 수 있듯이 살면서 소설 한 번 써 보는 것도 좋은 일 아닌가. '문학' 교과서에 학습활동으로 짧은 글 창작하기가 나오지만 이전까지는 안 해도 되는 활동으로 넘겼다. 소설까지 어떻게 쓴담. 불가능한 얘기지. 학생들을 데리고 소설을 써 볼 엄두를 내지 못했는데, 이 용기와 의욕이 어디서 생긴 것일까. 지필고사를 한 번만 치고 일주일에 한 시간이라도 읽고 쓰는 시간을 마련하니 가능했다. 시험에 얽매이면 교과서 진도에 급급하고, 조각 글만 분석하다가 제대로 된 문학 활동은 해 보지 못하고 끝내기 일쑤였다. 올해 시간을 만들고 나도 아이들도 새로운 도전을 해 보니, 생각만 할 때는 불가능해 보이던 것이 가능했다. 인간은 생각하는 것보다 훨씬 더 능력이 있다는 걸 깨달았다. 단지 발굴하여 쓰지 않았을 뿐이다. 장편소설 읽고

8천 자 글을 거뜬히 써내고 시집 비평도 멋지게 써내는 아이들이 내게 새로운 시도를 해 볼 용기를 주었다. 소설 쓰기도 아이들은 놀랍게 해낼지 모른다. 나는 더욱 적극적으로 아이들을 설득했다.

"이제까지 썼던 어떤 글보다 재미있을 거야. 너희 자신의 이야기잖아. 그냥 자기 자신을, 가족과 친구들의 모습을 진지하게 들여다보기만 해 봐. 그러면 분명 멋진 이야깃거리가 많을 거야. 모든 인간의 삶은 바로 소설이거든. 소설을 인간학이라고 했지? 내 안에서 이야기를 길어 올려 보는 거야."

소설이
뭐지?

소설을 쓰려고 마음먹으면 그냥 읽기만 할 때와는 다른 눈으로 작품을 보게 된다. 어떤 내용을 어떻게 썼는지 인물 묘사는 어떻게 하고, 사건의 갈등은 어떻게 꼬였다가 풀어지는지, 배경은 어떻게 그려 냈는지. 직접 집을 지으려고 하면 집의 모든 것이 새로 보이는 것과 같다. 사실은 스스로 써 보는 것보다 좋은 읽기 공부는 없다.

수업 시간에 교과서 작품을 다룰 땐 세밀한 분석 과정을 거친다. 늘 그렇게 읽을 수야 없지만, 꼭 다루어야 할 작품의 미학적 원리를 파악하는 것은 문학 수업에서 놓칠 수 없다. 이런 공부가 소설 창작의 바탕이 되기도 할 것이다. 문학책에서 배운 단편소설은 두 편이었다. 1학기엔 박민규의 〈그렇습니까?

기린입니다〉, 2학기엔 이상의 〈날개〉.

기린이 되지 않는 법: 잘 질문하고 의견을 나누자

〈그렇습니까? 기린입니다〉는 아이들이 교과서에서 읽은 작품 가운데 가장 인상 깊은 작품으로 꼽는데, 처음엔 무척 어려워했다. 대체 무슨 이야기야. 아버지가 기린이 된다니. 상고에 다닌다는 고등학생의 알바, 지하철의 푸시맨 이야기도 도시 변두리 지역, 마을버스를 타고 다니는 아이들에겐 낯설었다. 편의점 알바도 주유소 알바도 해 본 적이 거의 없었다. 박민규의 재기발랄한 문체도 처음엔 잘 이해하지 못했다. 무척 가난한 집에 무능력한 가장의 절망을 이해할 순 있겠다.

교과서엔 소설 앞부분만 조금 실려 있지만 전문을 인쇄하여 나눠 준 다음 다 읽고 나서 질문을 중심으로 토의를 하면서 수업을 하려고 했다. 보통 수업에서는 작품을 읽고 난 뒤에 교과서 학습활동이나 학습지의 문제를 해결하면서 진행하지만, 학생들이 스스로 질문하게 하면 더 꼼꼼히 읽는다. 어떤 질문을 하는가를 보면 작품에 대한 이해도를 측정할 수 있다. 공자님도 질문하지 않는 자는 가르치지 않는다 했으니, 공부란 모름지기 질문에서 출발하는 것이다.

그런데 분명히 한 시간은 읽기를 시켰는데, 그리고 남은 부분은 다 읽어 오라고 했는데, 막상 수업을 시작하려니 아이들이 내용을 제대로 모르고 있다.

"왜 이렇게 몰라. 안 읽은 거야?"

"읽어도 무슨 말인지 모르겠어요. 그래서 끝까지 못 읽었어요."

"흠- 이 작품은 한 문장 한 문장 따져 보며 읽을 가치가 있어. 표현이 절묘하거든. 그걸 제대로 음미할 수 있어야 소설의 맛도 느낄 수 있고. 내가 강독을 해가면 재미없을 것 같아서 안 하려고 했는데, 어려워서 못 읽는다니 어쩔 수 없네. 처음부터 다시 읽어 보자."

컴퓨터로 작품 전문을 크게 띄워 한 단락씩 읽어가며 설명을 했다. 설명식 수업은 학생들이 금방 지루해하지만, 이렇게 할 수밖에 없는 내용이 있다. 설명이 필요한 문장, 어렵거나 너무 멋진 문장은 그냥 넘어갈 수 없다.

처음 열차가 들어오던 그 순간을 나는 잊을 수 없다. 그러니까 열차라기보다는, 공포스러울 정도의 거대한 동물이 파아, 하아, 플랫폼에 기어와 마치 구토물을 쏟아내듯 옆구리를 찢고 사람들을 토해냈다. 아아, 절로 신음이 새어나왔다. 뭔가 댐 같은 것이 무너지는 광경이었고, 눈과 귀와 코를 통해 머릿속 가득 구토물이 차오르는 느낌이었다. 야! 코치 형이 고함을 질러주지 않았으면, 나는 아마도

놈의 먹이가 되었을 테지. 정신이 들고 보니, 놈의 옆구리가 흥건히 고여 있던 구토물을 다시금 빨아들이고 있었다. 발전(發電)이라도 일어날 기세였다. 힘! 그때 코치 형이 고함을 질렀다. 해서, 엉겁결에 영차, 영차 무언가 물컹하거나 무언가 딱딱한 것들을 마구마구 밀어 넣긴 했지만 그것이 무엇이었는지는 지금도 기억나지 않는다. 아니, 어찌 내 입으로 그것이 인류(人類)였다고 말할 수 있겠는가.

정신 차려. 열차가 출발하자 코치 형이 다가와 단단히 주의를 주었다. 네. 심호흡을 크게 했지만 다리가 떨리긴 마찬가지였다. 저 사람들을 사람이라고 생각하지 마. 화물이나, 뭐 그런 걸로 생각하란 말이야. 알겠니? 알겠지? 알겠지, 에서 다시 열차가 들어왔으므로, 나는 새로이 전열을 가다듬었다. 파아, 하아. 의정부행이었던 두 번째 열차는, 아마도 두 배의 사람들이 쏟아져 나오는 느낌이었다. 이건 마치, 전 인류가 아닌가.

"야! 정말 대단한 묘사 아니니? 전철을 괴물처럼 그려 낸 부분도 문장이 꿈틀대고 있지만, 사람이 사람 같지도 않으니 '그것이 인류(人類)였다고 말할 수 있겠는가.' 또 인간들이 너무나 많으니 '이건 마치, 전 인류가 아닌가'라는 표현도 재밌기도 하고 생생하기도 하지. 정말 절묘한 표현들이지?"

　내 감탄에 아이들도 고개를 끄덕인다. 감동은 전염성이
있다.

　"'초원의 복판에서 갑자기 한쪽 다리를 못 쓰게 된 타조' '전
지가 떨어진 계산기의 꺼진 액정과 같은, 그런 잿빛' '부유하는
미역 줄기와도 같은 아버지' '때로 웅크렸고, 때로 늘어졌으며,
때로 파닥이는, 그런 느낌'…… 이런 표현들 좀 봐. 평생을 가
족을 부양하고 점심 사 먹을 돈도 아끼느라 도시락을 싸 다녔
던 아버지. 그런데 혼자 벌이로는 도저히 안 되는 거야. 엄마도
일을 해야만 하는데 엄마가 쓰러진 거지. 쓰러진 엄마보다 아
버지의 절망이 더 커 보이지? 아버지는 이제 더 쓸 힘이 없나
봐. 이렇게 휘청거리고 있어. 이 마음 이해가 되니?"

　"예…… 너무 슬퍼요."

　"그래, 더 어찌할 수 없이 성실하게 살아왔는데, 최소한의 생
계도 힘들어졌어. 그래서 고등학생 아들까지 노동에 뛰어들
수밖에 없게 된 거지. 가장으로서 얼마나 참담할지 짐작이 되
지. 이 아버지는 이제 어떻게 할까?"

　아버지가 사라졌다.

　(중략)

　기린이 아닌가. 그것은 정말 한 마리의 기린이었다. 기

린은 단정한 차림새의 양복을 입고, 플랫폼의 이곳저곳을 천천히 거닐고 있었다. 오전의 역사는 한가했고, 아무리 한가해도 그렇지 사람들은 그럴 수도 있지 뭐, 의 표정으로 그닥 신경을 쓰지 않는 눈치였다. 이거야 원, 누군가 한 사람은 긴장을 해야 하는 게 아닌가, 란 생각으로 나는 기린을 예의, 주시했다. *끄덕끄덕*, 머리를 흔들며 걷던 기린이 코너 근처의 벤치 앞에서 멈춰 섰다. 그리고, 앉았다. 그것은 그리고, 앉았다라고 해야 할 만큼이나 분리되고, 모션이 큰 동작이었다. 이상하게도 그 순간, 나는 기린이 아버지란 생각을 했다. 이유는 알 수 없지만, 그런 확신이 들었다. 나는 이미 통로를 뛰어가고 있었다. 사라지기 전에, 사라지기 전에.

어떻게 된 거예요? 기린의 무릎을 흔들던 나는, 결국 반응을 포기하고 이런저런 집안의 근황을 들려주었다. 할머니의 소식과 어머니의 회복, 그리고 나는 부동산 일을 배울 수도 있다, 선배가 자꾸 함께 일을 하자고 한다, 자리가, 자리가 있다고 한다. 경제도 차차 좋아질 거라고 한다. 무디슨가 어디서 우리의 신용등급이 또 한 계단 올라섰대요, 좋아졌어요. 그러니 돌아오세요. 이제 걱정 안 하셔도 된다니까요. 구름의 그림자가 또 빠르게 지나갔다. 아버지,

145

그럼 한 마디만 해주세요, 네? 아버지 맞죠? 그것만 얘기
해줘요.

무관심한, 그러나 잿빛의 눈동자가 이윽고 물끄러미 나
를 바라보았다. 기린이 자신의 앞발을 내 손 위에 포개더
니, 천천히, 이렇게 얘기했다.

그렇습니까? 기린입니다.
… 박민규,〈그렇습니까? 기린입니다〉《카스테라》(2005)

"아버지가 기린이 되었다니, 이게 무슨 말이에요? 아버지가
어떻게 되었다는 말이죠?"
"글쎄, 무슨 말일까?"
"기린이 뭐예요?"
"그러게. 기린이 뭘까? 작가는 하필 아버지를 기린으로 만들
었을까? 기린이 어떤 동물인지 생각해 봐. 기린의 특징."
"목이 길다!"
"그래, 그래서 좀 슬퍼 보이지."
"초식동물!"
"초식동물의 특징은?"
"순해요. 다른 동물을 잡아먹을 줄 몰라요. 자기가 잡아먹혀

도.”

“맞아. 아버지가 그런 기린이 되었네. 아버지의 이미지랑 좀 비슷하지? 기린은 상징인데, 아버지가 어떤 상태가 되었다는 걸까. 이런 환상적인 상징을 만든 건?”

“……?”

“기린이 어디 있었지?”

“지하철 역사에요.”

“그런데 사람들은 기린을 보고 별로 놀라지도 않지? ‘그럴 수도 있지 뭐’하는 표정이랬잖아.”

“그러게요.”

“역사에 어떤 사람들이 많이 보이던?”

“…… 노숙자!”

“맞아, 노숙자. 그럼 아버지가 노숙자가 되었다는 걸까? 또 어떻게 보면 기린이 되었다는 건 실제가 아니라 내 상상이나 꿈일 수도 있어. 아버지는 어떻게 되었을까? 현실적으로 생각해 봐. 아버지 회사가 어렵다고 했어. 해고되었을 가능성이 높아. 너무 지쳐서 회사를 나와버렸을 수도 있고.”

“노숙자가 되었거나 자살했을지 몰라요.”

“가능한 얘기지. 실제로 그런 사람들 있잖아.”

“아, 이 소설 너무 슬퍼요…….”

“그렇다고 가장이 고등학생 아들한테만 맡겨 두고 나가버

147

리면 어떡해요! 아버지가 무책임해요."

"그렇게 볼 수 있는데, 이 아버지는 더 이상 아버지가 될 수 없을 만큼 지쳐버린 거야. 여기 봐. '아버지 맞죠?' 아들이 물었는데, '그렇습니까? 기린입니다.' 이게 결말이고 제목이야. 더 이상 정상적인, 세상이 요구하는 아버지도 가장도 될 수 없는 상태가 되어버렸어. 어떻게 할 수 없이 지쳤고 절망해버린 거지."

아이들의 표정이 어두워진다.

"이 주제로 토의를 한번 해 볼래? 인생을 살다가 실패하고 좌절해서 쓰러질 순 있는데, 곧 힘을 회복해서 일어날 수 있어야겠지? 그런데 이 아버지는 다시 일어나지 못하고 기린—완전한 패배자, 낙오자가 되어버린 거야. 왜 그렇게 되었을까. 개인적, 사회적인 차원에서 생각을 나눠 봐. 그리고 어떻게 살아야 기린이 되지 않을 수 있을까?"

모둠학습에 익숙한 아이들은 금방 대화를 시작한다.

"아버지가 어떻게 살았다면 기린이 되지 않을 수 있었을까? 아빠에게 부족한 것은?"

"지쳤을 때 위로해 줄 사람이 없었어. 누군가 다시 힘을 줄 수도 있었을 텐데."

"맞아. 맨날 혼자 도시락 먹고, 칼퇴근하고. 이 아빠는 인간관계가 넓지 않았나 봐."

"힘들 때 가족이 힘이 되어 줄 수 있어야 하는데, 어머니는 늙고 병들고, 아내까지 입원을 했고, 아들은 너무 어리고⋯⋯ 가족도 힘이 못 되었을 거야."

"그래도 이 아빠는 비겁해. 어린 아들도 견디는데 어른이 도망가면 어떡해."

"그러니 패배자가 된 거지. 사회적으로도 이런 사람을 도와줄 수 있으면 좋을 텐데."

이야기를 듣다가 나도 끼어든다.

"북유럽 사회보장제도가 잘되어 있는 나라들은 실직을 해도 4년 정도는 평소 급여의 70~80퍼센트는 국가가 보장해 준대. 재취업할 수 있도록 교육 기회도 주고. 그 정도면 살 수 있겠지? 그리고 병원은 완전 무료인 나라들도 제법 있어. 갑자기 큰 병에 걸린 가족 때문에 가정 전체가 무너지진 않도록 한 거지."

"와 부럽다. 그런 나라로 이민 가고 싶어요."

"우리나라를 그런 나라로 만들 생각을 해라. 혼자만 잘 살믄 무슨 재민겨. 이런 책 제목도 있어."

모둠별로 발표를 하고 정리를 해 본다. 완전한 낙오자가 되지 않으려면 다시 일어설 수 있는 강한 의지, 마음의 힘을 키워야 한다. 힘들 때 마음을 나눌 수 있는 관계, 친구든 가족이든, 전문 치료자든. 그리고 사회보장제도가 잘된 사회를 만들어야 한다.

"이 소설이 어땠어? 내용과 형식, 주제와 문체, 작품 전체 느낌을 서로 얘기 나눠 보고 긴단히 기록도 해 보자."

칠판에 이렇게 썼다.

❶ 소설을 읽은 느낌
❷ '기린'이 되지 않는 법—시련과 위기를 극복할 개인적, 사회적 방법

그러고는 모둠마다 B4 백지 한 장씩을 나눠 주었다. 모둠원 숫자만큼(보통 네 명) 칸을 나눠 종이 한 장에 짧은 글을 다 쓰도록 한다. 이렇게 하면 검사하기가 훨씬 편하다. 친구들 글을 서로 읽어 볼 수 있는 것도 좋다. 이야기를 먼저 나누는 모둠도 있고, 제출해야 할 글부터 먼저 쓰려는 모둠도 있다.

"이야기를 나누고 글을 쓰도록 해라. 친구들끼리 감상을 나누면 생각이 더 풍부해지잖아."

교실은 금세 와자해진다. 모둠수업이 익숙해지니, 입 다물고 있는 애들은 거의 없다. 마침종이 쳐도 글쓰기가 끝나지 않아서 시간을 더 달라는 아이들이 있다. 집에 가기 전까지는 모두 제출해, 선심 쓰듯 말하고 나왔다. 나중에 받아 본 아이들 글은 꽤 진지했다.

❶ 처음에는 이렇게 무거운 내용을 다루고 있는 줄 몰랐다. 그리고 이 소설에 나오는 주인공인 '나'를 나는 너무 영악하게 돈만 밝히는 게 아닌가 하고 생각했다. 그렇지만 '나'의 환경을 알고 보니 '나'가 돈을 중요하게 생각할 수밖에 없겠구나 싶었다. 그래서 '나'가 불쌍하고 이해됐다.

❷ 시련과 위기가 닥쳐도 기린이 되지 않으려면 개인적으로 마음이 통하는 사람과 대화를 하면서 위로받고 하소연을 했으면 좋았을 거 같다. 사회적으로는 하층민을 도와줄 수 있는 제도가 마련되어야 한다고 생각한다. 그리고 사람들이 이 문제에 관심을 가져 주면 좋겠다.

… 김현주

❶ 처음 이 소설을 접했을 때 몇 줄 읽지도 않고 '오! 이건 새로운 발상의 소설이다'라는 느낌을 받았다. 자신의 기분을 수성, 화성, 태양 등 지구와 다른 별을 언급하여 표현하며 일반적인 소설에선 찾아보기 힘든 표현들이 많이 나타났기 때문이다. 또한 현 세대의 삶을 아주 현실적으로 묘사한 것에 슬픔을 느꼈고 상상을 자극하는 소설이었다.

❷ 우리가 기린이 되지 않기 위해서는 실패를 두려워하지 말고 자신이 겪었던 실패를 계기로 하여 성공을 하기 위해 자기 피드백에 전념해야 한다. 사회에서 기린이 되지 않게 하기 위해서는 복지 체계를 개선해야 한다.

··· 이동환

❶ 처음 이 소설을 읽었을 땐 이해가 되지 않았다. 갑자기 지구인, 화성인이 나오고 아빠가 기린이 되는 등 이상한 내용이 나왔기 때문이다. 하지만 선생님의 설명을 들으며 읽어 보니 이 소설이 현실을 얼마나 착잡하게 보여 주는지, 아버지가 얼마나 힘들었는지에 대해 많은 생각을 하게 해 주었다.

❷ 난 아버지가 자살했다고 생각한다. 어머니의 병과 낙오자가 되어 더 이상 버틸 수가 없어서 안타까운 선택을 했겠지. 그러므로 '기린 = 자살'인데, 자살을 하지 않으려면 다른 사람에게 도움을 요청해 보는 것도 나쁘지 않을 것 같다.

··· 김승리

더 좋은 생각들을 공유할 수 있도록 마지막 시간은 모둠별로 발표를 하고, 내가 최종 마무리를 했다. 발표는 처음 한두 사람이 어떻게 하는가에 따라 반 전체 분위기에 영향이 크다. 심심하게 끝난 반이 있는가 하면, 아주 진지하게 울먹울먹 목이 메어 발표한 아이가 있는 반에서는 감동의 농도가 다르다.

소희는 울먹였다.

"저는 이 소설이 허구로 읽히지 않았어요. 화성이니 금성이니 하는 말이 나오고, 사람이 갑자기 기린이 되었다고 해서 처음엔 판타지처럼 보였지만, 의미를 알고 보니 너무 현실적인 소설이에요. 이런 말, 하려니 좀 그런데…… 소설과 정말 비슷한 일이 가까운 친척에게 일어났어요. 삼촌이 자살을 했고, 사촌 언니는 알바를 하며 살아요. 삼촌은 아주 밝은 성격이었는데 갑자기 돌아가셔서 너무 놀랐어요. 아무에게도 표 내지 않고 어떻게 그럴 수 있는지 이해할 수가 없었어요. 그런데 이 작품을 읽고 나니 다 이해가 돼요. 여기에 나오는 아빠도 아들도 정말 얼마나 힘들었을지. 삼촌도 얼마나 힘들어서 그런 선택을 했을지 이해가 돼요. 이 작품을 읽고 생각했어요. 정말 힘들 때 털어놓고 기댈 수 있는 사람이 있어야 한다. 장례식장에 그렇게 사람이 많이 왔는데 삼촌이 진짜 마음을 드러낼 사람이 없었다는 게 너무 슬퍼요……."

태호는 말했다.

"너무 어둡게 그렸다는 생각이 들긴 하지만, 이게 우리들의 현실, 어쩌면 미래인지도 모른다는 생각이 들어서 두려워요."

현실을 좀 더 적극적으로 고민하는 아이들도 있었다. 소설에서 알바를 전문으로 소개해 주는 코치 형이라는 인물이 있는데, 이렇게 말한 아이가 있었다.

"코치 형이 편의점에서 밀린 임금을 받아 내는 방법이 인상 깊었습니다. 노동자의 권리를 찾고 지킬 수 있는 교육과 시스템이 필요해요. 지금 우리 학교 급식소에서 파업을 하고 있는데, 적극 지지합니다. 급식을 못 먹고 빵 같은 걸 대신 먹으니 그동안 맛없다고 했던 급식의 소중함도 느낍니다."

"이제는 푸시맨도 주유소 알바 자리도 없으니 더 안타까워요. 전문성이 부족한 사람들도 자립해서 살 수 있는 사회가 되면 좋겠어요."

이런 의견을 낸 학생은 성적이 우수하다. 자신은 전문가의 길을 가겠지만, 그렇지 못한 사람들도 살 수는 있어야 한다고 생각한다. 능력이 안 되는 사람은 도태되어야 한다고 생각하는 것이 아니라, 약자들도 살 수 있어야 자신의 행복도 지켜진다는 것을 안다. 이런 이야기를 나눈 이 아이들은 기린이 되진 않겠지. 사람이 기린이 되지 않는 세상을 위해 살 수 있겠지.

그렇게 〈그렇습니까? 기린입니다〉 읽기를 마치고 나서 이상의 〈날개〉도 같이 읽었다. 역시나 암울한 분위기의 소설. 모던한 문체는 올해 발표된 소설이라 해도 믿을 만하지만. 주인공의 삶이 너무 무기력하다. 좌절한 식민지 지식인은 이렇게밖에 못 살았던 걸까. 육사나 동주 같은 시인도 있는데. 하지만 모두 독립운동가가 될 수 없고 저항 작가가 되는 것도 아니다. 일제강점기 이런 소설로 그 시대 청년들의 절망과 우울을 표현해 준 것도 가치 있는 일이다. 〈날개〉는 좋은 작품이다. 그러나 방에서 벗어나지 못하는 '나'의 삶은 가슴을 짓누른다. 이러한 삶을 살고 있는 청년들이 오늘날도 없지 않기 때문이다. 아니, 더욱 늘어나고 있다고 통계는 말한다. 이름하여 '니트족.' 교과서 학습활동도 니트족의 삶과 비교하는 문항이 있다. 역시나 이 주인공도 고립이 문제다. 같이 사는 아내와도 칸막이 방을 하고 아내의 직업도 모르(는 척)고, 돈도 모르고…….

"식민지 삶이 청년들을 얼마나 짓눌렀는가 알겠지. 그런데 오늘날 청년들은 왜 그럴까?"

"청년 실업."

"자신의 쓰임새를 발견하지 못하고 관계도 맺지 못하고 사는 것이 제일 문제야. 〈그렇습니까? 기린입니다〉에서도 말했지만 제일 무서운 것은 단절과 고립이야."

아이들은 생각해 보겠지. 나는 고립되지 않았나. 내 곁에 고립된 친구는 없나? 있다. 학급에 친구가 한 명도 없어 종일 말 한마디 안 하는 아이. 다른 학급에라도 말 나눌 친구가 있으면 그나마 다행이지만, 하루 종일 교실에서 말 한마디 안 하고 지내는 아이들도 있다. 얼마나 힘들까. 친구들은 왁자하게 떠들고 노는데, ㄱ 먹먹한 ㄱ요……

절망은 단절에 뿌리를 두고 있는데, 단절에서 벗어나지 못하는—않으려는 아이. 이런 고립은 사춘기 한때에 그칠 수 있을까. 지루하기만 한 학교를 졸업하면 마음의 문을 열고 세상으로 걸어 나갈 수 있을까. 교실에 한두 명은 그렇게 홀로 있다. 전체적으로 이런 아이들이 점점 늘어나는 것 같기도 하다.

이렇게 쓰면 돼: 학생들이 쓴 보기글을 읽자

단편소설 읽기를 끝내고 나서는 아이들에게 읽어 줄 보기글을 찾았다. 글을 쓰는 데 제일 좋은 것은 적절한 본보기글이다. 이렇게 쓰면 돼. 툭 던져 주기만 해도, 본보기글 몇 개를 읽기만 해도, 감이 오는 것이다. 장편소설을 읽고 긴 서평을 썼고 단편소설도 공부했지만, 그대로 학생 소설 쓰기의 본보기가 될 수는 없다. 너무 멀리 있는 이야기들, 너무 수준 높은 글들. 본보기글을 찾아 책을 검색해 보고 도서관도 뒤졌지만 마땅한 글을 발견하지 못했다. 글쓰기 지도 사례에도 소설은 없다.

그래도 김은형 선생이 쓴《국어 시간에 소설 쓰기》에서 중학생 글 몇 편을 고르고, 기성작가가 쓴 청소년 소설을 인쇄해서 읽게 했다. 아이들은 아주 몰입하여 읽었다. 배미주의《림

로드》가 멋지다고 했다. 내가 봐도 빼어난 사랑 이야기이며 성장소설이다. 아이들이 작품을 보는 눈이 있다. 중학생이 쓴 짝사랑 이야기를 읽고는 아주 잘 썼단다. 하지만 기성작가의 소설은 따라 하기에는 너무 고차원이었고, 중학생의 소설은 고등학생에겐 좀 아쉬웠다.

"이 정도 연애소설은 너희도 얼마든 쓸 수 있지 않니?"

"흠."

아이들의 얼굴에 입맛이 돈다.

네 안의
이야기를 꺼내 봐

이제 쓰기로 했다. 제일 먼저 할 일은 뭘 쓰지, 였다. 모든 사람은 자기 안에 소설책 몇 권을 넣고 다닌다고 했지만, 막상 어떤 이야기를 끄집어내야 할지 막막하다. 아득한 바다, 오리무중 산 앞에 선 듯한 기분. 이 안에 어떤 보물이 숨어 있을까.

"내 생의 첫 소설의 주인공은 나 자신이 되어야겠지? 그런데 사실 나라는 존재는 불교에서 '무아'라는 말을 쓰듯이 독립적인 실체가 아니야. 나를 둘러싸고 있는 것들이 없으면 나도 없어. 그러니까 나란 곧 나와 관계 맺은 존재들이지. 그것들 속에서 소설거리를 찾아야 해. 먼저 가족, 친구, 연인, 학교, 성적, 꿈, 내 정체성. 그런 것들을 생각해 봐. 꼭 이야기하고 싶은 것. 무언가 간절하고 절실한 것이 있지 않을까? 나를 힘들게 하는

158

것, 기쁘게 하는 것, 갈등 관계에 있는 사람들, 손에 잡히지 않는 꿈. 소설은 갈등을 중심으로 짜이는 거니까 갈등이 엮이고 풀어진 그런 경험들을 찾아봐."

아이들의 표정은 막막하다. 이야기, 내 안의 이야기…….

자유롭게 이야기 줄기를 만들어 보라고 개요 작성 용지를 거의 백지에 가깝게 내줬다. 브레인스토밍, 자유연상으로 머릿속을 뒤져 보고, 어느 정도 이야깃거리를 발견하면 등장인물, 사건, 배경 들을 생각하고 개요를 짜 보라고 했다.

"시점은 1인칭도 3인칭도 좋은데, 1인칭 주인공 시점이 제일 쓰기 쉽겠지. 자기를 주인공으로 하더라도 3인칭으로 설정해서 남인 듯 들여다보는 것도 좋고. 인물 이름은 자기 이름을 그대로 쓰면 소설 같지 않으니까 다른 이름으로 지어 봐라. 식구나 친구들 이름도 새로 지어 보고."

아이들이 주제를 정하면 내가 가진 명렬에다 썼다. 연필을 굴리며 생각에 잠기던 아이들이 하나둘 나와서 주제를 말하고 들어간다. 친구, 가족, 우정과 연애, 동물, 꿈과 진로……. 의외로 쉽게 이야기를 찾아서 시작하는 아이들이 있는가 하면, 글을 잘 쓰는 아이들이 오랫동안 이야깃거리를 못 찾아 머리를 싸맨다.

"쌤. 이거 쌤만 볼 거지요? 다른 사람 안 보여 줄 거지요?"

"물론이야. 맘 놓고 써."

"그래 놓고 또 문집 만들 거잖아요."

"공개에 동의한 사람만 글을 싣는 거지. 본인 동의 없이 싣는 일은 없어."

"진짜로 아무도 안 보여 줄 거지요?"

무슨 비밀 이야기를 쓸 거라고 저렇게 뜸을 들일까. 아이들은 비밀이 많은가 보다.

"걱정 말라니까."

"그래도 쌤은 보잖아요."

"그거야 어쩌겠니. 나는 그냥 공기 같은 존재라고 생각해라."

아이들이 쿡쿡 웃는다. 다행이다. 이래서 자기 이야기 쓰기를 학생들과 만난 지 얼마 안 되어서 할 수는 없다. 저 선생한테 내 이야기를 털어놓아도 괜찮다 싶은 믿음이 쌓이기까지 시간이 필요하다.

"사실 너희가 마음에 품고 있으니까 그게 엄청난 비밀같이 느껴지지만 털어놓고 보면 별것도 아니야. 누구에게나 있는 일이 대부분일걸. 또 특별한 경험이라고 하더라도 어디엔가 있는 일이야. 나만의 거라고 붙들고만 있는 것보다 자기 밖으로 이야기를 끄집어내고 나를 남인 듯 외부에서 바라보는 것이 자기 문제를 해결하는 데 훨씬 도움이 된다. 그리고 너희 연애 많이 하잖아. 연애소설 써도 되지."

"에이, 오글거려서 그런 걸 어떻게 써요."

떠들어 쌓더니 하나둘 엎드려서 글쓰기에 들어간다. 줄거리를 대충 써서 검사를 받고, 수업 시간엔 종이에 글을 쓰고 집에 가서 컴퓨터로 옮기라고 했다. 수업 시간에는 아무것도 안 하고 있다가 컴퓨터 글만 쓰면 감점이라고. 글 실력을 거의 파악하고 있지만, 소설이라는 양식은 또 모르니 혹 표절의 유혹을 미리 차단하는 거다.

아무래도 이야깃거리를 못 찾는 아이들은 한 명씩 교탁 앞으로 불렀다. 멍하니 있는 호민이를 불렀다.

"니가 제일 고민하는 게 뭐야? 제일 힘든 거."

"공부, 진로 문제요."

"그걸 써 보렴."

"어떻게요?"

"공부 때문에 생긴 이야기가 있을 거잖아. 부모님과 갈등도 있었을 거고, 네 마음의 고민도 있을 거고. 그런 이야기를 네 생각만 일기처럼 풀어놓지 말고 실제로 아빠, 엄마와 나눈 대화나 행동 그런 걸 그대로 살려서 써 봐. 글을 쓰다 보면 너 나름대로 생각이 정리될 수 있어."

명렬에 꿈, 진로라고 적고 호민이가 들어갔다.

"선생님, 판타지로 쓰면 안 돼요?"

동인이가 묻는다. 뭔가 감이 떠오른 얼굴이다.

"판타지 요소가 들어가는 건 괜찮은데 어쨌든 자신의 이야기를 바탕으로 해야 해. 진실한 자신의 모습을 들여다보자고 쓰는 글이니까."

"학교와 친구, 모두 제 이야기인데, 《해리 포터》처럼 쓸 거예요."

"그래. 진실 위에 상상력을 보태는 건 좋아. 써 보렴."

아이들은 하나둘 쓰기에 몰두하고 여자아이 두엇은 "길냥이 얘기도 괜찮아요? 집에 데려다가 키웠어요" 하고 묻는다.

"좋아. 동물 이야기도 쓸거리가 제법 있을 거야."

연애 이야기를 쓰겠다던 소이는 어릴 때 키우던 강아지 이야기를 곡진하게 썼다. 개와 고양이 같은 반려동물도 아이들의 성장에 큰 영향을 주는 존재들이다. 연애 이야기는 오글거려서 못 쓰겠다던 아이들이 하나둘 주제를 연애, 첫사랑으로 바꾼다. 나중엔 완전히 재미를 붙여서 자꾸 길게 쓰려고 한다.

"길게 쓴다고 좋은 거 아냐. 너무 길게 쓰면 내가 읽기도 힘드니까 적당히 마무리해라."

벌써 만 자를 넘긴 대회에게 말했다.

"조금만 더 쓰게 해 주세요. 2만 자까지만 봐주세요."

"헐. 국어 선생 30년에 글 더 길게 쓰게 해 달라고 사정하는 학생은 처음이네."

핀잔을 주었지만 내심 기쁘기도 했다. 녀석들 소설에 맛을 들였구나. 성민이는 초등학교 6학년 때 유학 간 이야기를 쓴다고 했다.

"좋지. 재밌는 일도 많았을 테니 잘 만들어 보렴."

그런데 일주일이 지나니 장장 3만 자를 넘게 써 왔다. 그런데 아직도 끝이 안 났단다.

"야, 이건 너무 긴 거 아니냐. 그러다 장편소설 되겠다야."

"일단 썼다가 나중에 줄일게요."

미국 학교에서 만난 친구들 이야기가 재미있기도 하다. 그런데 뭔가 꼬이고 풀어지는 맛이 없다. 다 유쾌하고 재미있기만 하다.

"뭐 갈등이 생겼다가 풀어지는 그런 거 없니? 친구들 관계에도 있을 수 있잖아. 문화적인 이질감에서 느끼는 내적 갈등 같은 것도."

이 친구는 워낙 성격이 좋아 어디서나 친구를 잘 사귀긴 했을 것이다.

"아, 조금 뒤에 여자애랑 얽히는 얘기가 있어요."

"미국판 러브 스토리? 그거 재밌겠네."

"그냥 살짝 삼각관계 같은 거예요. 저도 그 애를 좋아했는데 말을 못 했어요."

"그럴 수 있지. 그런 관계가 흥미로울 수도 있고. 써 보렴."

3만 5천 자 정도를 썼는데, 다 흥미롭고 의미 있는 이야기이

긴 했다. 그래도 분량이 너무 기니까 인물들을 집약시켜 정리
해 보라고 했다. 삼각관계라던 로맨스는 황순원의《소나기》판
이 될 뻔하다가 심심히게 끝이 났다.

영화를
글로 쓴다면

어떤 방식으로 풀어낼까: 서술 방식

자기 경험을 중심으로 쓰라고 했더니 수필처럼 되지 않을까, 하는 것이 아이들의 걱정이었다. 수필은 자신이 주체가 되어 자기 경험과 생각을 서술하는 것이다. 그런데 소설은 꼭 같이 자신의 이야기를 소재로 한다고 해도 이야기로 짜서 보여 주는 것이다. 대화를 그대로 살리고 장면을 묘사하면 '보여 주기'가 된다.

"영화를 글로 쓴다고 생각해 봐."

아이들에게 거듭 되풀이한 말이다. 쓰기가 편하기 때문에 가장 많은 아이들이 1인칭 주인공 시점을 택했다. 1인칭 주인공 시점은 사실 수필과 비슷할 수 있다. 하지만 주인공 시점이라 하더라도, 내가 내 이야기를 쓴다 하더라도, 나를 객관적인 인물로 그려 낼 수 있다.

"사건을 설명하지 말고, 지금 그 일이 여기서 일어나고 있는 것처럼 장면을 그려."

소설 이론 시간에 말하기(telling)와 보여 주기(showing)를 구분해서 말하지만 크게 느낌이 없던 아이들이 소설을 직접 쓰면서 그 두 가지가 어떻게 맛이 다른지 느끼게 된다. 설명이 많으면 지루해진다. 지금 눈앞에 보이는 것처럼 인물의 심리를 표현할 때도 '화가 났다' '기뻤다' 같은 직접적인 감정 표현보다 '문을 쾅 닫고 방으로 들어갔다' '마음이 구름처럼 둥실둥실 부풀었다'와 같은 표현을 쓰면 훨씬 소설다운 맛이 난다. 이런 표현의 묘미를 아이들도 잘 느낀다.

대화를 생생하게 살리라고 했더니, 또 너무 대화 중심으로만 글을 쓰는 아이도 있다. 인터넷 소설들이 그렇단다. 그런 경우 중간중간 상황을 설명하고, 행동과 심리 묘사도 넣으라고 했다. 마음껏 말을 풀어놓았다가 다시 정리하는 아이도 있다. 글을 쓰고 싶은 대로 마음껏 썼다가 고치는 것도 괜찮다. 그렇게 실컷 쏟아 내면서 마음을 풀어내고, 또 수정하면서 마음을 정돈하고 절제하는 법을 배운다.

땀을 한껏 흘린 남학생들이 우르르 들어왔다. 훅 풍기는 시큼한 땀 냄새와 퀴퀴한 발 냄새에 정신이 들었다. 내가 지금 무슨 짓을 한 거지. 그 애는 책상 위에 있는 종이 백을 보았고 일은 이미 엎질러져버렸다. 종이 백에는 검은색 굵은 매직으로 그 애의 이름이 적혀 있었고, 그 속에는 조금의 과자와 핫팩, 러브레터가 들어 있었다. 정확히 말하자면 조작된 러브레터.

1장. 정세은

선생님께 갔다 오는 길이었다. 진로 문제였다. 어엿한 고2이지만 마땅한 꿈도, 그렇다고 좋은 성적을 가진 것도 아니었기에 걱정되어 진로 상담을 신청했었다. 결국은 내가 노력해야 원하는 꿈도, 성적도 얻을 수 있다는 답을 얻은 채 교실 문 앞에 다다랐을 쯤 갑자기 튀어나온 누군가와 부딪혀 넘어졌다.

쿵.

"괜찮아? 미안. 일어날 수 있겠어……?"

그 애였다. 그 애가 손을 내밀었다.

"응 괜찮아."

따뜻한 손이었다.

··· 임지현, 〈러브레터〉에서

상황 묘사가 생생하다. 설명은 최대한 줄이고 지금 일어나는 장면을 보여 주고 있다. 이 정도만 써도 소설의 맛이 잘 느껴진다. 지현이는 인물의 시점을 달리 해서 각자의 관점에서 바라보고 느낀 연애 이야기를 썼다. 1학기 장편소설 읽고 서평 쓰기에서《소년이 온다》를 읽더니, 이런 기법도 쓸 줄 안다. 한강의 작품도 시점이 계속 달라지며 서술되어서 처음에는 누가 누군지 어렵다고 했다. 그런데 곧 그런 형식의 묘미를 느꼈나 보다. 이런 걸 보면 선생들이 크게 가르칠 것이 없다. 무엇이든 주어지기만 하면 스스로 잘 배워간다.

누구의 눈으로 볼까: 인물과 시점

학생들이 쓴 소설 대부분이 자신을 주인공으로 삼는다. 자기 이름 말고 새로운 이름을 붙여 주면 다른 사람 느낌이 나니까, 주인공 이름을 새로 붙이라고 했다. 그리고 3인칭으로 쓰면 내 경험에 더 거리감이 생기니까 그렇게도 써 보라고 했다. 하지만 많은 아이들은 1인칭 시점을 택했다. 그래도 대화를 잘 살리고 행동을 많이 그려 내고 인물의 심리를 '보여 주기' 방식으로 표현하니 수필과는 다른 느낌으로 소설다워졌다. 이렇게 쓰는 것은 자신의 경험을 객관화해 바라보는 데도 좋다. 스스로를 객관화하고 관조하는 힘이 있으면 감정에만 휩쓸려 살지 않을 수 있다. 우울과 불행감은 대체로 자기 안에 갇혀 있기 때문에 생겨난다. 세상 어디에나 있을 수 있는 일이지만 그것이 내 일이 되면 견딜 수 없다. 이럴 때 필요한 것이 거리감, 객관화 능력이다. 나라는 존재를 세상의 하고많은 사람 중에 일부로 그냥 바라보는 것이다. 이런 일이 나에게 찾아왔구나. 다른 이들도 견디고 극복해 내듯이 나도 그렇게 해 보지 뭐. 이런 관조 능력이 필요하다. 어떤 일에 몰두하고 몰입하는 것과 함께 거리감을 갖고 관조할 줄 아는 것은 삶의 비결이기도 하다.

소설을 쓰면서 다른 사람이 되어 보면 자신의 삶을 더 잘 볼 수 있게 된다. 다정이는 엄마의 시점이 되어 딸을 바라보는 소설을 쓰기로 했다. 너도 너 같은 딸 키워 봐라, 이런 소리를 제법 들었겠지. 나중에 자신이 엄마가 되어 자기랑 꼭 닮은 딸의 행동을 그려 내면서 엄마의 마음, 딸의 내면을 보여 주었다. 역지사지란 소설 쓰기를 하면서 가장 잘 드러나는 것 같다. 툭하면 대화를 끊는 딸의 모습을 보면서 엄마는 안타깝다.

지금의 나는 엄마랑 다를 것 없는 주부이다. 6년 전에는 다행히도 힘들게 얻은 직장에 번듯한 직장인이었는데. 내가 야근을 할 때 밖에서 놀던 열두 살 소정이가 발목을 다쳤다. 처음에 소정이가 발목이 아프다며 오후 5시쯤 전화가 왔다. 나는 지금 전화하기 힘드니까 나중에 집 가서 파스 찾아 주겠다고 기다리라고 했다. 두 번째 전화는 7시쯤이었다. 너무 아프다며 파스가 어디 있는지 알려 달라기에, 알려 주고 밥 챙겨 먹으라 하고 전화를 끊었다. 그러고 9시 반에 집에 도착했는데 소정이가 달걀로 발목을 문지르고 있었다. 발목을 보니까 심하게 부어 있었다. 바로 응급실에 갔는데, 골절이라는 진단을 받았고 아침에 바로 수술을 해야 한다는 판정을 받았다. 골절이라는 말을 듣고 울기 시작하는 소정이. 그 어린애가 발목이 부서지고 나서도 엄마가 올 때까지 어떻게 기다렸을까? 그때 느꼈다. 일보다는 가족이 우선이란 것을…….

(중략)

"아니, 엄마는 그냥 소정이 너 남자 친구 어떤 앤지 궁금했고 좋은 애면 엄마도 소개시켜 달라고 하려 했지. 다음에 한번 데리고 와. 엄마도 소정이 마음 다 알아. 아빠랑 엄마도 하루도 빠짐없이 꼭 붙어 있다가 결혼해서 소정이 낳고 그런 거야. 엄마한테 그렇게 공격적일 필요 없어. 엄마는 당연한 거라고 생각해."

이 말을 들은 소정이의 눈이 동그래졌다. 솔직히 이렇게 말하고 딸이지만 부끄러웠다. 소정이와 나는 단절된 지 오래였고 이런 소통도 오랜만이어서 그런 거 같다. 소정이랑 나 사이에 정적이 흘렀고 이 차가운 정적을 깨 준 것은 소정이었다.

"알았어. 내 방에서 나가 줘."

소정이가 말했다. 나는 괜히 친해지려고 들이댄 것이 실수라는 생각이 들었다. 소정이 방을 나온 후, 나는 일찍 잠을 청하려 했다. 자기 전 휴대폰을 보는데 소정이한테 문자가 와 있었다.

엄마, 항상 무뚝뚝해서 미안해. 나도 다른 애들처럼 엄마랑 친한 모녀가 되고 싶은데 맘처럼 쉽지가 않더라. 아까 엄마가 먼저 다가와 주었는데 내가 내 방에서 나가라고 해서 미안해 엄마. 앞으로 다른 엄마랑 딸처럼 우리도 잘 지냈으면 좋겠어. 바로 되지는 않겠지만 우리 많이 놀러 다니고 저녁에 마주 보고 앉아서 밥도 많이 먹자. 의지할 사람이 나밖에 없는데 나마저 무뚝뚝하고 외면해서 미안해. 힘들게 해서 미안해.

문자를 보고 눈물이 핑 돌았다. 소정이도 나와 같은 생각을 했다는 것에 고마웠고, 딸을 새로 보게 됐다. 이제 우리도 함께일 수 있을까? 이제 소정이랑 나의 사이가 변할

171

수 있을까? 소정이를 보면 타임머신을 타고 과거의 나를 멀리서 지켜보는 듯한 기분이었다. 예전에 나 같은 딸 낳으라던 엄마 말씀이 현실이 되었고 엄마에게 못한 게 후회가 됐다. 엄마도 많이 섭섭하셨겠지? 소정이만큼 무뚝뚝한 나를 딸로 키우면서 많이 섭섭하고 외로우셨을 거다. 타임머신을 타고 예전의 나로 돌아간다면 엄마에게 더 잘할 것이라는 걸 소정이에게 알려 주고 싶다.

··· 이다정, 〈타임머신〉에서

다은이는 시점을 달리하며 〈파더〉라는 소설을 썼다. 아빠의 시점, 엄마의 시점 그리고 딸. 아버지의 일이 얼마나 힘들고 가장의 역할이 고독한지, 가족들은 아빠에게 요구만 하고 원망만 하는 모습을 그려 냈다. 마지막 대목은 제법 뭉클한데, 펑펑 울면서 글을 썼다고 한다.

"아빠 갔다 올게."

아빠가 말했지만 나는 대답하지 않았다. 띠리링 하고 현관문 소리가 났다. 나는 홀로 나가는 아빠의 뒷모습을 지켜보았다. 그러고는 언니 방으로 들어갔다. 화장을 하고 있던 언니 옆에 털썩 앉았다.

"내가 너무 심하게 말한 거가? 아빠한테 쫌 미안한 것 같기도 한데, 아 몰라. 화나."

　나는 살짝은 누그러진 말투로 말했다. 그때 언니가 날 한심하게 노려보고는 말을 꺼냈다.

　"야, 어제 엄마랑 아빠랑 완전 크게 싸웠단 말이야. 소리 지르고 난리 났었다니까. 근데 아빠가 요즘에 힘든 일이 많나 봐. 일도 잘 안 풀리고. 그리고 아빠가 하는 말 듣고 나 울었다니까."

　나는 엄마와 아빠가 크게 싸웠다는 소리에 화들짝 놀랐다.

　"에? 진짜? 왜??"

　어제 엄마 말을 듣고 잠깐 다퉜겠구나 생각은 했지만 언성을 높여가며 싸웠다는 것은 상상도 하지 못했다.

　"엄마가 왜 힘든 일이 있으면 말을 해 줘야 알지 왜 말을 안 해 주냐고 했거든? 그랬더니 아빠가 그러더라. '내가 자존감이 낮아지는 이유가 뭐 때문인지 알아? 일이 힘들고 많은 건 상관이 없는데, 나이도 새파랗게 어린놈들이 나한테 지랄거리면서 명령하고, 그러면서 걔네랑 싸워야 할 때야. 그런 걸 어떻게 자기한테 말할 수가 있겠어? 가장인데 어떻게 그래. 난 자존심도 없어? 너무 포기하고 싶은데, 우리 딸, 아들, 우리 가족 생각이 나서 참고 있는 거야. 알겠어?'라고 하더라. 얼마 전에 우리한테 '딸들, 사랑해' 이런 거 때문에 보낸 것 같거든. 그러니까 니, 아빠한테 짜증 내지 마셈. 아빠 일주일 만에 돌아와서 우리 보고 돌아가잖아. 밖에서도 치이는데 우리까지 그러면 아빠가 무슨 낙으로 살아가겠냐.”

　나는 언니의 말을 듣자마자 해머로 한 대 맞은 듯 머리가 띵해졌다. 그러고는 의도치 않은 눈물이 뚝뚝 떨어졌다. 코끝이 찡해지고 목이 막혔다. 크게만 보였던 아빠가, 항상 장난식으로 넘어가던 아빠가 이런 대우를 받으며 일한다는 사실을 믿을 수가 없었다. 나만 그럴 수 있는 건데, 나만 아빠한테 짜증 낼 수 있다고 생각했었는데, 눈물이 기계처럼 흘러나왔다.

… 임다은, 〈파더〉에서

　내 이야기를 수필이 아니라 소설로 써 보는 의미는 여러 가지가 있지만, 이렇게 다른 사람이 되어 보는 것. 나 밖에서 나를 관찰—성찰하며 자신을 응시하고 이야기를 끄집어내는 것은 어떤 것보다 의미 있는 일인 것 같다.

얽히고 풀리고: 갈등

　소설은 갈등이 중심이 되니, 그런 이야깃거리를 찾으라고 했다. 특별한 갈등이 없다고 하는 아이들이 많다. 하지만 나는 알고 있다.

"너, 1학년 때 엄마랑 좀 힘들다고 했잖아. 요즘은 괜찮니?"

엄마의 간섭이 심하고 공부 스트레스를 많이 받는 효은이. 학교에선 너무나 밝고 명랑한 아이인데, 엄마와는 그렇지 않은 모양이었다.

"요즘은 좀 괜찮아졌어요."

"그래? 다행이네. 무엇 때문에 갈등이 생겼고 어떻게 풀게 됐는지 그 이야기를 쓰면 되겠네. 갈등이 엮이고 풀리는 과정을 중심으로."

"알겠습니다. 써 볼게요."

고개를 끄덕이며 들어간다.

민찬이는 자신이 소중히 세웠던 목표가 좌절되었을 때의 내적 갈등을 생생하게 소설에 담았다. 그림을 자신의 진로로 정하고 예고에 가려고 결심했는데, 집안에 큰일이 생긴 것이다.

"찬수야…… 너 고등학교 있지, 그냥 인문계 가면 안 될까?"

"…… 왜요?"

할머니가 사뭇 진지한 표정으로 침대 옆에 앉으셨다. 두 명분의 무게에 푹 꺼진 침대의 모습이 마치 내 심장 같은 느낌이 들었다.

"1기래, 할아버지 폐암. 다행히 큰 문제는 없을 것 같다고 해. 그런데, 치료비가 많이 들 것 같아서…… 아무래도 찬수 네가 예술 고등학교에 가게 되면 좀…….."

할머니가 말끝을 흐리셨다. 대신 고개를 숙이시곤, 내 손을 꼭 쥐어 주셨다.

"괜찮아요. 인문계 가죠, 뭐."

잠시 생각 끝에 나는 이렇게 대답했다. 이렇게까지 말씀하시니, 차마 거절할 용기가 나지 않은 것이다.

"정말이니?"

내 대답을 들은 할머니의 얼굴에 화색이 돌았다. 그래, 좋은 생각이다, 하면서 나를 위로해 주시고는 곧 문을 열고 나가셨다. 할머니가 나가신 뒤, 나는 푹 꺼진, 아직 온기가 남아 있는 침대에 몸을 뉘었다.

"하아……."

한숨이 푹푹 새어 나왔다. 할아버지를 위해서, 나아가 우리 집을 위해서라면 어쩔 수 없는 일인 걸 알고는 있지만, 그럼에도 불구하고 자꾸만 한숨이 새어 나왔다. 기껏 꿈을 잡아 시작하고자 마음을 먹었건만, 그 시작부터 삐걱거리는 기분이 들었다. 이런 기분을 해소해 보고자 컴퓨터나 하려 했지만, 오늘따라 전원 버튼이 이토록 무거울 수가 없었다. 차마 힘이 없어 누르지 못한 나는, 그냥 이것도 저것도 귀찮아서 다시 자리에 몸을 뉘었다.

　　　　　　　　　　… 김민찬, 〈나의 겨울〉에서

　예고의 꿈을 접을 때의 좌절감, 무거운 마음을 "푹 꺼진 침대의 모습이 마치 내 심장 같은 느낌"이라는 비유적 표현으로 잘 드러냈다. 상황 전달과 심리 묘사의 솜씨가 돋보이는 작품이다.

　학생 소설에서 갈등은 친구, 가족 관계, 자기 내적 갈등이 주를 이룬다. 이성이든 동성이든 친구 관계에서 벌어지는 갈등이 가장 많은 비중을 차지하는 것 같다. 여학생들의 경우엔 동성 친구 간의 오해와 다툼, 따돌림의 이야기도 많다. 마음속에 묻어 두었던 이야기를 끄집어내도록 설득하는 데 시간이 좀 걸렸다. 그러나 막상 글쓰기를 시작하고 나면 아이들은 마음속 이야기를 거침없이 쏟아 낸다. 억울하고 화났던 경험을 글로 쓰면서 카타르시스를 느끼는 것 같기도 하다. 친구 간의 갈등 때문에 학교폭력으로 징계를 당할 뻔한 경험, 이유도 모르게 갑자기 따돌리는 친구, 남몰래 좋아했던 여자아이에게 어렵게 고백을 했으나 외면당했던 쓰라린 경험…….

　끄집어내고 보니 아이들 속엔 소설거리가 무진장이었다. 사연 몇 개 없는 사람이 어디 있으랴. 아이들이라고 다를 바 없다.

어떤 그릇에 담을까: 배경과 문체

배경이나 상황 묘사를 세밀하게 그려 내는 것도 중요하다. 배경이 소설의 의미를 상징할 수도 있고 인물들의 심리를 간접적으로 드러내기도 한다. 학생들도 그동안 읽어 온 소설이 있으니까, 저마다 적절히 배경을 설정하고 묘사했다.

문장은 최대한 멋지게 쓰려고 노력했고. 나중에 결과물들을 보니 오- 훌륭한걸, 싶은 문장과 표현들이 제법 있었다. 시집을 읽고 쓴 감상문에서도 시적인 표현에 감탄하는 글들이 많았는데, 그동안 다양한 갈래의 문학을 공부한 보람이 있는 것 같다. 더구나 아이들은 재치 있는 표현을 즐겨 쓰는데, 그런 것이 소설의 맛과 분위기를 돋우었다.

드디어 시작이다. 나의 봄날이. 이제 꽃이 피는 것을 샘나 하던 심술쟁이 추위는 갔다. 여러 생명이 돋아나는 봄, 두근두근 새 학기를 알리는 봄, 소풍과 나들이의 계절 봄. 봄이라…… 듣기만 해도 설레는 단어 같다. 나는 학교를 마친 후 기분 좋게 봄을 만끽하며 길을 걷던 중이었다. 길에는 예쁜 것들이 많았다. 노란 개나리부터 아기자기하고 귀여운 푸른 새싹 등 여러 것들이 예쁘게 거리를 꾸미고 있었다. 그러나 나는 저기 보이는 팝콘보다 더 활짝 핀 꽃 같은 것을 보았다. 나는 하늘마저 핑크하게 물들게 만드는 아리따운 벚꽃을 보고 잠시 멈춰 섰다. 희면서도 발그레한 핑크색을 가진 조금은 수줍은, 한 잎 두 잎 살랑살랑 떨어지면서 매력을 흘리는 벚꽃을 보고 생각했었다. 봄의 대장은 벚꽃이라고.

(중략)

"자, 뒤에서부터 답안지 갖고 오세요."

종 치는 소리와 함께 선생님께서 말씀하셨다. 오늘따라 더 얄미우신 느낌이다. 나는 망했다. 아주 완벽하게 망했다. 가채점은 개뿔. 내 시험지를 다시 보기도 싫다.

쉬는 시간, 친구들은 서로서로 답을 비교하며 니가 옳네, 내가 옳네, 옥신각신하며 싸우고 있었다.

"아, 한 개 틀렸어 - 미친!"

그때 가채점을 마친 우리 반 일등이가 어수선한 분위기를 싸하게 만들며 말했다. 아까운 건 알겠다. 그러나 내 앞에서 그런 말을 하다니. 가만히 있을 수가 없다. 정말이지 일등이의 시험지의 동그라미 횟수만큼 아니 틀린 횟수만큼이라도 세게 꿀밤을 먹여 주고 싶었다.

··· 정순원, 〈나의 봄날〉에서

세밀하게 배경 묘사를 한 작품들은 많지 않았다. 아이들은 아직 바깥 세계를 깊이 관찰해 보려는 관심이 부족하거나 상징적인 의미를 담을 만한 역량이 안 되는지도 모른다. 이 작품은 봄 자체가 이야기의 중요한 모티브라서 계절의 모습을 꽤 사세히 그리고 있다. 그리고 아이들이 쓰는 말 자체가 재치 있는 표현들이 많아서 일부러 꾸며 쓰지 않아도 재밌는 표현들을 자연스레 쓴다.

　같은 음식도 어떤 그릇에 담느냐에 따라 맛이 달라진다. 언어는 단순한 그릇 이상이다. 언어 표현 자체가 바로 내용이 된다. 음식과 그릇처럼 내용과 형식이 따로 있는 것이 아니라 그릇이 바로 음식을 만든다. 일상생활에서 욕설을 아무렇지도 않게 쓰는 아이들도 있지만, 멋지게 표현하려는 욕구 또한 강하다. 시나 소설 같은 문학작품에서도 그렇고, SNS에 쓰는 짧은 글 속에서도 표현의 묘미로 마음을 사로잡는 것들을 꽤 보았기 때문에 그런 글을 쓰고 싶어 한다.

이거 정말
니가 쓴 거니?

소설 쓰기 작업이 막바지에 이르렀다. 학교에서 종이에다 두세 시간 쓰게 하고 집에서 완성해 오라고 했는데, 날짜를 지켜서 결말을 지은 아이들이 반 정도다. 그러나 아직 시작도 안 한 농땡이들, 갑자기 주제를 바꿔 완전히 새로운 글을 쓰는 아이들. 시험 기간은 닥치는데 마음이 급하다. '문학' 과목은 지필시험을 중간고사로 쳤고 기말시험은 없다. 교과서에서 중요한 작품들은 거의 마쳤다. 남은 기간은 소설을 마무리하고, '산문집 읽고 모둠별 영상 만들기' 수행평가에 쓰면 된다.

지필시험을 한 번만 치는 것은 수업에 큰 자유를 준다. 국어 교과에서 지필시험은 독해 중심이 될 수밖에 없는데, 문학이란 읽는 것과 함께 써 보면서 더 재미와 깊이를 느끼게 된다.

각 교과가 요구하는 참된 성취 목표는 지필시험으로는 절대 달성할 수 없다. 그래서 지필시험은 한 학기에 한 번 정도로 충분하다. 그 정도의 지식과 독해 능력을 측정하고, 나머지는 실제로 말을 하고 글을 쓰고 작품을 창작해 보면서 학생들은 문학의 구경꾼에서 주체로 성장할 수 있다.

시험 기간을 앞둔 몇 시간, 컴퓨터실로 아이들을 데리고 갔다. 여기서 어쨌든 마무리를 해라. 작품을 완성한 아이들은 책을 읽거나 시험공부를 해도 된다고 말했다. 뒤에 앉아서 다른 화면을 켜는지 살피면서 아이들이 쓴 소설을 읽었다. 한 명씩 불러서 부족한 부분, 덧보탰으면 싶은 것을 조언하며 수정 작업을 도왔다. 아이들이 기대 이상으로 좋은 작품을 써냈는데, 전혀 진척이 없는 아이들이 몇 있다.

"쓰는 시간까지 줬는데 왜 글을 안 써내지?"

"저는 정시로 갈 건데요."

정시, 수능 성적만으로 대학을 가겠다는 아이들. 내신을 포기하니 수행평가가 필요 없다는 거다. 2학년 1학기까지는 성실하게 해 내더니 2학기에는 완전히 포기한 듯하다. 수능 백퍼센트 반영이란 이런 현상을 가져온다. 학교 수업을 어떻게 하든, 성적을 어떻게 받든 수능 점수만 잘 받으면 일류 대학을 갈 수 있다. 현실이 이런데도 수능이 가장 공정하고 옳은 입시인 양 여기는 국민들이 얼마나 많은지……

그 아이들 가운데 몇은 써 올게요, 써 올게요 하더니 결국 마무리를 하지 않았다. 능력이 안 되는 것이 아니라 필요 없다고 생각한 것이다. 이런 작업은 언제든 할 수 있는 문제풀이와는 다르다. 인생에서 한 번 자신의 삶을 주제로 소설이라는 것을 써 볼 의미 있는 도전을 버렸고, 자신도 몰랐던 잠재력을 계발할 기회를 놓쳐버렸다.

또 다른 아이도 있다. 도무지 서너 문장을 진행하지 못하는 것이다. 무엇을 써야 할지 모르겠단다. 자기 안에 어떤 이야기가 있는지 모르겠다고. 수업 시간에 워낙 활기 없이 앉아 있어서, 친구들과 모둠활동 한번 열띠게 하는 모습도 보지 못해서 지적 능력이 많이 떨어지는 학생인 줄 알았다. 그런데 지필시험으로 평가받는 과목들은 제법 성적이 나온다. 글 한 줄 못 쓰고 말 한마디 못 해도 성적이 중간은 된단다. 시험 점수란 것이 본래 인간의 총체적인 능력을 보여 주기에는 턱없이 부족하지만, 선택형 지필고사는 더욱 그렇다. 그 아이도 처음부터 다른 방식의 공부에 습관이 들었으면 그렇게 단 세 줄을 쓰고 관두는 일은 없었을지 모른다.

반면에 괄목상대라는 말을 실감하게 한 글들도 많았다. 8천 자 서평 쓰기에서도 그랬고, 시집 비평에서도 그렇고, 새로운 활동을 할 때마다 아이들의 새로운 능력을 발견하고 놀랐는데, 소설 쓰기에서는 더욱 그랬다.

동현이는 1학년 때 어떤 과제도 안 하려 했다. 늘 미제출자 명단에 이름이 올라 있었고, 억지로 붙들어 앉히면 마지못해 몇 줄 쓰고 그만이었다. 그런데 이번 소설 쓰기에는 아주 의욕을 보였다. 축구 이야기를 쓸 거란다. 삶의 성찰이 들어가는 내용으로 쓰라고 했더니, 축구 이야기가 자기 인생에서 가장 의미 있는 거라고 꼭 쓰고 말겠단다. 선생님이 깜짝 놀랄 명작을 만들겠다고 포부가 대단했다. 마감 기한보다 일찌감치 앞당겨 글쓰기를 마치고 자랑을 했다.

"다 썼어요. 진짜 재미있을걸요."

네가 써 봐야 얼마나, 싶었는데 막상 읽어 보니 그 농땡이가 썼다기엔 퍽 감동스러웠다.

'뻥.' 아 또 축구공이 터졌다. 우린 더 이상 축구공이 없다. 사실 우리가 사는 만덕동은 부산의 한 거지 동네 판자촌이다. 이런 곳에 사는 아이들이 축구공을 마음껏 살 돈이 있을 리가 없다. 또 거리를 돌아다니며 차 밑에 하나씩 박혀 있는 축구공을 찾아야 한다. 우리는 축구대회를 나가 본 적이 없다. 2학년 되어도 돈이 부족해 참가하지 못했다. 이번 3학년도 마찬가지겠지, 라고 생각한다. 우리는 쉬는 시간에도 축구를 한다. 물론 공이 아닌 병뚜껑으로. 매번 선생님께 걸려서 혼이 나도 한다. 방과 후에 우리는 또 운동장으로 나가 축구할 준비를 한다.

그때 우리 학교 주전 윙백 성준이가 흥미로운 얘기를 꺼낸다.

"야, 내일 새로운 스포츠 쌤 온다던데."

우리 학교의 허리를 맡고 있는 순원이가 대답한다.

"뭐 이번에도 대충 공만 주고 놀게 하겠지."

그렇다. 이때까지 온 스포츠 쌤들 중 제대로 축구를 가르쳐 주신 분은 없다. 생각해 보면 또 그럴 만도 하다. 스물두 명에 육박하는 아이들을 무슨 수로 다 가르쳐 줄까. 잠시 기대감이 생겼다가 다시 사그라든 우리는 이만 각자 집으로 돌아가기로 한다. 집으로 돌아가서 씻으려고 물을 틀었다. 또 따뜻한 물이 나오질 않는다. 이 동네는 틈만 나면 온수가 나오지 않는다. 벌벌 떨면서 최대한 빠르게 샤워를 마친 뒤 이불을 두 겹 싸매고 내일 하는 축구 생각에 또 잠이 든다.

다음 날 새 스포츠 선생님이 오셨다. 멋진 나이키 바지와 대장급 패딩, 머리는 깔끔한 모히칸스포츠. 조금씩 나온 새치, 눈에는 스포츠 선글라스를 끼고 있었다. 선생님이 모두를 집합시키고 자기소개를 하셨다.

"모두 집중. 우선 내 이름은 이명호다. 너희들은 축구를

185

선택한 이유가 뭐냐?"

우리는 모두 대답했다.

"축구가 하고 싶어서요."

그때 명호 쌤은 우리에게 감동을 받은 건지 잘 모르겠지만 공만 던져 주는 자유 축구가 아닌 제대로 된 축구 강습을 해 주겠다고 하셨다. 하지만 우리에게 일주일에 45분씩 두 번이 충분할 리가 없다. 그래서 명호 쌤은 우리를 위한 축구팀을 만드셨다. 이름은 'Best We'였다. 백양중 축구 전설의 시작이었다. 물론 아무리 거지 아이들이라고 해도 회비는 꼬박꼬박 받고 말이다. 하지만 축구 열정이 대단한 우리는 집안이 풍비박산이 날 와중에도 돈을 모아서 축구를 했다.

드디어 첫 훈련 시간이다. 첫날은 아주 간단한 2대 1 패스 후 슈팅 연습이다. 우리는 뭐 이런 걸 하냐고 생각했다.

"천천히…… 빠르게 팡!"

하지만 이 훈련이 조금 있을 전국대회에서 얼마나 유용하게 쓰이는지 우리는 몰랐다.

우리는 저소득 동네 학교 대표로 전국대회에 참가하게 되었다. 대회비는 한 달 회비 대신 내기로 선생님과 협상했다.

… 김동현, 〈Best We〉에서

이런 이야기라면 쓰고 싶었겠구나 싶다. 어떤 것에도 관심 없이 수업 시간에 잠만 자고 장난만 치던 녀석인데 진실한 마음의 한 조각을 본 것 같았다. 동현이가 많이 성장했구나. 마음에 있는 것을 이렇게 표현할 수 있다니. 좋은 것을 보여 주고 싶어 할 줄 아니.

동현이와는 1학기 때 돌봄 프로그램에서 멘토와 멘티로 만났다. 농땡이 동현이와 학습 습관 지도 멘토로 만나 쉬는 시간이나 방과 후에 대화를 나누기로 했다. 녀석은 이 프로그램 또한 성실하지 않았다. 하긴 성실하게 말을 잘 들을 것 같으면 이 프로그램에 선발되지도 않았겠지. 그래도 수업 시간 외에, 잘못해서 꾸중 들으러 오는 것이 아니라 대화를 나누러 교무실에 들렀고, 짧은 시간이지만 생활을 점검하고 이런저런 이야기를 하는 시간이 싫지 않았다. 나도 엄격하게 관리한 것은 아니지만, 학생을 가까이에서 자주 보니 더 친근감이 들어 좋았다. 수업 시간에 태도도 조금씩 좋아졌다. 학생 지도비로 쓰라는 돈이 2만 원 나왔는데, 같이 밥을 먹거나 영화를 봐도 좋았겠지만 밖으로 나갈 틈이 없어서 책과 간식을 사 주었다. 8천 자 서평 쓰기에서 5천 자 조금 넘게 써냈는데, 그것만 해도 1학년 때 비하면 괄목할 만한 성장이어서, 책을 읽을 수 있겠구나 희망이 생겼던 것이다. 서평 쓰기에서 《나미야 잡화점의 기적》을 선택했는데 소설의 맛을 꽤 느낀 모양이었다. 글의 도입

부에 이런 문장이 보였다.

책을 읽는 기간 동안 매일 아침 자습 시간에는 책만 읽었고 매주 금요일 문학 시간에도 자지 않고 책만 읽었다. 가끔 쉬는 시간에도 나가서 놀지 않고 책을 읽었더니 친구들이 놀랐다.

나도 놀랐다. 이 농땡이가 놀지도 않고 책을 읽다니. 나로선 거의 포기하는 마음이었는데, 자라는 아이들을 함부로 판단하면 안 되겠구나 싶었다.《내 영혼이 따뜻했던 날들》을 사 주었는데, 추리소설 같은 책과는 달라서 제대로 읽을까 걱정스럽긴 했다. 그래도 이 책의 아름다운 이야기를 녀석의 마음에 심어 주고 싶었다.

그러나 여름방학이 지나도록 못 읽었다 하더니 겨울방학 무렵부터 책을 읽기 시작했다고 자랑했다. 3학년이 되어서 동현이 반에는 수업을 안 들어갔는데, 어느 날 복도를 지나가면서 말했다.

"쌤, 책 다 읽었어요. 내 영혼."

오, 일 년이 다 되어가도 읽긴 읽었구나. 경전 보듯이 하루에 몇 장씩 읽었을까. 아무튼 다 읽었다는 말이 반갑고 기뻤다. 꽉 막힌 듯 보이는 아이도 마음을 다해 두드리면 문이 열리고 그

안에 아름다운 뜨락이 드러난다.

률이의 소설을 읽고는 놀라움과 함께 의심도 살짝 들었다. 이걸 진짜 률이가 썼을까. 집단 커닝 사건을 소설로 쓰는 아이가 있다는 얘기를 다른 애들한테 듣긴 했는데, 률이일 줄 몰랐다. 사건의 구성이 군더더기가 없고 문장도 깔끔하고 박진감이 넘쳤다.

김경주 선생님의 매는 정말 따가웠다. 어디서 주워 온지 영문을 알 수 없는 나무로 된 널찍한 매가 우리에겐 공포 그 자체였다. 아니 어쩌면 그 이상일지도 모른다. 나는 오늘도 지각을 했다. 내 옆에는 당연히 지원이도 있었다. 지원이는 초등학교 2학년 때 전학 와서 싸움으로 유명세를 탄 녀석이고 6년지기 친구이기도 하다. 그런 녀석이 내 옆에 있다는 것이 든든하다.

우리는 김경주 선생님의 눈을 피해 엘리베이터를 타고 걸리지 않게 돌아갈 생각이었다. 아침부터 〈007〉의 제임스 본드라도 된 것마냥 조심조심 엘리베이터에 탔다. 1층…… 2층…… 3층…… 아뿔싸! 무슨 날벼락인가. 엘리베이터에서 내리는 순간 우리 둘은 같은 심정이었을 것이다. 이렇게 〈007〉의 제임스 본드가 처참히 무너지다니 젠장……. 우리는 그대로 교무실로 끌려갔고 널찍한 매로 부웅

…… 탁! 하고 속 시원하게 한 대 맞았다. 가끔 가다 말썽을 피우는 아이들을 보면 어찌 저리도 매를 잘 맞는지 의문이다. 심지어 어떤 아이들은 구름 같은 풍성한 솜이나 휴지 몇 장을 겹쳐서 엉덩이에 넣어 맞기도 한다. 하지만 김경주 선생님의 칼처럼 날카로운 매의 눈은 피하지 못한다. 대부분 그런 아이들은 배로 맞고 아파서 데굴데굴 구르기 십상이다. 하여튼 저 성가신 매를 없애든가 해야지 저놈의 매 매 매!!!

점심시간이 되기 몇 초 전 아이들은 전쟁을 준비한다. 총을 쏘아 대고 폭탄이 터지는 그런 전쟁이 아니라 바로 급식 전쟁이다. 1분 1초라도 빨리 밥을 먼저 먹기 위해 아이들은 죽을 듯 살 듯 달리고 또 달린다. 마치 좀비물에서 욕구에 가득 찬 좀비들이 달려드는 것처럼 말이다. 점심을 맛있게 먹고 난 뒤 항상 그래 왔듯이 몇몇 아이들과 축구를 하러 운동장에 나갔다. 내가 바르셀로나의 '메시'가 된 것처럼 드리블하여 골을 넣었고 나의 플레이는 완벽 그 자체였다. 스트레스 푸는 거에는 축구만 한 것이 없는 것 같다. 학업 스트레스, 사춘기에 의한 부모님과의 갈등 등 공을 세게 뺑 - 하고 차면 내면에 있던 스트레스가 뺑 - 하고 날라간다. 운동밖에 몰랐기 때문에 나의 진로도 운동

190

쪽으로 가 볼까 한다. 우리 불같으신 아버지께서 힘들게
허락해 주셔서 다행이지 이 문제 때문에 가족과 트러블도
수없이 일어났다.

··· 김률, 〈작전명 '진돗개'〉에서

처음에 6천 자가량을 썼을 때 읽어 보니 아주 흥미진진했다.
서평 쓰기도 3천 자를 겨우 써냈는데 웬일일까.

"이 글 네가 쓴 거 맞니? 백 프로?"

눈을 들여다보며 말했다.

"예, 제가 썼어요. 백 프로."

거짓말을 하는 눈이 아니다. 천성이 수더분하고 큰 욕심이
없는 아이였다. 다른 걸 베껴가면서까지 점수를 받으려 할 아
이는 아니다.

"이번 글 아주 재미있게 잘 썼는데, 갑자기 어쩐 일이야?"

"그냥 재미있어서 좀 잘 써 보고 싶었어요. 단락과 맞춤법도
선생님이 계속 지적하셨는데 이번엔 좀 신경 써서 해 봤어요."

그렇구나. 재미가 있으면 이렇게 해내는구나. 교육이란 아
이들의 마음을 끌어내는 것이 가장 중요하다는 것을 다시 느
낀다.

호민이의 글도 깜짝 놀라게 했다. 이 녀석도 늘 잠든 건지 깨
어 있는 건지 매가리가 없었다. 수업 시간엔 영혼은 가출을 하

고 껍데기만 앉아 있는 것 같았다. 1학년 때는 글쓰기 과제를 해낸 적이 없었다. 그런데 2학년 와서 서평을 6천 자 가까이 써서 좀 놀랐는데 창작 소설을 읽고는 애를 내기 제대로 보지 못했구나 싶었다.

진로 문제로 부모님과 갈등을 겪고 대화를 나누며 길을 찾아가는 이야기였다. 자기 이야기를 그대로 소재로 했을 텐데, 대화를 살려 쓰고 인물의 심리와 행동을 잘 그려 내 꽤 멋진 소설을 만들었다. 공부가 하기 싫고 성적도 안 나오니 다른 길은 없을까 고민하다가, 아무것도 열심히 해 보지 않은 자신을 느끼며 인생이 어떻게 풀려가든 일단 주어진 과제인 공부를 해 보자고 마음먹는 내용이다.

친구 프린트를 베껴서 어떻게든 숙제를 다 했다. 그러고 잠시 동안 멍한 채로 시간을 보냈다. 나는 어디로 튈지 모르는 공 같았다. 집중을 잘하다가도 정신을 차려 보면 나도 모르게 어느샌가 다른 생각을 하고 있다. 공이 다른 곳으로 튀어 나가지 않게 나는 정신을 꽉 잡고 있었다. 그러다가 점심시간이 되었다. 패딩을 입은 채로 급식을 먹었다. 원래라면 벗고 가지만 오늘은 너무 추웠다. 급식을 먹으면서 급식을 받고 자리에 앉으러 가는 애들을 보고 있었다. 그때 나는 생각했다. 내가 많이 본 사람들도 많지만 처음 보는 사람들도 그만큼 많았다. 그리고 또 생각했다. 내가 지금 하고 싶어 하는 것을 나중에도 하고 싶어 할까, 나중에 다른 것이 하고 싶어지면 어떡하지, 라고 말이다. 같은 학교를 다니는데도 불구하고 내가 모르는 애들이 많듯이 이 세상에는 내가 모르는 일들이 많겠구나. 단지 지금 내가 힘들고 지친다고 할지라도 나는 참고 버티는 수밖에 없다고 생각했다. 친구들이 물었다.

"혼자 뭘 그리 생각하냐."

"아니, 그냥 신기해서."

애들은 알 수 없다는 표정을 지었다.

"도대체 뭐가 그리 신기하냐?"

"같은 학곤데 모르는 애들도 많은 게 신기해서."

"신기한 것도 많다."

요 며칠 내 생각은 계절이 바뀌는 것처럼 당연하다는 듯이 바뀌게 되었고, 또 그동안의 나를 다시 한 번 돌이켜 볼 수 있는 계기가 되었다. 물론 혼자 생각도 많이 하고 스트레스도 많이 받아서 예민하기도 했지만 지금은 전혀 아무렇지도 않다. 한편으로는 내가 왜 그랬을까 후회도 했지만, 또 한편으로는 나도 모르는 사이에 내가 많이 성장한 것 같아 뿌듯했다. 사실 부모님과 성적 때문에 많이 다

툰 적은 있지만 내가 먼저 이렇게 말을 해 본 것은 처음이었다. 처음이 힘들지 말하고 나니까 별거 아니라는 생각이 들었다. 공부도 또한 마찬가지일 것이다. 아직 시간이 남았으니 남은 시간 동안 열심히 하다 보면 점점 더 쉽게 다가갈 수 있을 것이고, 동시에 더 이상 공부 문제로 가족과도 마찰이 생기는 일은 없을 것이다. 나는 남은 시간 동안 공부를 열심히 한번 해 보기로 결심했다. 나도 할 수 있다. 한번 해 보자.

··· 김호민, 〈변화〉에서

이 정도면 놀라운 변화다. 정말 아무것도 안 하던, 아무 생각도 없어 보이던 아이였다. 적어도 표현하지 않는 학생이었다. 그런데 이렇게 자기 생각을 펼쳐 내고 스스로도 변화와 성장에 뿌듯해한다. 이렇게 치열하게 생각하고 자기 진로를 찾아가는 데는 소설 쓰기도 큰 몫을 했다. 생각을 정돈하고 길을 결정하는 데 글쓰기만 한 것도 없으니.

새콤달콤한 연애소설이 많았다. 처음엔 러브 스토리를 써 보라 하니 "그런 걸 오글거려서 어떻게 써요" 하더니만. 너도 나도 하나둘 남친과 여친의 이야기를 풀어놓는다. 드물게 동성애 이야기도 있었다.

우리 학교 아이들은 연애를 많이 한다. 남녀공학에서 남녀

합반이 되니 더욱 그 숫자가 늘어났다. 생각에 따라 다르겠지만 이런 현상은 긍정적이다. 교제를 학생들의 탈선인 것처럼 보던 시절도 있었지만, 연애만큼 좋은 공부도 없다. 연애만큼 치열한 인간관계도 없고 연애만큼 인간을 많이 배우게 하는 것도 없기 때문이다. 사람에 대한 관심, 배려 또는 착각과 집착의 감정을 경험하는 것도 나쁘지 않다. 인간에 대한 오해로 시작될 수도 있지만 결국엔 이해가 깊어진다. 우정은 사람을 착각하게 만들진 않지만 연정은 이른바 콩깍지가 씌게도 한다. 감정의 골짜기에 빠지면 판단력을 잃게 되기도 한다는 것을 아는 것도 필요하다. 또 평소 같으면 시시해 보이는 사람도 연애를 하면서 더욱 멋져 보이는 현상. 연애는 보이지 않던 것을 보게 하는 힘이 있다.

남녀공학에 와서 연애를 하는 커플들을 보면서 나도 편견이 깨졌다. 소설 《완득이》에서 공부라고는 안 하는 완득이가 전교 1등 하는 여학생과 사귀는 이야기가 나온다. 처음에 그 소설을 읽을 땐 비현실적이라고 느꼈다. 통하는 것도 없는 남녀가 서로에게 호감을 가질 리가 없다고 생각했다. 무슨 대화가 통할 것인가. 평강공주와 온달 이야기는 전설일 뿐이라고 생각했다. 그런데 그게 아니었다. 대체 저 범생이 여자애는 저 농땡이가 어디가 좋아서 사귈까 싶은 짝들이 있다. 우리가 못 본 면이 있나 싶어서 그 농땡이를 다시 살펴보게도 된다. 아무리

봐도 모르겠다. 애들의 눈에 깍지가 씌었거나 우리 교사들의 눈이 너무 편견에 차 있는지도 모른다.

글도 잘 쓰고 공부도 잘하는 민희에게 물어 보았다.

"넌 영호가 왜 마음에 드니?"

"저와 다른 면…… 정말 순수해요. 다들 인정 안 하는 거 알지만 얼굴도 마음에 들어요."

"니가 정말 순수하구나. 사람을 어떤 조건으로 보는 게 아니라 있는 그대로 보는 거네. 그런데 넌 공부를 해야 하는데 개랑 다니면 공부가 되니?"

"도서관 다니면서 공부 시키고 있어요. 생각보다 수학 문제도 곧잘 풀어요."

풉, 그야말로 평강공주다. 이런 여자애들이 제법 있다. 다른 반에 남친이 있는데, 수업 시간에 공부를 잘 하는지, 졸지는 않는지, 졸면 깨워 주라는 부탁까지 한다. 여자는 엄마가 되기 전부터 이렇게 남자 '아이'를 돌봐야 하는 건지.

"너랑 많이 다른 아이를 사귀면서 네 패턴을 잃을까 걱정도 되지만, 어쨌든 새로운 존재를 만나서 네 삶의 영역이 넓어지는 건 좋은 일이지. 좋은 친구로 함께 성장해가면 좋겠다."

처음 여자 친구를 사귀는 영호에겐 축하를 해 주었다. 그 애는 동성 친구와도 잘 어울리지 못하고 수업 시간에도 자주 엎드려 있고 공부에도 적응하지 못했다. 소설 쓰기를 할 때 뭘 써

196

야 할지 모르겠다고 했던 아이다.

"니가 힘든 점 있지 않니? 그런 이야길 써 봐."

"잘 모르겠는데요."

"내가 보기에 넌 늘 혼자 엎드려 있어. 친구들이랑 잘 놀지도 않고. 그게 행복하진 않을 텐데…… 왜 그렇게 지내게 되었을까?"

아이는 가만히 있다가 입을 연다.

"아주 어릴 때부터 혼자 있었어요. 부모님이 늘 늦게 오시고, 집에 아무도 없었어요."

그랬구나. 그래서 사람을 사귀는 법을 잘 배우지 못했는지도 모른다.

나는 유치원 차로 집까지 가면은 집에 아무도 없어 마중 오는 사람도 없었다. 유치원 다닐 때는 동네 친구가 없었다. 그래서 유치원 다닐 때는 가족이 올 때까지 혼자서 기다릴 수밖에 없었다. 그래서 집에서 늘 혼자였고 밖에서 놀 친구도 없었다. 이렇게 유치원을 졸업하고 초등학교 들어가도 달라지는 건 별로 없었다. 초등학교에서 친구는 사귀었지만 동네에는 친구가 없었다. 그래서 집에서만 지내야 했다. 유치원 때 집에서는 장난감 가지고 놀거나 게임기를 가지고 놀았다. 그리고 초등학교 들어가서 달라진 건

게임기 대신에 컴퓨터를 한 것이다. 이대로 중학교로 올라
가니 혼자 있는 게 편해진 것 같다. 고등학교 2학년이 된
지금도 혼자가 편하다는 걸 느낀다. 집에 친구들이랑 갈
때도 왠지 모르게 혼자가 편한 것 같고 친구들이랑 놀 때
도 내가 많이 혼자 있다 보니깐 말수가 적다는 말을 많이
듣는다. 나는 이런 말 듣는 게 너무 싫다. 내가 어렸을 때

··· 심영호, 〈혼자〉에서

글은 여기에서 끝이다. 완성하지 못한 것이다. 그래도 이만
큼이라도 자신을 표현해 주어서 다행이라고 생각했다.

"민희랑 사귀게 된 거 축하해. 2학년 소설 쓰기 할 때 니가
어릴 때부터 혼자 지냈다고 해서 마음이 아팠는데, 여자 친구
가 생겼다니 얼마나 고마운 일이니."

"그걸 기억하고 계시네요."

"그럼 기억하고말고. 너에게 친구가 생기기를. 그래서 즐겁
게 지내기를 바랐지. 근데 민희는 공부를 잘하고 공부를 해야
하는데 너희가 사귄다고 그게 흐트러지면 안 되지. 그리고 니
가 공부를 너무 안 해서, 공부가 네 길이 아니라고 생각해도,
지금 당장 다른 일을 할 수 있는 것도 아니고. 어쨌든 올해 네
게 주어진 일은 공부하는 거니까 너도 할 수 있는 만큼 해 봐.
성적을 못 받아도 돼. 요즘 세상에 너무 지식이 없으면 살기 힘

198

들잖아."

그 뒤로 영호는 수업 시간에 엎드리지 않았다. 교재를 들고 열심히 공부도 했다. 얼마나 갈지 모르지만, 어쩌면 외로운 아이에게 인생의 변환점이 온 건지도 모른다. 사랑은 신의 축복이다.

연애 이야기는 풋풋하고 아름답다. 저 둘에게선 나중에 청첩장 받겠군 싶은 커플도, 대체 저 둘은 어떻게 마음이 통했을까 신기한 짝들도 싱그럽긴 매일반이다. 외롭고 힘든 환경에서 살았던 두 남녀 학생이 운동장과 도서관 뒷길에서 함께 걷는 모습이 보이더니 서로 사귄단다. 따로따로 면담을 할 때 펑펑 눈물도 쏟았던 아이들. 어떻게 둘이 마음이 통했는지 모르지만 인연을 맺어 준 월하노인께 감사한 마음이 들었다. 하루 종일 짝지와도 말 한마디 안 하던 아이가 남자 친구의 손을 잡고 걷는 모습, 환히 웃으며 이야기하는 모습을 보면 얼마나 마음이 푸근한지. 교실에서 친구들과 편안하게 대화를 나누며 노는 일은 여전히 쉽지 않아 보였지만 마음에 품을 사람이 있다는 건 얼마나 축복인가. 청소년들이 어떻게 연애를 시작하고 끝내는지 잘 몰랐는데, 아이들이 쓴 연애소설 몇 편 읽으니 생활이 훤히 보였다. 연애를 시작하는 장면은 누구든 언제나 가장 설레는 이야기다.

"뭐라고??????????????"

그 말을 듣자 내 주위의 모든 시간이 멈춰버린 것 같았다. 내가 멍한 표정으로 가만히 있자 은지는 다시 한 번 내게 말했다.

"우리 반 반장이 너한테 관심 있다고 했다니까!!!"

오 마이 갓…… 할렐루야……. 내 머릿속에선 베토벤 9번 교향곡 〈환희의 송가〉가 울려 퍼지고, 나는 드디어 17년간의 길고 긴 솔로 생활을 마무리할 수 있다는 희망을 가졌다. 잠시 뒤 정신을 차리고 은지를 와락 껴안으며 속사포로 질문을 했다.

"그래서 너희 반 반장이 누구야? 잘생겼어? 공부는 잘해? 키는? 성격은 어떤데?"

이런 내가 귀찮다는 듯이 "그럼 니가 직접 보든가" 하며 나를 10반으로 데려갔다.

"저기에 앉아 있는 애가 우리 반 반장이야. 이름은 서정후."

"…… 머 저 정도면 잘생기고, 키도 크고, 공부도 잘한다고 하고……. 근데…… 완전 날라리잖아."

위협적으로 엄청나게 큰 키에, 한 대 칠 것 같은 큰 손, 반항아처럼 생긴 눈매까지 딱 날라리의 모습이었다. 내 머릿속에선 더 이상 〈환희의 송가〉가 울리지 않았고, '쟤가 왜 날 좋아하지? 내가 뭘 잘못했나' 하는 생각이 들며 희망이라곤 찾아볼 수 없게 절망으로 가득 찼다.

곧 서정후가 나에게 관심이 있다고 말한 것을 주위 애들도 알게 되었다. 그러곤 하나같이 서정후와 절대 사귀지 말라며 신신당부를 했다. 여자관계가 복잡하다는 둥 성격이 완전 별로라는 둥 하나같이 이런 이유를 대면서. 나 역시 그 애가 나에게 관심이 있다는 사실이 믿기지가 않았고 하필 왜 내가 걸렸는지 어떻게 해야만 하는 건지 앞이 막막했다.

… 이채영, 〈평범한 연애〉에서

풋풋한 풀 향기가 날 것 같은 이 유쾌 상쾌한 연애소설은 사랑이 시작되고 알콩달콩 이어가다 갈등하고 헤어졌다 다시 만나는 이야기를 흥미진진하게 보여 준다. 두 아이 다 자신의 일도 멋지게 해내며 사랑을 잘 이어가더니, 3학년이 되어 공부에 올인한다고 헤어졌다 한다. 공부만이 아니라 그 열정이 식은 거겠지. 감정의 절정과 종말을 다 경험해 보는 아이들. 이것만 해도 얼마나 큰 배움인가.

교직 생활 30여 년 만에 처음 근무하는 남녀공학이다. 그동안 주로 여고에 그리고 남고에 두어 번 있다가 처음 접한 남녀공학의 분위기는 신선했다. 더구나 처음엔 남녀 분반이다가 다음 해부터 남녀 합반으로 바꾸면서 수업도 훨씬 좋아지고 교실 분위기도 활기가 넘쳤다. 토의 수업을 해도 분반일 때는 남학생도 여학생도 처지기 일쑤였는데, 남녀기 섞여 있는 모둠은 웬만하면 활발하게 대화를 했다. 서로 놀리고 장난도 치면서 공부를 가르쳐 주고 챙겨 주기도 했다. 서로 사귀는 관계가 아닌데도 여자아이 담요를 남자 짝지가 둘둘 감고 있는 모습, 아무 격의 없이 어깨를 맞대고 과자를 나눠 먹는 모습은 어린 동물들이 함께 어울려 노는 모습을 보는 듯 자연스럽다. 자연계에, 인간 사회에 남자와 여자가 어울려 사는데 성장기 청소년들을 학교에서부터 분리해 교육시킨다는 것은 전혀 교육적이지 못하다. 인생에서 남녀 관계가 행복에 미치는 비중이 얼마나 큰데, 같은 학교에서 성장하다 보면 자연스레 다른 성에 대해서 배우게 될 텐데 그런 기회를 뺏는 것은 어리석은 짓이다. 수업하다가 아이들에게 물어봤다.

"남고와 여고가 나눠 있을 필요가 있을까?"

"아뇨."

이구동성이다. 도리어 "왜 공학을 안 하고 그렇게 나눠 놨어요?" 하고 묻는다.

"한창 이성에 민감한 시기에 남녀가 같이 있으면 서로에게 신경 쓰느라 공부를 소홀히 한다든지 그런 이유 때문이겠지."

"그런 거 순 개뻥이에요."

얌전한 모범생 다은이의 말이다. 공학인 학교에서 남녀 학급을 따로 만들어 놓는 것도 웃기는 일이다. 그러면 여전히 동성끼리만 생활하는 비정상에서 벗어나지 못한다. 이런 구조 속에서는 상대의 성에 대해 공격적인 태도도 보여서 남학생반과 여학생반이 싸우는 일도 있었다. 남학생은 여학생반에 심부름도 못 갔다. 이런 우스운 일이 일어나지 않으려면 모름지기 모든 학교는 공학을 만들어야 하고, 남녀가 같은 교실에서 함께 공부하도록 해야 한다. 그래서 빛나는 청소년기 첫사랑의 경험도 듬뿍 누리도록 기회를 줘야 한다. 사랑하고 살자고 배우는 공부가 아닌가.

"적어도 우리 학교 학생들은 나중에 미투에 걸리는 이상한 어른으로 자라지는 않겠지?"

"당근이죠."

"그래야지. 성장기 때 잘못된 성 의식 때문에 그런 사람이 더 많이 생기는 거거든. 난 이제 남고나 여고에 가기 싫어. 모든 학교가 남녀공학으로, 합반으로 바뀌어야 한다고 생각해."

아이들은 흐뭇하게 웃는다.

네 글
공개해도 되겠니?

아이들의 글이 완성되었다. 물론 미완성으로 포기한 아이도 없지는 않다. 그러나 그들은 그것이 지금 단계의 완성인 것이니 그대로 수용하기로 한다. 과제물을 마감하고 평가도 끝났다. 인물 묘사와 사건 전개, 갈등 처리와 언어 표현 들을 고려하여 작품의 완성도를 최우선으로 보고 분량도 조금 참조했다. '매우 우수-우수-보통-부족-매우 부족'의 5단계로 나눈 점수에 아무도 이의를 제기하지 않았다. 전체 수행평가 점수에 대해서 딱 한 명 질문을 했는데, 시집 비평 점수가 왜 낮냐는 것이었다. 소설은 워낙 잘 쓴 아이들이 많아서 자기 점수에 불만이 없단다. 시집 비평은 어슷비슷해서 분량이 영향을 주었다고 했더니 아쉬운 표정을 지으며 수긍했다.

이제 좋은 작품들을 문집으로 묶을 것이다. 올해 세 번째 묶는 문집이다. 장편소설 서평집《소설의 바다에 빠지다》, 시 에세이집《시의 하늘을 날다》그리고 창작 소설집. 제목은 우수작 가운데 하나인 '나의 봄날'로 하기로 했다.

문집에 실을 좋은 작품들을 고르는데, 이 글이 읽혔을 때 독자에게 어떤 배움이 있겠는가를 생각했다. 글을 잘 써야 하는 건 1차 조건이고, 잘 쓴 작품들이 많으니 의미 있는 주제를 다룬 것을 고루 넣어야겠다고 생각했다.

그런데 공개해도 괜찮을까 싶은 글들도 있다. 우울증이 심했던 봄이. 두어 번 수정 과정을 거치며 이야기를 솔직하고 구체적으로 썼다. 수업 마치고 아이를 살짝 불러서 글을 공개해도 되느냐고 물어봤다. 처음에는 글쓰기도 망설이더니 이젠 실명으로 공개해도 된다고 밝은 얼굴로 말했다. 마음의 상처를 완전히 극복했을까. 자기 글이니 이름을 밝히고 싶은 걸까. 그래도 부모님이 보시면 어떨까 싶어 필명으로 문집에 실었다.

어렸을 때 성폭행당한 이야기를 쓴 아이도 있었다. 처음 소설을 쓸 때는 다른 주제로 쓰겠다고 했는데, 글을 쓰는 과정에서 한 번도 상의를 하지 않았다. 다만 몰두해서 긴장된 표정으로 글을 써 내려가는 모습을 보았다. 글을 읽어 보고는 좀 놀랐다. 느닷없이 당한 사고였는데, 이런 일을 겪었다는 것이 가슴

아팠다. 마냥 밝고 씩씩해 보이는 아이인데 이런 상처를 가지고 있었구나. 그런데 글의 끝에 보니 어머니가 네 잘못이 아니야, 함께 눈물 흘리며 아이를 잘 다독여 주었다. 그래서 충격은 컸지만 큰 상흔을 남기지 않았는지 모른다. 더 작은 상처에도 벗어나지 못하고 자기 동굴에 갇혀 끙끙대는 아이들이 읽으면 좋겠다 싶어 물어봤더니, 실명만 쓰지 말고 공개해도 된단다. 그렇게 했다. 마음의 상처란 결국 자신이 어떻게 받아들이고 녹여내느냐에 있다.

민호의 글도 의외였다. 같은 반 친한 친구에게 심한 장난을 당한 얘기였는데 친구는 장난으로 하는 행동이 민호에게 공포로 다가왔다. 학교에 가는 것이 두려울 정도로 스트레스를 많이 받았다. 체구가 작은 남학생이어서 덩치 큰 애가 함부로 하는 행동을 위협으로 느낄 만했다. 민호는 그때의 이야기를 상세하게 썼다. 이제까지 본 어떤 글보다 문장도 좋았다.

고등학교를 가기 하루 전날 밤, 이불을 덮어쓴 내 몸이 마치 추운 겨울날 길 한복판에 혼자 있는 것처럼 떨리고 서늘했다. 왜냐하면 중학교 친구들은 전부 다른 학교에 가고 나 혼자 덩그러니 만덕고등학교에 배정을 받으니 무서웠다. 나는 초등학생과 같이 있어도 어색하지 않은 키와 덩치를 갖고 있었기 때문이다. 그래서 항상 고등학교를 가면 나를 괴롭힐 친구들이 있을까 봐 무서웠다. 나는 이렇게 불안한 마음을 가지고 꿈나라를 가고 다음 날 아침, 옷장에 걸쳐진 고등학교 교복을 보니 마치 아버지 정장을 꺼내 온 것처럼 너무 컸다. 나는 팔 길이와 다리 길이가 안 맞아서 몇 번을 접어 올리고 학교 교문 앞까지 왔다. 나는 너무 작아서 모든 학생들이 나를 마치 다른 행성에서 온 듯한 눈빛으로 쳐다봤다. 하지만 어머니가 말씀하셨다.

"너가 몸집이 작다고 해서 기죽지 말고 당당하게 살아라."

나는 이 말을 마치 나의 부적과 같이 항상 속으로 말하고 다녔다. 내가 배정받은 반은 5층이었기 때문에 계단을 오르는데 얼마나 반에 가기 싫었으면 모든 지구의 중력이 나를 끌어당기듯 발걸음이 굉장히 무거웠다. 꾸역꾸역 5층으로 와서 반 문 앞까지 왔다. 이때 나의 심장 속도를 구하자면 운동장 백 바퀴를 돌고 난 다음의 속도이거나 미꾸라지가 뜨거운 아궁이 속에서 팔딱팔딱거리는 정도였을 것이다.

(중략)

태형이가 여자 친구랑도 헤어지면서 무슨 이유인지는 모르겠지만 약간 과격해졌다. 그래서 친구들 머리도 툭툭 치면서 기분 나쁘게 한 것이다. 그러더니 나한테도 그러는 것이다. 나는 처음에는 장난이겠지, 하고 넘어갔다.

어떤 날에는 진지하고 무서운 표정으로 나를 치는 것이다. 나는 그런 태형이의 모습이 너무 어색해서 피해 다녔다. 여자애들 앞에서는 웃으면서 나를 치고, 없을 때는 무섭게 치면서……. 나는 정말 믿고 친한 친구였던 애가 나한테 그러니 실망감이 두 배 이상 아니 그 이상이었다. 그래서 나는 그 친구가 곁에 오면 피해 다니고 말을 걸어도 대충 빨리 말을 끊었다. 주말에는 "문자 씹으면 학교에서 개 팬다" 이런 문자가 왔다.

나는 이런 문자들이 올 때면 벌벌 떨었다. 그리고 일요일 밤이 오면 월요일에 태형이를 봐야 된다는 생각에 너무 무서웠다. 나는 매일 7교시를 마치면 바로 집으로 달려갔다. 학교에 있으면 태형이를 볼 것 같았기 때문이다. 수업 시간이 되면 또 태형이 눈치를 보고 그래서 내 성격도 소심해졌고 말도 잘 못했다. 그렇게 집에만 있으면서 나는 대인 기피증 현상까지 생길 정도였다.

… 장민호, 〈원트(Want)〉에서

새로운 학교생활이 아이들에게 얼마나 긴장감과 두려움을 주는지 생생하게 담겨 있다. 결말은 태형이와 화해를 하는 장면으로 끝나지만 이 글을 보고 좀 놀랐다. 태형이는 가명인데 누구인지 말해 줄 수 있니, 물어도 절대로 그럴 수 없다고 했다. 문집에 싣는 것도 그 애가 알면 안 되니 절대로 안 된다고 했다. 그러나 막상 문집을 편집하면서 다시 물어보니, 관계없다고 실으란다. 우수작으로 선택되어 문집에 실리는 것이 나름 자랑스러운 마음도 있었을 것이다. 그러나 어쨌든 그때의 압박감에서 벗어나 누구에게 내보여도 상관없는 마음이 된 것은 좋은 일이다.

평가가 끝나고 시험 점수도 다 공개했다. 미완인 채로 평가를 받은 글도 있었다. 성준이 글도 그랬다. 호감을 느낀 여학생에 대한 이야기였는데 썩 흥미 있게 잘 썼다. 아이들의 심리가 생생히 드러나 완성하면 좋겠다 싶었는데, 마지막에 시험에 쫓겼는지 완성을 못 했다.

"네 글 좋던데, 결말이 흐지부지해서 아쉬웠어. 시험 끝나고라도 완성하지 않을래?"

시험 점수만을 바라고 글을 썼다면 평가가 끝났으면 더 쓰지 않았을 거다. 그러나 자신의 작품을 완성시키고 싶은 의욕이 있었나 보다. 성준이는 1학년 때까지는 글쓰기에 전혀 관심을 안 보였다. 아니, 내가 그 애를 발견하지 못했는지도 모른다. 그런데 8천 자 서평 쓰기에서 《나미야 잡화점의 기적》을 읽고 쓴 글이 훌륭했다. 문장에 군더더기가 없고 전체 구성도 깔끔했다. 내용도 책의 핵심을 잘 파악하고 내면화했다. 알고 보니 성준이가 평소에 소설책, 특히 히가시노 게이고 책은 거의 빼놓지 않고 읽다시피 했단다. 히가시노 게이고는 추리소설 작가라고만 알고 있어서 그런 책이 크게 도움이 되겠나 했더니 그게 아니었다. 소설책을 많이 읽다 보니 자연스레 문장을 구사하는 능력이 발전하게 된 것이다. 글을 쓰지 않았다면, 썼어도 짧은 글 몇 단락만 쓰고 말았으면, 그 애가 가진 능력을 발견하지 못했을 수도 있다. 스스로도 모르고 지나갔겠지. 학교의 공부가 교과서나 문제집 풀이에만 매달려서는 안 되는 이유를 그런 아이들에게서 발견한다.

(가을에서 겨울)

산문집을
영상으로
표현해 보자

진짜
글 안 써도 돼요?

도서관에 30권이 넘는 복권 도서가 무척 많다. 윤독 도서 읽기, 독서 골든벨, 저자 초청 강연회 같은 행사로 한꺼번에 책들을 많이 샀는데 그 용도가 끝나면 활용하지 않는 경우가 대부분이다. 교사들이 도서관을 둘러보고 이런 책들을 이용하여 수업을 해 주면 좋은데, 벽 한 면을 같은 책들이 꽂혀 있기만 하는 걸 보면 답답해진다. 정식 사서 선생님이 오고 난 뒤부터는 복권이 많으면 도서관의 질이 떨어진다고 다섯 권 이상의 복권 도서는 구입하지 못하게 한다.

한 반에 통째로 같은 책 한 권을 읽게 하던 책 읽기의 방식이 이제는 바뀌었다. 모든 것이 다양화, 개성화하는 시대라 '한 권의 책'이 통하지 않는다. 독서력은 영어 수학 이상으로 수준과

213

취향 차이가 커서, 한 반 모든 학생들이 특정한 책 한 권에 관심을 갖는 것도 어렵고, 의미를 갖지도 못한다. 하지만 계속 읽히고 싶은 좋은 책들도 많아서 그 책들을 이용해 활동을 하기로 했다. 학생들에게 마음에 드는 책을 골라 읽게 하되, 몇 명 정도는 같은 책을 읽고 대화를 나눌 수 있도록 모둠수업으로 진행했다. 그동안 시와 소설을 많이 읽었으니 산문집을 읽자고 했다.

홍세화, 오연호 선생의 책처럼 프랑스나 덴마크 같은 다른 사회의 시선으로 우리의 모습을 보도록 하거나 편견과 맹목을 일깨워 주는 책, 대중적으로 널리 읽혔던 따뜻하고 감성적인 책, 자신의 삶을 던져 공동체의 행복을 일궈 내는 이야기, 그 외에도 문학과 인생, 의료와 생명 이야기를 다룬 산문 등 한 시절 널리 읽혔던 책들을 탁자 위에 펼쳐 놓았다. 아이들은 모여들어 책을 살펴보았다. 장편소설 읽기를 할 때처럼 책을 먼저 고른 뒤 모둠을 짜거나, 모둠을 짜서 책을 고르기도 했다.

독후 활동으론 그동안 글을 많이 썼으니, 이번에는 영상을 만들어 보자고 했다. 여러 학급의 모둠에서 고른 책은 다음과 같다.

《거꾸로 읽는 그리스 로마 신화》 유시주, 푸른나무
《시인의 교실》 조향미, 교육공동체 벗

《민들레 국수집의 홀씨 하나》서영남, 휴

《친구가 되어 주실래요?》이태석, 생활성서

《생명이 있는 것은 다 아름답다》최재천, 효형출판

《그건 사랑이었네》한비야, 푸른숲

《팔꿈치 사회》강수돌, 갈라파고스

《우리도 행복할 수 있을까》오연호, 오마이북

《시골의사의 아름다운 동행》박경철, 리더스북

《나는 빠리의 택시운전사》홍세화, 창비

《빌뱅이 언덕》《우리들의 하느님》권정생, 창비

《길귀신의 노래》곽재구, 열림원

  원래는《오래된 미래》《철학카페에서 문학 읽기》《신경림의 시인을 찾아서》《시의 길을 여는 새벽별 하나》들도 추천했으나 영상을 만들기에 적합하지 않았는지, 재미가 없어 보였는지 선택을 하지 않았다.

  "이번엔 정말 책 읽고 글을 안 써도 돼요?"

  "응."

  "우와-"

  좋아하는 아이들이 꽤 있다. 책 읽기도 싫고, 영상이든 뭐든 어떤 수행평가도 싫은 아이들도 분명 있을 텐데, 그런 불만을 드러낼 분위기는 아니다. 글쓰기를 안 한다는 것만이 기쁘다.

아이들이 가끔 조삼모사의 원숭이처럼 단순하다는 생각도 든다. 고맙다.

"그런데 이번엔 수업 시간에 책 읽을 시간을 많이 줄 순 없어. 집에서 각자 책을 읽어라. 한 권 다 읽으면 좋겠지만 힘들면 일부라도 읽고. 책의 내용으로 영상을 만들어 봐.〈지식채널 e〉처럼 만들어도 되고, 연극으로 만들어서 핸드폰으로 동영상을 찍어도 돼. 그림과 만화로 표현해도 되고."

모둠 대표를 정하고 작품 제출할 날짜를 알려 줬다. 그리고 다른 활동들에 밀려서, 소설 창작을 끝내지 못한 아이들 때문에, 산문집을 더 언급하진 못했다. 수행평가가 너무 많은 것 같아서 이건 포기해버릴까 싶은 마음도 살짝 생기는 중이었다. 그런데 아이들이 물었다.

"쌤, UCC 제출 언제까지랬죠?"

"11월 첫째 주말."

"으앗! 다 됐잖아요. 미리 말씀해 주셨어야죠!"

"처음에 말했잖아."

"으앙, 그래도 중간에 얘기해 줘야죠. 쫌만 미뤄 주세요."

못 해요! 하고 뻗대면 안 할 마음도 있었는데, 애들은 그런 건 선택지에 없는 줄 안다. 나는 아주 너그러운 선생이 된다.

"음, 좋아. 일주일 미뤄 줄게. 11월 둘째 주까진 끝내라."

"옙! 우리 모둠이 제일 잘 만들 거예요. 기대해 주세용."

교실이 왁자해졌다. 최종 작업을 하려면 수업 시간을 안 내줄 수 없다. 수행평가란 최대로 수업 시간에 하는 것을 권장하기도 하거니와, 아이들에게 과외로 부담을 주고 싶지 않다. 역할을 나누어 열심히 작업을 하는 모둠이 있는가 하면, 이제야 책을 펼치는 농땡이 모둠도 있다. 웃다가 화내다가 칭찬과 구박을 번갈아 하는 것이 선생의 일이다.《민들레 국수집의 홀씨 하나》를 고른 유정이네 모둠은 그림 그리기에 빠져 있다.

"책 내용을 모두 그림으로 그릴 건가?"

"다는 아니고요. 그림 중간중간 연기도 들어갈 거예요."

《나는 빠리의 택시운전사》를 선택한 모둠은 열성파 범생이들. 매주 봐 온 '아침 활동' 영상처럼 만들 거라고 의욕이 넘친다. '남민전 사건'이 뭔지 인터넷을 찾기도 한다. 그런가 하면 책도 안 가지고 와서 떠들기만 하는 정혁이네.

"너희는 왜 이러고 있지? 책 얼마나 읽었어?"

"……."

"하나도 안 읽은 거야? 네 명 모두?"

"저는 조금 읽었어요……."

"다음 주가 발푠데 어쩔 작정이야?"

"…… 지금부터 읽을게요."

"이 농땡이들! 책도 없이 뭐야?"

"집에 두고……."

"수업 시간에라도 읽게 책은 들고 왔어야지!"

등짝을 한 대씩 후려쳤다. 고개를 숙이고 눈치를 보다 한 놈이 말한다.

"쌤, UCC 말고 ppt로 하면 안 돼요?"

"뭐든지 해! 점수는 깎일 각오하고!"

처음부터 ppt도 허용할 생각이었다. 어설픈 연극 영상보다 ppt가 더 수준이 높을 수도 있고, 자료를 찾다 보면 공부가 더 될 수도 있다. 최종 결과물로도 평가를 하지만 중간 과정에 불성실한 모둠은 감점을 시킨다. 마감일까지 완성을 못 한 모둠은 일주일 뒤에 발표하기로 했다. 어쨌든 발표일이 되니 절반 이상의 모둠은 완성을 했다. 한 며칠 바짝 집중한 모양이다. 모둠장이 수시로 카톡으로 연락을 하고 휴일에 나와서 촬영을 했단다. 게으름 부린다고 구박했지만, 아이들은 나름 최선을 다했다. 사실 학기말이 가까워 오면 수행평가가 폭주한다. 아무리 미리 한다고 하지만, 아이들이 미루다 보면 뒤에 몰리기 마련이다. 이번에는 내가 일찍 채근하지 못해서 막판에 더 바빠진 것 같다. 나부터 할까 말까 싶은 마음에 그랬던 건데, 책임감 없는 태도였다. 신중하게 결정하고 학생들을 독려하는 것도 교사의 중요한 일이니 계획성 있게 해야겠다는 반성을 한다.

문자 평가가
놓친 아이들

UCC 발표 날짜가 되었다. 시간이 촉박한 것 같았는데 여러 모둠에서 작품을 제출했다. 한 시간의 발표거리는 충분하다. 미완성인 모둠은 다음 시간이면 될 터이다. 아이들도 수행평가의 홍수 속에 단련되다 보니, 마감 날짜가 닥치면 어쨌든 결과물을 만들어 내는 능력을 갖게 되었다.

첫 번째 발표 모둠 아이들이 모두 앞으로 나오니, 앉아 있는 아이들이 즐거운 기대로 눈을 반짝인다. 책에서 핵심이 되는 내용, 또 관심 가는 내용을 영상으로 만들고 구성원들의 소감을 덧붙이는 방식이 가장 일반적인데, 생각보다 재치 있게 만들었다. 무성의하게 짧은 ppt 몇 장으로 끝낸 모둠들이 학급마다 없는 것은 아니지만. 책을 읽고 함께 이야기를 나누고 다른 작품으로 만들어 보는 과정 자체가 의미 있는 일이었고, 대체로 재미있게 참여한 것 같았다. 독서를 좋아하는 학생이라면 한 권 전부를 읽을 것이고, 몇 장이라도 읽는 깃, 공동 작입을 하면서 친구들에게 이야기 듣는 자체도 공부다. 아이들의 수준을 인정하고 한 걸음씩이라도 더 내딛도록 하자고 마음먹는다. 선생도 부모도 연륜이 오래되면 있는 그대로의 상태를 수용하자는 마음이 커지는 것 같다.

평가는 모둠별로 하되, 모둠에서 가장 기여도가 큰 사람은 점수를 더 주고, 게으름을 부린 사람은 감점을 했다. 모둠원들에게 자체 평가를 하라고 하니 모두 잘했다고 같은 점수를 주는 모둠이 있는가 하면, 자신은 열심히 안 했으나 저 친구가 제일 열심히 했으니 점수를 더 주라고 말한 아이도 있었다. 책 안 읽고 농땡이 부린다고 구박했던 녀석인데 마지막에 보인 태도를 보니 밉던 마음이 누그러진다. 이런 공동 작업을 하면 구성원 모두 같은 점수를 주는 것이 좋다는 의견도 있다. 같은 팀 안에서도 경쟁을 시켜서 학생들 마음을 강퍅하게 하지 말자는 것이다. 그런가 하면 무임승차하는 구성원들에게 불만이 큰 경우도 있다. 그래서 대체로는 같은 점수를 주되, 표 나게 불성실하고 비협조적인 아이는 감점을 시켰다. 어떻게 보면 성실함도 타고난 능력이라는 생각도 들지만, 능력을 평가하지 않을 수 없는 것이 교사의 고달픔이다.

정성 들여 만들었던 몇몇 작품의 모둠원들과 나중에 이야기를 나누어 보았다.

나는 빠리의 택시운전사: 영상 편집

《나는 빠리의 택시운전사》를 반마다 선택했는데 〈지식채널 e〉의 형식으로 반듯하게 잘 만든 모둠이 있었다. 배경 음악도 자료 사진도 대본도 썩 좋았다.

"책이 어땠니?"

"책에 나오는 말 중에서 '반공이 뭔지도 모르면서 사람을 미워하는 나를 발견했어요'라는 말이 제일 인상 깊었어요. 사상, 이념이 뭐기에 이국땅에서도 동포를, 같은 민족을 외면해버린 사람들을 보고 사상이 참 무섭다고 생각했어요. 사상보다 더 중요한 건 삶일 텐데."

인문이든 과학이든 열정이 넘치는 해정이다.

"그렇지? 이데올로기로 분단되어 있는 우리나라는 특히 사상 때문에 너무나 많은 상처를 입었지. 불의한 정치에 대한 저항이 체제 도전으로 받아들여지고 간첩으로 조작되고 그런 사건이 너무 많아. 저자 홍세화 선생도 그런 시대의 희생자지."

"그리고 저는 배우는 걸 좋아하는데 저자는 배움 때문에 외로운 인생을 살았다는 게 씁쓸해요. 배움의 길이 그렇게 힘든가 싶고……."

221

"새로운 배움을 수용하지 않으려는 자세가 제일 문제야. 그런 태도 때문에 다른 생각을 받아들이지 않는 거지."

"맞아요. 우리 사회는 정말 톨레랑스가 필요해요. 며칠 전 양심적 병역거부가 인정되어 아주 기뻤는데 제가 잘 들어가는 사이트에서 마구 비판해 놓은 거 보고 엄청 실망했어요."

"그러게. 우리 수준이 아직 그 정도야. 더 노력해야지. 승민이는 책을 읽고 어떻게 느꼈어?"

"차이를 인정하지 않고 차별하는 것의 문제, 특히 이데올로기 갈등이 심각한데 이 책에서 말한 '관용'이 그런 이데올로기 문제를 해결할 수 있겠다 싶었어요. 물론 이게 쉽지는 않겠지만요. 그리고 저도 생각이 다른 사람을 설득하려 하지 않고, 무작정 강요하며 증오하지 않았나 성찰하는 기회가 됐어요."

"책의 핵심을 모두 잘 읽었구나. 영상을 만들면서는 어땠어?"

"책의 내용이 다소 무거운데 어떻게 전달할까 고민하다가 〈지식채널e〉가 생각났어요. 우리가 아침 활동 영상으로 많이 접했던 형식이기도 해서."

"맞아요. 추상적이고 딱딱해 보이는 관념을 주의집중을 통해 효과적으로 전달할 수 있는 〈지식채널e〉처럼 책의 메시지를 전달하려고 했어요."

"영상 각본 만들면서 승민이랑 의견 차이도 좀 있었는데, 논쟁하면서 책을 더 잘 이해할 수 있게 된 것 같아요."

"친구들하고 책에 대해 이야기 나누고 이것을 영상 작품으로 어떻게 표현할지 이야기하는 시간이 즐거웠어요. 좋은 책을 만난 것도 고마웠고요."

한때의 베스트셀러였던 《나는 빠리의 택시운전사》가 지금 아이들에게도 큰 의미로 다가오는 것이 반가웠다. 너무 많은 책들이 쏟아져 나오니 좋은 책들의 수명이 너무 짧다. 이렇게라도 어린 독자를 만난 것이 책―저자에게도 행운이고 아이들에게도 선물이다. 톨레랑스를 말하는 고딩들이 지금 얼마나 되겠는가.

민들레 국수집의 홀씨 하나: 그림

《민들레 국수집의 홀씨 하나》는 60여 장의 그림을 그려서 편집하고 한 아이가 저자이자 주인공인 서영남 수사로 배역을 맡아서 몇 장면 등장했다. 수업 시간 모둠활동 때 열심히 그림을 그리던 아이들 모습이 인상 깊었는데, 완성된 영상을 보니 감탄이 나왔다. 와, 그 많은 그림을 멋지게 편집했구나. 내용도 가장 알찼다. 책을 읽지 않고 영상만 봐도 내용을 이해할 수 있겠다. 도로시 데이의 '환대의 집' 얘기도 넣어서 노숙자들을 위한 쉼터를 만든 서영남 수사의 뜻을 잘 표현했다. 영상을 보면 책의 어떤 부분에 집중하고 의미 있게 받아들였는가를 잘 파악할 수 있었다.

"책 내용이 어땠어?"

"직접 기부를 하라는 말을 하지 않아도 기부를 왜 해야 하는지 알려 주는 책이었어요. 책이 부담 없어 보여서 가벼운 마음으로 읽기 시작했는데, 다 읽고 나니 마음에 묵직한 무언가가 담겼어요."

"저는 TV 〈인간극장〉에서 서영남 수사 이야기를 영상으로 먼저 봤어요. 그런데 책이 더 깊이 있게 다가왔어요. 영상은 그냥 일상만, 좀 자극적으로 보여 준다면 책은 수사님의 진실성, 마음의 진실성이 잘 느껴졌어요."

"제일 마음에 남는 건 뭐였니?"

"서영남 수사님의 삶이 참 훌륭한데, 저는 노숙자들의 삶을 보며 사회의 어두운 면을 느꼈어요. 이런 삶도 있구나 하는 생각……."

"그랬겠다. 그 책의 또 다른 주인공은 가난한 노숙자들이지. 우리가 길에서 가끔 보기도 하지만, 박민규 소설에서 '기린'으로 표현했던 사람들……."

"그런 사람들이 주변에 있고, 또 나도 그렇게 될 수도 있잖아요? 그렇게 되지 않으려면 정신 차리고 살아야겠구나 하는 생각도 들었어요."

"영상을 만들면서는 어땠니?"

"저는 그림을 그리기 위해서 독후감 쓸 때보다 훨씬 깊이 있게 책을 읽게 되었어요. 처음엔 우리도 연극을 해서 찍을까 했는데, 애들이 그런 건 좀 오글거린다고 그림을 그리자고 했어요. 그런데 그림을 그리려면 분위기와 內容을 세밀하게 알아야 하잖아요? 그래서 더 집중해서 읽었어요. 책에 나오는 마을의 분위기나 주인공이 세운 건물의 느낌, 주인공의 얼굴, 음식의 생김새까지 알아야 하니까, 그런 걸 그림으로 그리고 나니까 책 내용이 잊히지가 않아요."

"그럼, 그렇게 되지."

"그리고 처음엔 책을 잘 읽는 사람만 읽고 책 내용을 설명해 달라고 모둠원들이 이야기했어요. 그런데 작업이 계속 진행될수록 영상을 제작하기 위해 배경, 인물, 사건 들을 제대로 알아야 하니까 직접 읽지 않은 친구들은 한계를 느꼈죠. 그래서 본인들이 답답하니까 다 같이 책을 읽게 됐어요. 스스로 책을 읽게 만드는 데 아주 효과적인 수행평가 같아요."

"스스로 답답해서 읽게 된다. 좋네!"

"이제까지 했던 국어 수행평가 중에서 제일 재미있는 활동이었어요."

전체적으로 그림으로 구성된 화면 속에서 유일하게 주인공만 한 학생이 맡아서 했다. 책을 잘 읽지 않고 공부에도 큰 흥미가 없는 학생이었는데, 모둠에서 주인공으로 등장시켰다. 어쨌든 모두가 나름의 역할을 하는 모습이 예뻤다. 소외되는 사람이 없는 것이 공동 작업의 장점이다. 개별로 제출하는 평가는 혼자 안 하면 그만이다. 그런데 모둠활동은 누구든 아무것도 안 하게 버려두지 않는다.

"너는 어땠니? 서영남 수사 역을 하면서 어떤 느낌이었어?"

"연기를 하려면 인물의 마음을 이해해야 하니까 책도 잘 읽게 되고, 그 인물의 마음이 되어 보는 것이 좋았어요. 친구들과 작업하는 과정도 재미있었고요."

나영이는 편집을 맡아서 에너지를 많이 쏟았단다.

"그림을 그렸던 시간만큼 편집하는 데도 시간이 많이 걸렸어요. 그림을 하나하나 다 찍고 대사를 넣고 하려니 좀 많이 힘들었어요. 그래도 완성하고 나니까 아주 뿌듯했어요."

팔꿈치 사회: ppt

강수돌 교수의 《팔꿈치 사회》를 선택한 아이들은 ppt를 만들었다. 리더 격인 지환이가 대본을 쓰고 모둠원들이 나눠서 그림을 그려 만든 무척 세련된 프레젠테이션이었다.

"어떻게 이 책을 선택했어?"

"빠알간 표지가 강렬했어요. '경쟁은 어떻게 내면화되는가'라는 부제도 흥미를 끌었고. 친구들이 다른 책도 추천했는데 제가 이걸 밀어붙였어요."

그러나 수행평가가 10여 개나 밀려드는 시기라서 완독하진 못하고 모둠원들끼리 분량을 나누어 읽었다고 했다. 다행히 조금만 읽어 보아도 책의 메시지는 알 수 있었다고.

"책의 메시지가 뭐야? 그리고 '팔꿈치 사회'가 무슨 뜻이던?"

"'팔꿈치 사회'라는 말은 1982년 독일에서 올해의 단어로 선정된 단어래요. 옆 사람을 팔꿈치로 치면서 앞만 보고 달려야 하는 치열한 경쟁 사회를 말하는 것이고. 그러니까 이 책은 바로 이 지독한 현대의 경쟁 사회를 비판하는 메시지를 담고 있어요."

"경쟁은 모두를 고통스럽게 하지만, 또 어쩔 수 없는 거 아냐? 살아남으려면?"

"저자는 그게 문제라고 했어요. '현실이니 어쩔 수 없다'는 생각이 경쟁을 더욱 치열하게, 서로 적대적으로 만든대요. 그뿐 아니라 우리가 경쟁을 당연시하도록 만들고 있다는 것이 책의 핵심 주장인 거죠. 그러니까, 서로를 지치고 상처받게 만드는 경쟁은 결코 사회의 본래 모습이 아니며, 우리가 경쟁에 익숙해져 있는 건 경쟁의 압박을 우리도 모르게 스스로 받아들이고 있기 때문이라고 했어요."

"경쟁은 인간의 본성이라기보다 사회가 조장했다는 거구나."

"맞아요. 저도 늘 어쩔 수 없다고 생각했는데 저자의 그 말이 신선하고 희망을 줬어요."

228

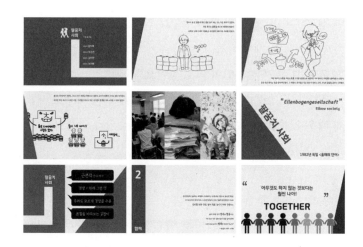

　"그래. 지금은 경쟁 사회가 이기는 것 같지만, 이것도 한 과정일 거야. 요즘은 혼자만 잘하는 것보다 팀을 이뤄 협력할 수 있는 품성을 중요시하잖아."

　"맞아요. 저희가 이 작업을 할 때도 친구들이랑 함께 하니까 책을 훨씬 폭넓게 읽게 됐어요. 다양한 의견을 듣는 것도 좋았고 함께 아이디어를 내고 협력하는 방법도 배우고. 그래서 선생님이 이런 활동을 하게 한 거라는 생각이 들었어요."

　"이심전심, 염화미소네. 훌륭하다."

　"책에서 제일 인상 깊은 대목이 이 부분이에요. '더 이상 일류 대학이나 일류 직장을 목표로 살아선 안 된다. 우리가 진정 추구할 것은 일류 인생이다. 일류 대학이나 일류 직장은 소수

229

만 성공하지만, 일류 인생은 누구나 살 수 있다. 나는 내 아이가 경쟁의 승자가 아니라, 사랑의 주체가 되기를 바란다.' 저도 '일류 인생'을 사는 사람이 되고 싶어요."

멋지구나. 그렇게 되길 빌게. 지금 이렇게 함께 나누고 새롭게 배우고 깨달으며 창조하는 삶, 이게 바로 일류 인생이지. 너희는 지금도 일류야.

우리도 행복할 수 있을까: 촌극

이번 '산문집 읽고 UCC 만들기' 활동은 평소에 공부나 과제를 열심히 하지 않던 아이들도 열성적으로 참여했다. 《우리도 행복할 수 있을까》를 읽은 정현이네가 그랬다. 반장인 민서가

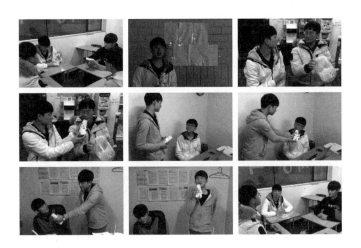

끼었지만 나머지 구성원들은 수행평가를 제때에 내 본 적이 거의 없는 아이들이었는데, 한 인물을 기자로 내세워 다양한 직업을 가진 덴마크 사람들을 인터뷰하는 형식으로 재미있고 참신하게 짧은 연극을 만들었다.

책을 읽고, 어떤 주제를 정할까 고심하고, 또 그것을 어떻게 표현할까 의논하고, 그리고 영상을 찍고 편집하고 발표하고…… 아이들 나름으로는 꽤 마음을 기울인 활동이었다. 영상을 보면서 아이들의 새로운 모습을 발견하기도 한다. 수업시간 말 한마디 안 하던 녀석이 주인공으로 출연하기도 하고, 잠자거나 떠들기만 하던 덩치 큰 남자애가 엄마 역을 맡아 연기하는 것을 보니 새로운 발견의 기쁨을 느낀다. 학교에서 다양한 활동을 해야 학생들의 묻혀 있는 개성과 능력이 드러난다. 문자 중심의 평가만 하지 말아야겠다는 새삼스런 생각을 한다.

(고3이 되다)

입시와
글쓰기

학종과 수능,
정답은 어디에

　3학년을 '따라' 올라가기로 했다. 3학년은 문제풀이 훈련으로 수업할 수밖에 없는 상황이라, 제대로 된 국어 수업이 거의 불가능하여 되도록 피해 왔다. 그러나 수업도 중요하지만 이 아이들을 마무리하고 싶었다. 그리고 고3 수업도 어쩔 수 없는 것이라면 함께 현실을 헤쳐가야 할 터이다. 또 고3은 실전 글쓰기, 즉 자소서 쓰기가 있다. 그동안 해 왔던 글쓰기가 아이들의 현실에서 유용하게 쓰이도록 도와주고 싶기도 했다. 그래서 교과 수업과 함께 3학년 담임을 맡기로 했다. 장장 8년 만의 담임이었다(이렇게 오래 담임을 맡지 않은 이유를 여기서 밝히지는 않겠다).

　EBS 문제집이 나오고부터 고3 수업이 더욱 갑갑해졌다. 문제집으로 하면 미리 풀어 오는 아이, 안 푸는 아이 들쭉날쭉이고, 아무리 답지를 보지 말라고 해도 먼저 푼 아이는 답지를 확인하고 싶은 誘惑을 뿌리치지 못한다. 답지로 틀리고 맞는 것을 확인하고 나면 그 문제와 제시문 글에 대한 흥미를 잃어버리는 것이 보통이다. 문제풀이 수준도 제각각이어서 너무 자세히 설명하면 잘하는 아이들이 지루해하고, 어려운 것만 하면 못하는 아이들이 힘들어한다. EBS는 동영상 강의까지 있으니 수업 시간에 안 해도 얼마든지 보충할 수 있다. 이러한 상황이니 수업 시간엔 잠자고 떠들고……. 학교와 교실 붕괴의 원인은 문제집 수업, 학교 수업과 무관한 '입시'였다. 학생들에겐 수업보다 자신의 인생을 좌우할 입시가 더 중요했다.

사태의 심각성을 느낀 당국에서 수업과 학교생활을 반영하는 방향으로 입시를 바꾸었다. 내신 성적이 강화되었고, 시험에서 과정 중심 수행평가와 서술평가 비중을 높였다. 성적을 중시하는 학생부교과전형, 다양한 활동을 중시하는 학생부종합전형으로 수시모집이 강화되니 학생들은 수업을 등한시할 수 없게 되었다. 학교에서도 학생 활동 중심으로 수업을 바꾸는 변화의 바람이 불었다. 그리하여 붕괴 직전의 학교는 조금씩 살아났다.

그러나 고3 수업은 문제집을 그대로 풀자니 학생 활동을 살리기가 힘들었다. 문제집을 그대로 수업하는 방식으로는 답이 안 나왔다. 고3 수업을 오래 해 온 동료 이석중 선생의 방책을 따랐다. EBS 문제집을 재구성하고 다른 자료도 넣어서 매시간 네 쪽짜리 인쇄물을 만들어서 제시했다. 독해 부분은 지문을 분석하여 요약하는 훈련도 꾸준히 해 나갔다. 답지가 없으니 문제를 풀고 나서 모둠토의도 열심히 한다. 3학년도 여러 교과에서 모둠토의식으로 수업을 진행하니 아이들은 능동적으로 상호 학습을 한다. 쉬운 문제는 모둠 안에서 서로 가르치고 배울 수 있어서 학생들끼리 해결이 안 되는 문제, 꼭 짚어야 할 핵심 사항만 교사가 설명해 주면 된다. 고3도 학생 중심 수업이 가능했다. 그렇게 해서 올해 고3 수업은 그 전 어느 때보다 만족감이 높았다. 고3 교실이 맞나 싶게 활기와 웃음이 넘쳤다. 이것은 1학년 때부터 해 온 토의와 발표 수업의 힘이다. 혁신학교를 시작하면서 학교 차원에서 수업의 변화를 모색했기에 가능한 것이기도 했다.

그러나 시간이 갈수록 수업 분량이 많아지고, EBS 수능 특강 문제집에 맞추다 보니 너무 어려워서 따라오지 못하는 학생들이 많아지긴 한다. 이것은 학생들의 문제라기보다 지나치게 난이도가 높은 EBS 문제집 '수능 특강'의 문제라고 생각한다. 수능과 EBS의 횡포다. 그래서 좀 더 쉬운 기출문제를 찾아 넣기도 하지만, 왜 잘 만든 교과서를 두고 EBS가 교과서 이상의 대우를 받아야 하는지 답답하다. 사교육 대책이라고 하지만 사교육은 줄어들지 않았다. 완전히 학교 수업 중심, 학생 활동 중심의 수업과 평가가 되지 않는 한 사교육은 안 없어진다. 그보다 더 근원적으로 직업의 귀천이 없어야 하고, 노동자가 존중받는 세상이 되어야만 사교육 근절이 가능하다. 사회구조가 바뀌어야만 교육도 변화한다. 그렇다고 교육계에서 손 놓고 있을 순 없지만, 입시는 어떤 교육 내용을 유인할 것인가에 초점을 두고 접근해야 한다. 기계적 공정성이야 수능이 가장 높겠으나, 진정 이 시대가 요구하는 학력과 능력을 키우는 데 수능은 너무나 문제가 많다.

오랜만에 고3을 맡아 수능 문제풀이를 해 보니, 국어 시험은 너무하구나 싶게 변질되어 있다. 문법은 지나치게 세부 지식을 요구하고 특히 비문학 독해 문제, 과학이나 기술 분야는 전공 교사들도 처음 들어 보는 용어가 나오는 글들을 지문으로 썼다. 국어 시간에 방정식 계산을 하며 문제를 풀어야 한다. 국어는 읽기 능력을 높여 주는 것이니 인문, 사회, 과학의 지문이 나오는 건 이해할 수 있다. 그런데 글이 너무 까다롭다. 생물 문제는 생물 교과서보다 글이 더 어렵다. 이 정도 글을 고등학교를 졸업하는 학생들이 보편적으로 해독할 수 있어야 할까? 그러다 보니 본래 국어의 영역―문학은 비중이 적어진다. 문학도 고전작품의 경우 수십 년 국어 선생을 해 온 나도 처음 보는 작품들이 수두룩하다. 수능 문제가 20년 넘다 보니 어느 구석에 박힌 온갖 작품을 다 끌어내는 것 같다. 그래 봤자 질문은 뻔하다. 오지선다 문제로는 표현법과 내용 이해를 묻는 범위를 벗어날 수 없다.

문학작품을 읽고 토론하고 감상문을 쓰고, 직접 시와 소설을 창작해 보고, 산문집을 읽고 모둠끼리 동영상을 만들어 보는 경험보다, 수능 공부가 더 좋은 문학 공부일까? 학교 수업의 과정 중심 평가는 독서와 글쓰기, 말하기와 듣기의 능력과 태도를 모두 성적에 넣을 수 있다. 단순한 문제풀이를 넘어서 학생의 총체적인 언어소통 능력, 예술적 감수성과 인성을 키우는 공부를 할 수 있는 것이 학교의 내신이고 학생부종합평가다.

그러나 사정을 잘 모르는 학부모들과 일반 국민들은 고교에서 내신 부정 문제가 불거지자 학종을 없애고 수능 비중을 높일 것을 줄기차게 주장한다. 여론에 따라 움직이는 정치권에서는 입시 제도를 바꾸기 위해 국가교육위원회 주최로 공청회를 열게 했다. 토론은 수시와 정시, 곧 학교 수업 평가와 수능 평가의 비중을 어떻게 할 것인가로 초점이 모아졌다. 현재까지는 학교 수업 평가인 학생부교과전형과 학생부종합전형의 수시 비율이 수능보다 더 높다. 평가를 다양화하는 방향이 옳다 싶으니 대학에서도 수시 비중을 점점 높인 것이다. 교육전문가들, 교사나 교수들은 학생부전형과 고교내신의 방식이 더욱 총체적인 능력을 측정할 수 있다고 주장했지만, 공론화 과정의 결과는 수능 비중을 좀 더 늘리는 방향으로 결정이 났다. 비율이 크게 늘어난 것은 아니었지만 수능을 절대평가, 자격고사화하여 수업과 평가의 다양화, 고교 수업의 내실을 꾀하던 입장에서는 매우 실망스런 후퇴였다.

고3인 우리 반 월요일 1교시 수업은 음악이다. 조례 시간이 좀 늦어질라치면 학생회장 대희가 반복한다.

"1교시 이동인데요."

화요일 1교시는 체육이다. 체육복을 입고 조례가 끝나기도 전에 일어서서 압박한다.

"1교시 이동인데요."

알았다, 알았다 임마. 난 서둘러 나가야 한다. 수업권은 학생들과 교과 교사의 절대적 권리니까 담임이라고 침해해선 안 된다. 이번 주 월요일 음악 시간은 모둠별 랩 창작 수행평가가 있었다. 음악 수행평가를 준비하는 애들로 3학년 동 전체가 좀 들떴다. 음악 선생님 말로는 실제 준비 기간은 일주일 정도였다고 한다. 주제를 정하고 각자 가사를 써서 연결하고 모여서 연습을 하고. 대희네 조는 토요일까지 나와서 연습을 했다. 음악 수행평가 준비한다고 안 그래도 참여율이 낮은 토요자습, 정독실은 횡했다.

수능 비중이 더 높아지면 이런 수업은 확산되기 어려울 것이다. 확산은커녕 하던 수업도 작파해야 할지 모른다.

"고3이 무슨 랩이야. 고3 예체능 시간은 예전처럼 자습 시간으로 줘야 하는 거 아니야?"

"고1, 2 국어 수업도 수능에 나올 만한 작품들을 되도록 많이 제시하고 문제풀이 연습을 시켜야지. 작가가 될 것도 아닌데 소설이며 시 창작 따위를 왜 하는 거야."

이것이 옳을까? 수행평가, 과정 중심 평가의 객관성은 OMR 리더기가 읽어 내는 오지선다 수능에 미치지 못하니 다 그만둬야 할까. 그러나 미래 사회의 인재를 키우는 교육을 기계적인 객관식 평가로 다 측정할 수는 없다. 사립학교를 중심으로 한 고교에서 내신 부정이 일어난 것은 참으로 한심스런 일이지만, 그렇다고 모든 학교의 평가를 불신해서는 안 된다. 단언컨대 교직 34년째인 나는 근무하는 학교에서 시험 부정이 있다는 이야기를 한 번도 듣지도 보지도 못했다. 구더기는 잡아내야 하지만 장독마저 깨뜨릴 수는 없다. 수능으로 어느 정도 객관성을 확보하고 내신에서 실패한 학생들이 재기할 기회는 주는 것이 현실적이라고 생각하지만, 수능형 객관식 평가는 너무 늦지 않은 시점에 폐기되어야 한다.

고3에게도
수행평가는 중요하다,
더욱!

부담스럽게도 또는 다행스럽게도 3학년도 어김없이 수행평가 비율이 정해져 있다. 40퍼센트 이상. 3학년이 무슨 수행평가예요, 라고 말할 수는 없다. 모든 과목에서 실시하게 되어 있으니 아이들도 으레 그런 줄 안다. 3학년 1학기 성적이 중요하기 때문에 수행평가도 이전보다 더 열심히 한다.

내가 맡은 과목은 명색이 '화법과 작문'인데 말하기와 글쓰기를 평가하지 않을 수 없다. 말하기는 1학년 논술 시간에 했듯이, '사회적 이슈 3분 말하기' 같은 것을 하고 싶은 마음이 간절했다. 그해 수업에서 가장 반응이 좋았던 것이 3분 말하기였다. 사회적 이슈가 되는 내용들을 조사해 발표하는 형식이었는데, 아이들이 처음에는 조사한 자료를 자꾸 보고 읽으려고 해서 아무것도 지니지 말고 앞으로 나오라고 했다. 단, 관련 기사나 ppt 같은 것을 화면으로 보여 주는 것은 청중들에게 도움이 되므로 노트북은 쓸 수 있게 했다. 앞에 나와서 말하는 게 처음인 학생들도 있어서 보기 딱할 정도로 긴장하는 아이들도 있었다. 그러나 차츰 발표 실력이 늘고, 친구들의 발표를 통해서 세상에 대한 관심과 안목도 넓어지게 되었다고 했다. 그러나 이 활동은 명칭대로 3분 만에 끝나는 것이 아니었다. 발표자가 시간을 더 쓰는 경우가 많았고, 발표하는 내용에 대해서 내가 설명을 안 해 줄 수가 없었다. 사안에 따라서 마음이 꽂히면 수업의 대부분을 할애하는 경우도 있었다. 진도에서 자유로운 '논술'과 '창의재량' 수업이었기 때문에 가능하기도 했다.

그런데 3학년 수업을 그렇게 진행할 수는 없었다. 더군다나 우리 학생들은 1, 2학년 때 활동 중심으로 수업을 해서 수능식 문제풀이에 약했다. 3학년 때라도 문제풀이 훈련을 시켜야 했다. 그러려면 수업 시간을 다른 활동에 할애할 여유가 없다. 그래서 아쉽지만 말하기 평가는 모둠토의 참여도와 수업에서 발표하는 태도를 보고 평가하기로 했다.

그리고 글쓰기 평가가 있다. 수행평가는 곧 과정 평가여서 원래 수업 시간에 하는 것을 권장하지만, 글쓰기에 따로 시간을 뺄 수는 없어서 올해는 부득이 과제로 내겠다고 했더니 아이들이 고개를 끄덕였다.

"1, 2학년 때처럼 많이 하지 말고 분량만 좀 줄여 주세요."

"많지 않아. 한 달에 한 번 시 에세이 한 편, 사회적 이슈 글쓰기 한 편. 6월까지만 하지."

"그게 뭐가 적어요. 더 줄여 주세요."

"시는 어차피 문제풀이에서도 공부할 거니까, 마음에 드는 시 한 달에 한 편 베껴 쓰고 자기 느낌 쓰는 건데 어려울 거 없잖아. 너희 많이 해 본 거니까. 예전에도 해 봤는데, 고3이 되니까 이런 활동을 더 좋아하더라. 문제만 풀다가 글을 쓰니까 행복하다는 애들도 있었어. 너희의 팍팍한 마음을 위로하는 글쓰기가 될 수 있을 거야. 너무 부담 갖지 마라. 그리고 아무리 고3이라도 세상 돌아가는 건 알아야 하지 않겠니? 그래야 자소서도 쓰고 면접도 보고 하지. 그래서 사회의 이슈를 하나씩 찾아서 요약하고 자기 생각 쓰는 글쓰기를 하는 거야. EBS 문제만 푸는 모습을 보고는 너희의 세특(과목별 세부능력 특기사항)을 잘 써 줄 수도 없어. 이런 활동을 해야 세특도 쓰지."

아이들은 더 불평하지 않았다. 시 에세이는 ❶ 마음에 드는 시 베껴 쓰기 ❷ 자신이 이해한 대로 시의 내용과 형식 해설하기 ❸ 시적 상황을 자기 경험에 적용하여 쓰기, 이 세 가지 내용이 들어가게 쓰라고 했다. 사회적 이슈 글쓰기는 요즘 언론매체에 나오는 의미 있는 사건 하나를 골라서—예를 들어 미투 운동, 남북미정상회담, 이명박 전 대통령 조사 등등 ❶ 사건의

244

내용을 요약해 정리하기 ❷ 이 일에 대한 자신의 생각과 주장 쓰기, 이 두 가지 내용이 들어가게 쓰라고 했다.

그런데 막상 진행을 하다 보니 매달 닥치는 학력평가에 중간, 기말고사 시험도 있어서 계획대로 진행하기는 쉽지 않았다. 한 학기 두 번만 할까 하다가 이미 월별로 한다고 말을 해 놓아서 3, 4, 5월까지로 끝을 내겠다고 하니 그것만도 아이들은 무척 좋아했다.

평가는 너무 세부적으로 하면 교사들이 힘들어서—사실 매시간 닥치는 교재 준비에 엄청 바빴다—간단히 3등급 정도로만 하기로 했다. 글쓰기 평가는 내용과 표현 들을 본다고 기준을 정하지만 어느 하나만으로 되는 것이 아니다. 글을 읽어 보면 잘 썼다, 못 썼다가 감으로 느껴진다. 그래서 '우수-보통-부족'으로 나누었다. 사회적 이슈 글쓰기에서는 자신이 요약하지 않고 기사를 그대로 베껴 쓴 것은 당연히 점수가 낮았다. 글쓰기 평가는 아무래도 얼마나 깊고 풍부하게 생각을 표현했느냐를 가장 우선에 두게 된다.

1, 2학년 때에 비하면 독촉을 거의 하지 않았지만, 학생들은 과제를 성실하게 해 냈다. 자기 경험을 중심으로 한 시 에세이는 감동스런 글이 많았다. 이제까지 보여 주지 않았던 내면의 모습, 숨겨 놓은 이야기들도 털어놓았다. 3년의 세월 동안 아이들의 마음도 우리의 관계도 더 깊어진 것이 느껴졌다.

자소서를
쓰는 시간

여름방학 때부터 자소서 특강을 시작했다. 자소서에 대해 대략적으로 안내한 다음 모둠별로 서로 첨삭을 해 주다가 결국 일대일로 대면 지도를 하게 된다. 쓸거리를 같이 찾고 첨삭을 도와주는 일이다. 우리 학교처럼 글쓰기를 많이 한 학교에서 자소서 쓰는 일쯤이야, 하고 생각했다. 많은 아이들이 그런대로 잘 써 왔다. 그렇지, 그동안 우리가 해 온 게 어딘데.

일반 학교들에선 상위권이라 하더라도 다른 글과 달리 자소서 쓰기는 학생들이 무척 어려워한다. 글 쓰는 자체를 힘들어하는 아이들도 꽤 있고, 어떤 내용을 쓸지 구상하는 단계에서 시간이 제일 많이 걸린다. 우리 학교 교육과정을 잘 따른 아이들은 많은 체험과 활동들 가운데 무엇을 쓸까를 고르는 일에 시간을 들였다. 우리 아이들은 대부분 쓸거리가 풍부했다. 국어, 역사, 사회 같은 인문 과목은 물론 과학 분야 활동도 많다. 없는 것을 억지로 지어내는 것이 아니라, 무엇을 골라서 좀 더 멋있게 짜 보지? 이게 고민인 거다. 일단 계획을 세우면 주욱 써 나간 아이들도 있다. 글이 술술 잘 읽히기에 쓰는 데 시간이 얼마나 들었느냐 물으니 서너 시간 정도 들었다는 아이들도 있다. 그랬을 것 같다. 물론 첫 글로 완성되는 것이 아니라 여러 차례 수정을 하는데, 충고해 준 것을 대체로 잘 반영하는 편이다. 작문의 한 갈래로서 쓰는 자소서를 몇 백만 원을 주고 쓴다니, 참 요지경인 한국 교육이다. 그런 글을 골라내는 데 교수들의 눈이 어둡지 않기를 바랄 뿐이다.

글쓰기의 힘. 우리 학교에서 진지하게 공부한 학생들이라면 대체로 그 가치를 인정한다. 3년 동안 글을 써 온 교육과 문제만 푼 교육. 문제풀이로 지식을 얻었을지 모르지만 글쓰기로 얻은 생각하는 힘, 공감하고 성찰하고 표현하는 능력을 키우긴 힘들었을 것이다. 대학에 간 졸업생들은 무엇보다 글쓰기와 토론하는 능력이 도움이 많이 된다고 말하곤 한다.

우리 학교는 국어와 역사 같은 교과 시간에 한 글쓰기 활동도 많았지만, 혁신학교를 시작하면서 일상에서 글쓰기 프로그램을 운영했다. 이른바 '아침 활동'이다. 매주 글 한 편을 써내는 아침 활동을 시작하게 된 계기와 과정은 이러하다.

아침 8시 등교에 수업 시간이 40분이니 대부분의 학교가 영어듣기로 아침을 시작한다. 노무현 정부 시절 0교시를 겨우 폐지해 놓았더니, 이명박 정부 때 아침에 출근하는데 온 학교에 울려 퍼지는 영어듣기 소리에 절망감을 느낀 적이 있었다. 이렇게 아침이 시작되는구나. 하늘을 보고 새소리를 들으며 청명한 마음으로 시작할 아침에 알아듣지 못할 이국어의 소음 속에 시작하는 한국의 아이들. 담임으로서 가장 괴로운 시간이 아침 영어듣기 시간이었다. 영어 방송을 배경음으로 깔아 놓고 막무가내로 잠에 빠져드는 아이들을 깨워야 하는 괴로움. 깨울 수도 재울 수도 없는 답답함.

이것은 모든 교사들이 공감하는 바라 혁신학교답게 아침을 다르게 열자고 했다. 1학년 부장을 맡은 이석중 선생이 아침 시간을 책임지기로 했다. 월별, 주별 주제를 정해 '영상 보기 (수)-글 읽기(목)-글쓰기(금)'를 하는 프로그램이다. 〈지식채널 e〉 같은 기존의 영상을 다시 편집하고 자료 글을 찾고 학생 글쓰기 첨삭까지. 주말을 반납해 가며 2년 동안 아침 활동에 열정을 쏟았다. 아이들은 글쓰기를 힘들어하면서도 의미 있는 배움에 잘 호응해 주는 편이었다. 영상과 글이 감동적이고, 글쓰기가 지성과 감성 교육에 가장 좋은 공부라는 것을 아이들도 인정했다. 하지만 교과에서도 글쓰기를 많이 하는데 매주 한 편씩 글을 내야 하니, 우리 학교는 글쓰기 중점 학교라며 힘들어하는 학생들이 적지 않았다. 그래도 아침 등교 시간을 안건으로 놓고 전교생 대토론회를 열었을 때, 아침 활동이 좋아서 등교 시간을 늦추는 데 반대하는 학생들도 꽤 있었다.

3년째는 업무 담당자가 바뀌어 예전에 했던 영상들을 쓰거나 영상 제작팀이 새 영상을 만들기도 했지만, 열정과 책임감을 가진 한 사람의 역량에 미치진 못했다. 그래서 아침 활동은 종종 교사들의 토론거리가 되었다. 국어과를 중심으로 담임은 물론, 주제와 연관된 교과에서 글을 읽고 첨삭을 하는 것이 교사들에게도 쉬운 일이 아니었기 때문이다. 그러다 2년 만에 다시 개최한 전체 학생, 학부모, 교사 3주체 대토론회에서 등교 시간을 늦추기로 결정이 났다. 1교시 수업 시작 전에 따로 자습 시간이 사라지면서 아침 활동도 막을 내렸다. 여유 있게 등교하게 된 것을 학생들은 반겼다. 그러나 후배들이 아침 활동을 못 하게 된 것, 힘들지만 자신을 크게 성장시켜 준 글쓰기를 못 하게 된 것을 아쉬워하는 학생들도 적지 않다. 아침 활동의 힘을 아는 교사들도 정규 교육과정 안에 이런 프로그램을 넣을 방안을 고민하고 있다.

우리 학생들이 자소서에 대표적으로 내세운 학습 경험도 아침 활동을 비롯한 글쓰기에 관한 것이었다. 글쓰기와 관련한 자소서들을 부분 소개한다.

고등학교 재학 기간 중 학업에 기울인 노력과
학습 경험을 통해 배우고 느낀 점

　문학은 저에게 수수께끼와도 같았습니다. 논리적으로
문제를 풀어 나가는 비문학과 달리 작가의 의도를 파악해
야 하는 게 제 약점이었습니다. 이를 극복할 수 있었던 계
기는 국어 수업 시간에 꾸준히 썼던 서평과 시 에세이를
통해서였습니다. 장편소설을 읽고 8천 자 분량의 서평을
쓰라는 과제에《데미안》이라는 책을 선택했습니다. 처음
에는 제 생각들을 무작정 쏟아 내자 글은 뒤죽박죽이 되
어갔습니다. 그래서 저는 다시 책을 펼쳐 들고 등장인물
을 분석하기 시작했습니다. 그리고 사랑, 선과 악 등 작가
가 작품을 통해 나타내고자 하는 의미를 하나씩 정리해
나갔고, 글의 시대 배경과 작가에 대한 이야기를 중점적으
로 다루고자 노력했습니다. 만 자가 넘는 서평을 완성할
수 있었던 힘은 글의 구조를 파악하고, 필자의 눈으로 글
을 보기 시작한 덕분이었습니다. 혼자의 힘으로 작품을 완
전히 이해할 수 있었던 경험을 바탕으로 이후에도 꾸준히
시 에세이를 쓰며 작가의 관점을 제 이야기와 연관시켜
글을 써 나갔습니다. 이런 경험들을 통해 저는 문학작품과
공감하는 법을 배울 수 있었고 이를 다른 교과목에도 적

용할 수 있는 여유가 생겼습니다. 그 예로 과학 소논문 작성을 들 수 있습니다. 《데미안》만 자 서평 쓰기의 경험을 소논문 작성에 접목해서 주제에 대해 수집했던 정보를 목적에 맞게 분류하고 구조화하여 서술해 보았습니다.

… 최해정

지난 3년간, 공부란 책 속의 지식이 아니라 삶을 배우는 것이라는 것을 알았습니다. 매주 한 주제로 '글 읽기-영상보기-글쓰기'의 과정으로 진행되는 '아침 활동'을 통해 다양한 사회문제를 접할 수 있었습니다. 인상 깊었던 주제는 메모해 뒀다가 관련 기사들을 스크랩하여 좀 더 알아보고, 내용을 덧붙여 적는 습관을 길렀습니다. 이는 교과 활동에도 영향을 주었습니다. 논술 시간, '구의역 사고'에 대한 칼럼을 읽으며 많은 시민들이 추모하는 영상을 봤습니다. 단순 사고라 생각했던 저는 궁금증이 들어 사고의 근본 원인에 대해 조사했습니다. 비정규직 근로자의 열악한 근무환경, 넓게는 '다단계 하청 구조'라는 사회구조적 문제가 있었습니다. 인턴과 같은 비정규직으로 인한 청년 실업이 사회문제로 대두되는 시점에서 이 사고를 접하며 우리의 미래와 직결되는 심각한 문제라 여겼고, 한국의 노동 현실과 사회구조에 대해 발표하여 친구들과 문제의식을 공유

했습니다.

더불어 마음을 키우고 성장시키는 것이 가장 중요한 공부라는 것을 느꼈습니다. 2년 동안 매주 진행했던 시 암송하기, 시 에세이 쓰기 등의 활동을 통해 많은 시를 읽었고 시의 맛을 알게 되었습니다. 특히 시대와 인간의 삶이 잘 드러난 백석 시인의 작품들이 좋았습니다. 〈남신의주유동박시봉방〉에 드러난 시인의 절망과 극복 과정을 통해 제 자신에게 주어졌던 고통을 의연하게 받아들일 수 있는 힘을 길렀습니다. 시대를 아우르는 문학의 힘을 느끼며 시험 점수만 중시했던 저의 학습 태도를 바꿀 수 있었습니다. 암기식 공부에서 벗어나 시 자체를 느낄 수 있도록 노력했습니다. 작품이 쓰인 시대 상황을 조사하고 시인이 처한 상황을 유추했습니다. 이후 시의 내용을 읽으며 저의 경험에 빗대어 생각했고 저의 감정을 메모하며 시를 이해했습니다. 마음을 키워 주는 문학의 매력을 느끼며 배움이란 '나'의 삶과 관련지을 때 얻을 수 있다는 것을 깨달았습니다.

… 임다은

고등학교 재학 기간 중 본인이 의미를 두고
노력했던 교내 활동을 통해 배우고 느낀 점

2학년 문학 수업 중 소설 창작 수업을 통해 직접 소설을 썼습니다. 제 삶에 있어 가장 특별한 경험이었던 초등학교 시절 영어 학습을 소재로 하여 저만의 소설을 집필해 나갔습니다. 평소 가졌던 영어에 대한 관심과 자신감의 이유를 소설에 담기 위해 경험들을 바탕으로 스토리를 창작하기 시작했습니다. 과거 기억을 되살리고 생생한 표현으로 생동감을 불어넣는 과정들을 수없이 반복하면서도 힘이 들기보다 오히려 즐거움을 느꼈습니다. 그렇게 제대로 된 소설을 써 내려가기 위해 오랜 시간 공들인 끝에 〈미국 유학 이야기〉라는 제목의 3만 6천 자(원고지 180장) 분량의 소설이 완성되었습니다. 완성된 소설은 선생님들께 좋은 평을 받았고 이를 3년간 써 왔던 글들과 엮어 개인 문집으로 제작하기도 하였습니다. 사실 소설 창작 수업을 통해 얻은 것은 긴 글을 쓸 수 있다는 자신감뿐만이 아니었습니다. 소재를 찾는 과정에서 제 삶을 한번 되돌아볼 수 있는 기회를 가질 수 있었습니다. 또한 흥미 있는 활동을 할 때 누구보다도 열정적으로 몰두하는 제 자신을 발견할 수 있었습니다. 무엇보다도 매번 소설을 읽기만 하다 직접 창작

한 경험은 새로운 것에 대한 도전이었고, 이를 통해 앞으로 어떤 새로운 일에 대해서도 두려움 없이 도전할 수 있을 거라는 자신감이 생겼습니다. 그리고 재미있어서 하는 일은 저절로 열정이 생겨나고 좋은 성과를 이룬다는 것도 깨달았습니다. 그래서 미래의 직업으로 제가 열정적으로 할 수 있는 일을 찾아야겠다고 생각했고, 오래전 관심을 가졌던 파일럿에 열정을 쏟고 싶어졌습니다.

··· 이성민

　저희 학교는 '과학 중점 학교'입니다. 글쓰기 활동이 많아서 '글쓰기 중점 학교'라고 부르기도 합니다. 매주 금요일 아침 활동 시간에 저희 학교에선 아침 글쓰기 활동을 꾸준히 해 왔습니다. 다양한 영상들을 보며 느낀 점을 쓰기도 하고, '세월호 사건' '5·18 민주화 운동' 등 여러 사회적 이슈에 대한 생각을 적기도 했습니다. 저에겐 글쓰기를 하는 것만으로도 벅찼는데 일정한 분량도 채워야 하니 너무 힘들었고, 매일 포기하고 싶단 생각이 머리에 맴돌았습니다. 하지만 '모든 일에 최선을 다하자'라는 저의 좌우명으로 제출 마감 시간까지 열심히 글쓰기 활동을 했습니다. 그리고 수업 시간에 '8천 자 서평 쓰기' 활동도 했습니다. 모둠별로 책을 읽고 서로 생각을 공유하며 각자 8천 자 글쓰기를 하는 것이었습니다. 단순히 감상문을 8천 자 쓰는 것이 아니라 책을 새롭게 창작해 내는 것입니다. 저희 모둠은《투명인간》이란 책을 선택하게 되었습니다. 이 책은 가족 구성원 한 명 한 명의 삶을 한국의 현대사에 비유하여 소개해 주는 내용이었습니다. 처음으로 장문 글쓰기를 하다 보니 이야기가 잘못 새는 경우가 많았는데, 이때마다 선생님께서 첨삭을 해 주시며 글쓰기 방향을 제대로 잡아 주셔서 바른길로 나아갈 수 있었습니다. 그렇게 글쓰기를 진행하다 보니 어느새 8천 자를 넘어서 무려 만 자나 쓰게 되었습니다. 글쓰기로 처음 접해 보는 숫자였습니다. 처음에 막막했던 심정과는 달리 글쓰기를 끝내고 결과물을 보니 '10,000'자라는 큰 산을 정복한 것처럼 제 자신이 너무 대견했고 뿌듯했습니다. 이런 아침 글쓰기 활동과 8천 자 글쓰기 활동 등 여러 글쓰기 활동들을 모아 〈기린이 그린 그림〉이라는 저만의 문집을 만들기도 했습니다.

··· 김민서

〈비 온 뒤 맑음〉. 제가 만든 제 문집의 제목입니다. 저는 학교생활 내내 글쓰기와 함께했습니다. 1학년 때 교내 아침 활동, 교지편집부 활동, 국어논술 방과 후 활동 등을 통해 여러 주제에 대한 글을 많이 읽고 쓰면서, 자연스럽게 인간의 삶과 사회문제에 관심을 갖게 되었습니다. 그래서 2학년 때 독서와 책 쓰기 동아리를 만들어 그간의 글을 모은 문집 만들기를 목표로 활동했습니다. 세상에는 불공평한 일이 가득하고 인간은 누구나 고난과 시련을 겪지만, 포기하지 않으면 끝에는 모든 것을 보상받을 때가 꼭 올 것이라는 메시지를 문집에 담아, 그 문집을 읽을 사람들과 저 자신을 위로하고 싶었습니다. 그래서 문집 제목을 '비 온 뒤 맑음'으로 지었습니다. 썼던 글들을 다시 교정한 후 주제와 종류에 따라 분류하고, 책의 표지까지 직접 디자인하는 것은 쉬운 일이 아니었습니다. 하지만 제가 만든 최초의 책은 무엇과도 비교할 수 없는 소중한 보물이 되었습니다.

2학년 말, 우리 동아리를 지도해 주신 선생님의 시집 출간을 기념하는 교내 북 콘서트의 진행을 맡았습니다. 흔치 않은 기회를 얻은 저는, 책 내용에 대한 단순한 이야기보다는 저자와 관객이 소통하며 웃고 즐길 수 있고, 시에 담긴 메시지에 공감하게 하고 싶었습니다. 그래서 저는 시 낭송 시간 중간에 시의 메시지를 함께 생각하는 시간을 넣고, 저자와의 질의응답 시간을 진행했습니다. 축하 영상도 직접 제작해서 재미와 진지함이 어우러진 즐거운 행사를 만들기 위해 노력했습니다. 제 멘트가 제대로 전달되지 못할까 봐 불안했지만, 저 자신을 믿고 임한 결과 북 콘서트가 좋은 반응 속에 마무리되었습니다. 저 스스로 목표를 정해 그에 걸맞은 방향으로 열정을 다했던 이 경험을 통해, 저는 앞으로 어떤 일을 맡든 그 일의 의미를 빛나게 하는 방향으로 최선을 다할 수 있다는 자신감을 얻었습니다.

그리고 저는 3학년 1학기에 '할말이슈'라는 자율 동아리에서 다양한 사회문제에 대해 각자 찬성과 반대의 입장에서 토론을 하고, 토론이 끝난 뒤에는 글쓰기로 정리하는 활동을 했습니다. 통일 문제, 노동자 인권, 여성 인권 등 다양한 주제에 대해 제 의견을 말하고 다른 동아리원들의 의견을 들으며 하나의 사회 현상에 대해 다양한 시각과 해석이 존재할 수 있다는 것, 익숙하게 생각해 온 사회적 통념들이 항상 옳은 게 아니라는 것을 알게 되었고, 세상을 바라보는 더 넓은 시각을 갖게 되었습니다.

… 최지환

지환이 자소서를 보고 생각이 났다. 그렇지, 책 만들기. 교육부와 교육청에서 '독서와 책 쓰기' 동아리를 모집하기에 신청을 했다. 그러잖아도 문학을 좋아하는 몇 아이를 모아 동아리를 만들었는데, 워낙 글쓰기를 많이 하니 각자의 작은 문집한 권씩 만들 수 있겠다 싶었던 것이다. 아침 활동 글쓰기, 교과 시간의 여러 글쓰기. 그리고 동아리 활동을 하면서 글을 더 썼고, 학교 활동과는 별개로 혼자서 시나 소설을 쓰기도 하는 아이들이었다. 처음에는 책 만들기를 동아리 안에서만 할까 하다가 1, 2학년 전체에 알리고 신청자를 빋었다. 그동안 써 온 글들을 모으고, 스스로 편집한다는 조건이었다. 처음에는 40명 넘게 신청을 했다. 기본적인 편집 틀만 제시하고 모든 것은 각자 알아서 하도록, 내가 거의 개입하지 않고 진행했다. 이 일까지 내가 일일이 봐 주는 건 역부족이었고, 스스로 자신의 첫 책을 만들어 보는 것만도 좋은 경험일 테니까.

백 쪽 정도를 기본 목표로 했는데, 처음에는 의욕이 넘치던 아이들이 하나둘 탈락하면서 마지막까지 남은 학생은 10명이 좀 넘었다. 1학년 때부터 써 놓았던 글을 찾아 문서 작업을 하고, 다행히 리로스쿨에 올려 둔 글이 많아서 쉽게 작업하는 아이들도 있었다. 시, 소설, 에세이, 감상문, 비평문…… 글의 종류도 다양했고 국어, 역사, 과학의 모든 활동들이 담긴 글들을 모아 놓고 보니 대부분 백 쪽을 거뜬히 채웠다. 앞표지, 뒤표지, 서문과 본문을 완성하여 한두 권씩도 책을 만들어 주겠다는 인쇄소를 찾아서 넘겼다. 개인 문집을 낼 정도가 안 되는 동아리원들은 함께 동아리 문집을 만들었다.

책을 받아 든 아이들의 얼굴엔 기쁨과 보람이 가득했다. 만든 책들은 세종시에서 열렸던 '2017 책 그리고 인문학 전국 학생 축제'에 전시를 했다. 행사에 가 보니 꾸준하게 책을 만들어

온 학교들이 있었는데, 초등학교가 많고 고등학교도 드물게 있었다.

　고2의 나이에 인쇄된 책을 만들어 본 경험은 가볍지는 않을 것이다. 책 만들기에 참여했던 학생들은 대부분 자소서에 그 작업의 성취감에 대해 썼다. 다음에 만나는 아이들은 1학년 시작할 때부터 2학년 말까지―입시에 매인 한국의 고3은 아예 학년이 없는 것처럼 취급할 수밖에 없으니―글을 모아서 내 책 한 권을 만들어 보겠다는 포부를 세우도록 이끌어 봐야겠다는 생각이 들었다. 그런 목표가 있으면 글을 더욱 정성 들여 쓸지 모른다. 그리고 3년의 배움이 고스란히 담긴 '내 책'은 평생의 소중한 보물이 되지 않을까 싶다.

3년의
배움과 성장

　수시모집이 끝난 고3, 2학기의 교실 풍경은 어수선했다. 수능이 필요 없이 수시만으로 대학을 가는 아이들이 반이 넘는 상황이라, 아이들은 더 이상 문제풀이 공부를 하기 싫어했다. 수능 최저가 필요한 아이들 중심으로 지속되던 수업도 수능을 코앞에 두고는 대부분의 교과가 자습을 했다. 마침내 수능도 끝났다. 불수능이라 야단이다. 특히 국어 문제는 폭력적이게 느껴지는 정도다. 1교시 국어 시험을 마치고 수험생들은 멘붕에 빠졌다 했다. 그러거나 말거나 줄만 세우면 그만이니 평가원은 수능에 아무런 오류는 없다는 말뿐이었다. 시험을 치고 온 아이들 아무도 시험 문제에 대해 말하지 않았다. 왜 답이 이것이냐고, 이것은 무슨 뜻이냐고 묻는 학생들도 없었다. 이미 모든 것이 끝난 것이다. 그런 오지선다 문제풀이는. 취업문 앞에서 다시 맞닥뜨릴 날이 올 수 있겠지만 지금은 돌아보고 싶지도 않을 것이다.

수능이 끝나고, 아무렇게나 찍어버린 기말고사도 끝나고, 그래도 마지막 글쓰기 수행평가 하나가 남았다.

"점수 따위 더 이상 신경 안 쓰는 거 아는데, 이건 교지에 실을 글이기도 하니까 정성스럽게 써 줘. 우리 학교에서 3년의 배움에 대한 소감을 쓰는 거야."

"잘 쓴 아이들만 싣는 거 아닌가요?"

"아니. 졸업생이 남기는 말 같은 코너 교지마다 있잖아. 그거 보통은 장난스런 말 몇 마디 던지는 식으로 쓰는데, 좀 읽을 만하게 만들고 싶어. 너희도 생각을 한번 정리해 보면 좋을 테고. 전체 다 실을 거야. 너무 길지 않게 써 주렴."

그리고 마지막 수행평가 용지를 내주었다.

고등학교 3년간 자신이 배우고 성장한 바에 대한 글을 써 주세요. 수업과 동아리, 각종 행사와 활동, 인간관계 들을 통해 자신이 어떤 성장을 이루었는지 알려 주세요. 이 글은 '3학년이 남기는'이란 제목으로 교지에 실을 예정이니 정성스럽게 쓰기 바랍니다.

학생들은 그런대로 성실하게 썼다. 백지가 수두룩한 기말고사 서술평가 답안지에 비하면 고마운 일이었다. 아이들이 쓴 글들을 넘겨 보면서 드는 생각. 우리 아이들이 참 많이 컸구나 싶다. 처음엔 그렇게 글쓰기 싫다고 징징거리고, 앞에서 발표하는 것 무섭다고 나오자마자 울어버린 애도 있었는데. 글쓰기 과제를 제때 안 내서 내가 교무실로 부르고 교실로 찾아가고 그렇게 씨름하던 시간들. 열심히 쓴 글들을 점수로 등급을 나눌 수밖에 없는 괴로움. 그러나 아이들은 점수를 넘어서, 다른 사람과 비교하지 않고 스스로 변화하고 성장했다고 느꼈다.

고진감래

고등학교 3년간 나를 가장 힘들게 했던 것은 모둠활동이었다. 혁신이라는 타이틀 때문인지 우리 학교는 모둠활동을 참 많이 했다. 나 한 사람만 잘해선 안 되고, 그렇다고 뒤처지면 다른 친구들에게 미안한 마음이 들었다. 또한 이런저런 이유로 활동을 잘 하지 않은 친구로 인해 화가 나기도 했다. 그런데도 도대체 왜 모둠활동을 이렇게 중요시 여기는지 잘 몰랐다. 왜 해야 하는지 궁금했다. 하지만 어느 순간 단련되고 보니 모둠활동이 다르게 보였다. 내성적인 성격에 걱정이 많았던 나는 모둠활동을 할 때 다른 의견을 내는 것을 가장 어려워했다. '내 의견이 별 도움이 안 되면 어떡하지'라는 생각을 하면서 내 스스로 그 의견을 묻어버리는 경우가 종종 있었는데, 여러 번 해 보니 여러 의견을 낸다는 게 얼마나 중요한지 알게 되었다. 그래서 더 효율적인 결과를 내기 위해 적극적으로 의견을 낼 수 있게 되었다. 낯을 많이 가리는 성격이었는데 여러 사람들과 활동하면서 활발하고 더 적극적인 성격이 될 수 있었다. 그래서 모둠활동으로 인해 가장 많이 성장한 것은 내 성격이라고 생각한다. 또한 협동의 중요성을 알았다. 협동을 하면 할수록 더 좋은 결과를 얻을 수 있다는 것을 몸소 깨달았다. 그래서 이 글을 읽고 있는 '모둠활동이 괴로운 사람'에겐 너무 힘들어하지 말고, 조금씩 단련되어 나처럼 단점을 장점으로 바꿀 수 있게 되길 바란다. 파이팅!

… 서세빈

3년의 시간

나는 원래 발표를 잘 못했다. 하지만 고등학교를 다니면서 발표를 할 기회가 많이 생겨서 발표하는 것이 그렇게 어렵다고 생각하지 않게 되었다. 이러한 과정을 통해 한 가지 사실을 알게 됐다. 무엇이든지 처음 하는 것이라면 다 어렵다. 하지만 그것들도 하다 보면 전혀 어렵지 않다는 것을 알게 됐다. 그래서 난 두려워하지 않기로 했다.

3학년 때는 안 했지만 1, 2학년 때는 아침 활동 글쓰기를 했다. 글을 잘 쓰지 못하는 나에게는 힘들고 귀찮기만 한 일이있다. 그래서 내충 분량만 채운 석도 많고 쓰지 않은 적도 많았다. 그러다가 제대로 한번 써 보기로 하고 써 봤더니 글쓰기라는 것이 생각했던 것보다 어렵지 않았다. 매주 아침 활동 글쓰기를 하다 보니 지금도 잘 쓰는 것은 아니지만 자연스럽게 글쓰기 실력이 늘었다. 고등학교 3년은 짧은 시간에 나에게 많은 변화를 준 고마운 시간이다.

··· 김호민

나의 길

고등학교에 진학하는 순간에도 늘 진로에 대해 고민해 왔다. 하고 싶은 건 많은데, 뚜렷한 갈피가 없어 쉽게 정착할 수 없었다. 문학 수업, 여행, 독서, 글쓰기, 창작 활동을 하며 내가 좋아하는 것이 무엇이고, 앞으로 어떻게 살아야 할지에 대한 힌트를 얻은 것 같다. 무엇보다도 절대 늦은 건 없다는 것을 알게 되었다. Better late than never! 사실 지금 조금 아쉽다. '더 일찍 나에 대해 알았더라면······'과 같은 후회가 밀려오는 것이다. 그러나 이미 지나간 일에 얽매여서는 절대 앞으로 나아갈 수 없음을 깨닫고 나에게 주어진 길을 가기로 했다. 다시 한 번 살아 보기로 했다. 한

번 더 도전하고 싶다.

우리 학교에서는 최대한 학생 중심 수업을 하려고 했다. 학습에 대한 흥미는 강요나 주입으로 높일 수 있는 게 아니므로, 학생들 스스로가 왜 공부해야 하는지에 대해 생각할 수 있도록 수업을 구성한 선생님들도 대단하다고 생각한다. 혼자서는 새로운 생각을 하기 힘든 경우에도 다른 사람과 함께 머리를 맞대는 브레인스토밍을 하게 되면 새로운 생각이 촉발되고, 보다 합리적이고 타당한 결과를 이끌어 낼 수 있는 능력—집단 지성을 연습할 수 있도록 도와주신 것이기도 하다. 선생님들끼리 둥그렇게 모여 앉아서 연대하는 모습도 멋있었다. 교육적인 관점에서도 좋은 예지만 다른 어떤 조직에 속하더라도 소통과 연대가 중요함을 깨달았다.

… 정승민

이런 글들을 보면 뿌듯하다. 실제로 이 아이들의 변화가 눈에 선하다. 처음에는 어색하고 힘들게 시작했던 모둠수업, 발표수업들을 통해 아이들의 의사소통 능력이 발전하고 소심하고 내성적이던 성격도 많이 좋아졌다. 무섭기까지 했던 글쓰기도 자연스럽게 생각을 표현할 수 있는 수준은 되었다. 또 진로가 바뀌어 힘든 시간을 보냈던 아이도 새로운 도전을 할 의

욕을 갖고, 자신만이 아니라 학교교육 전체를 바라보는 안목까지 키웠다. 이런 것이 삶의 능력을 키우는 것이다. 참된 앎이란 단순한 지식 습득을 넘어서 '할 줄 알고, 살 줄 알고, 배울 줄 아는' 것이라고 했다. 자립과 공생의 능력을 키우기 위해서 반드시 필요한 자기관리 능력, 의사소통 능력, 관계조율 능력을 아이들이 어느 정도는 갖추게 되었다. 적어도 이런 능력이 아주 중요하다는 것을 인지하게 되었으니, 부족한 것은 세상으로 나아가 더 채워 넣을 것이다. 성장기 아이들은 어떻게 변화할지 모른다. 1학년에서 3학년까지 3년의 시간을 함께하는 것은 교사에게도 큰 배움을 준다.

물론 이런 글만 있는 것은 아니다. 전체 10퍼센트 이하의 소수지만, 어찌 이것을 3년의 배움이라고 썼을까 싶은 글들이 보인다. 무엇보다 학급에 따라 꽤 차이가 있다. 열심히 쓴 반은 아이들 대부분이 진지하게 썼다. 그런데 자조적이고 부정적인 글이 상대적으로 많은 학급이 있다. 그런 성향을 가진 아이들이 모인 탓도 있겠지만, 그렇지 않은 아이들도 좀 영향을 받은 것 같다. 집단의 분위기나 수준이 개인에게 얼마나 영향을 많이 미치는지 새삼 느끼게 된다. 어떤 공동체를 이룰 것인가는 그래서 중요하다. 나 자신을 넘어서 다른 사람을 통해 배워야 하듯이, 자기가 속한 집단을 넘어서 다른 세계는 어떻게 살고 있는가를 배워야 할 필요가 있다. 아이들도 전체 공개된 글을 보면 자기 모습을 객관적으로 바라볼 안목이 좀 생길까. 하늘이 붉게 보이는 것은 진짜 그래서일 때도 있겠지만, 내가 붉은 안경을 쓰고 있는 때문일 수도 있다는 것을 깨닫게 되면 좋으련만.

프랑스 영화 〈클래스〉(로랑 캉테 감독)라는 작품을 인상 깊게 기억한다. 여러 가지 생각할 바가 많은데, 종종 떠올리는 장면 하나. 한 학기가 끝나는 날 국어(프랑스어) 시간의 주제는 한 학기의 배움이었다. 무엇을 배웠는가를 전체 학생들이 발표한다. 꼭 학교 수업만이 아니라 전체적인 배움에서 나를 일깨운 것은 무엇이었나에 대해 말한다. 학생 중에는 교사가 전혀 예측하지 못한 배움을 얻은 아이들도 있어서, 교사의 시선으로 학생들을 재단해서는 안 되겠다는 생각이 들게 한다. 그런데 가장 인상 깊었던 것은 마지막 장면이었다. 아프리카계 여학생 한 명이 발표를 잘 못하더니 수업이 끝나도 나가지 않고 앉아 있다. 왜 그러냐고 교사가 묻자 눈물을 뚝뚝 흘리면서 말한다.

"친구들은 모두 배운 것이 있는데, 저만 배운 것이 없는 것 같아요."

서럽게 우는 아이를 교사가 뭐라고 달래 줬는지는 기억나지 않는다. 다만 배움이 없다는 것은 저렇게 슬퍼할 일이구나. 그렇지. 배우지 못했다는 것만큼 슬픈 일이 없지, 하는 생각이 들었다. 그런데 달리 생각하면 그 여학생은 가장 큰 것을 배웠는지 모른다. 배움이 얼마나 소중한지, 얼마나 잘 배우고 싶은지 그 마지막 시간에 배움의 가치를 절실히 배웠을 테니 말이다.

부처님이 감로수도 자기 그릇만큼 받아들인다는 말이 있다. 배우는 사람에게 제일 중요한 것은 배움의 태도와 역량이다. 새로운 배움에 자신을 열 수 있는가. 내 배움의 그릇은 얼마만 할까.

'배우고 때로 익히면 또한 기쁘지 아니한가.'

'아침에 도를 들으면 죽어도 좋다.'

'나는 배우기를 가장 좋아하는 사람이다.'

학생 시절 가슴을 뛰게 했던 글귀들이다. 이래서 공자님이구나 싶었다. 공자는 배움의 스승이다. 여전히 배움의 기쁨에 공명하는 학생들이 있다. '학이시습 불역열호(學而時習之 不亦說乎)'의 뜻을 말해 줬을 때 아하, 하고 손뼉을 치는 학생이 있었다. 왜 그러니? 했더니 정말 맞는 말이어서요, 했다. 배움이란 기쁜 것이란 걸 안다는 말이다. 배울 수 있다는 것은 인간이 다른 생명체와 가장 다른 특징일 것이다. 생각하고 언어를 사용하고 도구를 쓰는 이 모든 것이 배우려는 욕구에서 얻게 된 것이다. 어떤 상황이든 끝까지 질문하고 탐구하고 배우려는 사람은 타락하지도 절망하지도 않는다. 가장 큰 배움은 자기를 극복하는 것, 내 자아―에고에서 자유로워지는 것이기 때문이다.

268

나의 길,
새로운 길

　민찬이의 책상 위에는 늘 스케치북이 있었다. 어떤 수업 시간, 쉬는 시간이든 틈만 나면 그림을 그렸다. 2학년 때 문집 여러 권을 만들 때 표지를 그려 주었다. 중학교 때 그림을 잘 그리는 지환이에게 영향을 받아서 그림을 시작하게 되었단다. 예고를 가고 싶었지만 집안 사정으로 포기하고 실의에 빠져 있는데, 지환이가 일반 학교 가서도 그림을 그릴 수 있지 않느냐고 위로하는 말을 들으며 다시 희망을 가지는 내용으로 문학 시간에 창작 소설을 썼다. 공부도 열심히 하고 글도 잘 쓰고, 언제나 미소 띤 얼굴이 어린왕자 같은 소년이었다. 그 아이는 자신이 좋아하는 분야를 일찍 찾아서 한 번도 흔들림 없이 자기 길을 걸어온 학생이다. 애니메이션으로 유명한 모 대학에 합격해서 평화로운 마음으로 고3의 마지막 시간을 누렸다.

지환이는 감탄이 나오는 학생이다. 아직 어린 소년이 어쩌면 저렇게 마음이 넓고 배려심이 클까. 모둠활동을 할 때는 이 이들이 서로 지환이 조가 되려고 한다. 언제나 든든하고 푸근한 리더여서, 지환이만 있으면 펑크 날 일이 없다. 글도 잘 쓰고 그림도 잘 그리고 ppt도 잘 만드니 만사 오케이다. 지환이는 게으르고 농땡이인 친구들을 잘 추슬러 즐겁게 활동을 한다. 2학년 때까지는 교사가 꿈이었다. 집안 형편이 어려워 안정된 직장을 구하는 것이 무엇보다 중요해 보였다. 아이들 대하는 모습을 보면 교직이 잘 맞을 것도 같았다. 그런데 3학년이 되어 진취적인 담임선생님을 만나면서 꿈을 더 크게 가지라고, 더 넓은 세상에서 더 좋은 일을 할 수 있다는 설득과 함께 복잡한 집안 사정을 떨쳐버리고 자기 길을 찾으러 떠나기로 마음먹었다. 안정이 아니라 열정을 따라 살겠다고 결심한 것이다. 자기소개서에 그런 과정을 자세히 썼다. 자소서가 그냥 보이기 위해 꾸며 낸 글이 아니라, 쓰인 그대로 진실이다.

제 어머니께서는 항상 저에게 "회색분자"가 되어 살아가야 한다고 말씀하셨습니다. 어떠한 정치적 색깔도 띠지 않고, 그저 해야 할 일만, 문제가 되지 않는 일만 묵묵히 하는 것이 제일이라고 강조하셨습니다. 저는 어머니의 그 말씀이 저에 대한 지극한 사랑에서 나온 것임을 의심하지 않습니다. 어쨌든 그런 어머니의 훈육에 따라 저는 지나온 삶을 별생각 없이 그 조언에 따라 살아왔고, 진로 역시 별 고민 없이 교사, 행정공무원과 같이 안정적이고 무난한 직업을 희망해 왔습니다. 그러나 고등학교에 입학하고 나서 토론과 발표를 중심으로 하는 우리 학교의 혁신적인 교육 방식, 다른 학교와 구별되는 다양한 교내 행사들을 거치면서 하나둘씩 저의 활동이 쌓여갈 때마다 제게 큰 변화가 일어나기 시작했습니다.

제가 그간 활동했던 동아리들의 목표는 각각 달랐지만, 시사 이슈와 인권, 노동의 권리, 남북 관계, 성 평등 등에 대한 생각을 담은 글을 쓴다는 내용은 모두 같습니다. 그래서 저는 지금까지 수업 시간, 동아리 활동 시간, 교내 대회 등 곳곳에서 이와 같은 주제에 대한 저의 생각을 끊임없이 글쓰기나 토론, 발표 등의 형식으로 표현해 왔습니다. 그러다 보니 자연스레 사회 현상에 대해 누구보다 깊은 관심을 갖게 되었습니다. 그렇게 저의 내면이 변화의 과정을 거치면서, 이제는 진짜 진로에 대한 고민이 시작되었습니다. 그리고 그 고민의 기간이었던 지난 2년 반 동안, 우리 사회는 상상을 초월하는 대격변을 경험했습니다. 권력의 부정부패와 국민의 분노로 정권이 바뀌었고, 남성 중심 사회에 저항하는 여성들의 목소리가 터져 나왔으며, 북한과 우리나라, 미국의 정상이 손을 맞잡았습니다. 시대의 흐름 속에서 저는 성장했고, 고등학교에 입학할 때만 해도 대통령의 이름도 겨우 알던 제가, 친구들과 우리 사회에서 일어나는 많은 일들의 문제점과 해결책에 관해 얘기할 때 가장 귀를 열고 눈을 반짝이고 있다는 사실을 발견하게 되었습니다.

··· 최지환

사회학과를 지망한 동기를 쓴 자소서의 일부다. 여섯 군데에 수시모집으로 지원하면서 가장 많이 쓴 것이 사회학과다. 그런데 가장 먼저 합격한 학교는 국문학과다. 나중에 사회학과에서 추가 합격 연락이 왔지만 이미 마음을 굳혔다. 좋아하는 문학을 배우고 글을 쓰면서 사회에 이로운 일을 하자. 문학을 공부하는 것은 '나에게 주어진 길'인지도 모른다. 이 멋진 청년은 미지의 새로운 길 앞에 서서 설레는 마음으로 스무 살을 맞고 있다.

해정이는 1학년 때 툭하면 눈물을 터뜨렸다. 과학고에 떨어지고 배정받은 우리 학교가 마음에 들지 않았던 것이다. 과학 영재들 수준의 아이들과 함께 공부하던 것에 비하면 친구들도 선생님도 프로그램도 시뻐 보였을 것이다. 아이들과도 잘 못 어울렸고, 수업 시간엔 늘 너무 혼자만 정답을 말해서 다른 아이들이 생각할 시간을 방해하기도 했다. 다방면에 관심이 많았으나 생각이 경직된 면도 보였다. 그러나 열정이 그 아이를 키웠다. 가만히 있지 못하는 아이였다. 학교에 좀 더 적극적으로 과학 활동을 할 것을 요구하고 각종 토론대회에 참여했으며, 스스로 학생 동아리를 이끌면서 가장 바쁜 아이였다. 그러면서 자신이 가진 문제점도 자각하고 고치려고 노력했다. 공부를 못하는 친구들과도 잘 어울리고 배려하려고 애를 썼다. 워낙 에너지가 많아 여기저기 좌충우돌하더니 연구자의 길을 가기로 마음을 굳혀갔다. 집에서는 끝까지 의대를 밀었지만, 자신은 의사가 되고 싶지는 않단다. 어디든 어떤 분야든 해정이는 연구자의 길을 가게 될 것이다. 하얀 가운을 입고 환히 웃고 있는 그 애의 모습이 흐뭇하게 떠오른다.

승민이의 자소서 첫머리는 "저 자신을 속였습니다"로 시작했다. 그랬다. 가장 방황과 갈등을 많이 한 학생일지도 모른다. 그 애는 1학년 수업 시간에 초롱초롱 빛이 났다. 텍스트 이해력도 발표도 글쓰기도 단연 두각을 드러냈다. 특히 인문 과목 선생님들은 그 애한테 기대가 컸다. 그런데 2학년이 되어 과학 중점 계열을 선택한 것을 보고 퍽 놀랐다. 아니. 니가 왜. 너처럼 인문 감수성이 높은 아이가. 담임이 아니어서 진로를 선택하기까지 자세한 과정은 모르던 터였다. 과학도 재미있어요,

말하는 아이에게 더 말하기도 어려웠다. 사실 '문송(문과라서 죄송)합니다'란 말도 있듯이, 문과를 기피하는 현상은 어디에나 있다. 너구나 부모들은 상대적으로 취업이 잘된다고 여기는 이과를 선택하도록 부추기는 경우도 많다. 이 아이도 그런 모양이구나 싶었다. 어쩌랴. 선생이 아이를 끝까지 책임질 것도 아닌데.

그런데 2학년 서평 쓰기에서 《데미안》을 읽고 놀랄 만한 글을 써 오더니 후반부로 갈수록 얼굴이 어둡고 혼란스러워 보였다. 글도 의식의 흐름이라고 하면서 마음 내키는 대로 썼다. 수학, 과학 선생님들의 말을 들으니 공부를 무척 힘들어한다고 했다. 인문 과목에선 그렇게 빛나는 학생인데. 애가 눈에 점점 빛이 사라져가요. 수학 선생님의 평이었다. 휴, 저 녀석을 어쩌나. 3학년이 되어 입시 공부에 매달렸다. 반에서 제일 열심히 하는 학생이었으나 역시 수학과 과학 쪽에 점수가 잘 나오지 않았다. 진로도 왔다 갔다 했다. 교대를 진학할까 하더니 또 잠시 간호사 이야기까지 들릴 때는 실망스러워서 말하고 싶지 않았다. 비겁한 녀석, 싫었다. 그 직업이 안 좋아서가 아니라, 그 녀석의 길은 그런 것이 아니었다. 그 애는 문학을 해야 한다고 느꼈다. 그 애처럼 문학적 감수성이 높은 학생도 드물었으니까.

그러다 여름방학이 끝나고 수능 원서를 접수하기 바로 전

날, 담임선생님을 찾아왔단다.

"승민이 사회탐구 치겠대요."

"예에?"

진로를 인문 계열로 바꾼다는 말이었다.

"아니, 이제 와서!"

"여름방학부터 혼자 생각하고 사회 쪽으로 공부도 한 모양이에요. 말을 못 하고 있었던 거지."

"결국 그렇게 됐군요."

그러면 그렇지 싶었다.

"잘됐다. 대학 가서 바꾸는 것보다는 빠르잖아. 그 애는 인문이 맞아요. 그래 무슨 과를 가겠대요?"

"국어교육과요."

"!"

결국 그랬다. 일 년 반의 방황 끝에 제자리로 온 것이다.

"그런데 내신도 그렇고 지금 진로를 바꾸니 성적이 잘 안 나오지요."

"어쩔 수 없지. 지금 하는 데까지 해 보고. 좀 낮은 데 맞춰서 가든지, 일 년을 더 해 볼 수도 있고. 혹시 그 애의 이런 진로 변경, 고민과 방황 끝에 선택한 결정이니 진정성을 더 높게 봐서 대학에서 알아준다면 수시가 될지도."

뒤늦게 국문학과와 국어교육과에 맞추어 자소서를 쓰고 추

천서를 쓰느라 바빴다. 마감 5분 전에 자소서를 입력했다. 그
즈음 승민이가 한밤에 보낸 카톡 하나가 이랬다.

"아아, 나는 문학을 더 사랑해도 되는 것이었다."

감명 깊게 읽었다는 강신재의 《젊은 느티나무》의 결말을 딴
말이었다. 한참 그 문장을 들여다보고 있었다. 녀석, 그동안 얼
마나 마음고생이 심했을까.

서울 소재 대학의 수시모집에서 모두 탈락했다. 몇십 대 일
의 경쟁률 속에서 고민하고 방황한 한 학생의 이야기는 흔한
것인지도 모른다. 학생부전형도 내신 성적으로 선발한 것인
지, 전공을 바꾸다 보니 학생부 기록 자체가 미흡한 이유도 있
겠고. 아무튼 일말의 기대는 모두 물거품이 되었다. 마지막으
로 부산의 모 대학 국어교육과에 합격했다. 그러나 부모님은
대학의 레벨을 마뜩잖아 하신다. 앞으로 어떻게 할지. 이 학교
를 착실히 다녀서 국어 교사의 길을 갈지, 좀 더 넓은 세상을
경험하고 다른 삶을 개척하기 위해서 재수나 편입을 시도할
지, 모든 것은 미정인 상태다. 인생 자체가 그러한데, 청소년기
이런 혼돈과 방황과 실패가 무어 그리 대수랴. 안개 속 같은 지
금의 상황이 그 애의 마음을 더욱 풍부하게 해 주리라 믿는다.
백석의 〈남신의주유동박시봉방〉을 가장 좋아한다던 녀석은,
삶은 내 뜻과 힘만으로 이루어지는 것이 아니며 더 크고 높은
뜻을 수용하는 법을 배웠다고 했다. 앳된 청년은 지금 쌀랑쌀

랑 싸락눈이 내리는 겨울 저녁, "굳고 정한 갈매나무"처럼 의연히 버티고 있다.

　　이 아이들 이야기로만 끝내면 반쪽의 진실이다. 모두 그렇게 열심히 공부하여 원하는 대학에 가는 것으로 진로가 보장되는 것은 아니기 때문이다. 물론 일반계 고교 졸업생의 대부분은 일단 대학에 간다. 우리 학년에서 대학을 가지 않겠다는 아이들은 2백 50여 명 가운데 셋 정도다. 그중에 한 아이가 우리 반 규태다. 집안의 가업이기도 해서 일찌감치 헤어디자이너를 꿈꾸고 학원을 다니면서 어깨가 아프도록 연습하여 학기 중에 자격증을 땄다. 전문대 관련 학과 두어 군데에 원서를 넣고 합격도 했다. 그런데 입학을 하지 않겠다고 했다. 별 필요가 없을 거라고, 시간 낭비란다. 대학 문화도 경험하고 같은 일 하는 친구도 사귀며 일단 조금 다녀 본 뒤에 결정하라고 했지만, 지금 무언가를 더 배우고 싶지 않은데 뭣하러 대학을 가겠는가 싶기도 하다.

　　학급 전체 대화 시간에 그 애가 그랬다. 내성적이고 소극적인 자신이 우리 학교에 와서 친구도 잘 사귀고 발표하고 글 쓰는 것도 두려움이 없어졌다고. 소중한 배움을 얻은 고등학교 과정이 고맙다고 했다. 이런 아이들의 이야기가 더욱 기뻤다. 대학을 가지 않아도, 아니 대학을 가지 않기 때문에 더욱 고등학교 교육이 소중하다. 단순한 지식 습득이 아니라 진정한 삶의 역량을 키워 주는 교육으로서 말이다.

수능에 대비한 고3 수업 내내 책을 펴 놓고 졸거나 한숨을 쉰 학생들이 있다. 어찌해도 문자 공부가 어렵고 재미없는 것이다. 공부 좀 하라고 설득도 하고 짜증도 냈지만, 사실 속으론 늘 안쓰럽고 미안했다. 어찌 모든 아이들에게 공부가 재미있으랴. 그러나 다른 삶의 가능성과 기회가 거의 차단되어 있는 한국 사회에서 달리 길이 없어서 순응을 강요하는 것뿐이다. 전문대를 포함하여 대학은 이미 수요보다 공급이 더 많으므로, 어쨌든 그런 학생들도 대학엘 간다.

아무래도 공부가 힘든 아이들을 종일 책상 앞에만 앉혀 놓는 것은 고문과 학대라는 생각이 든다. 그 건장한 몸의 에너지를 발산할 수 있는 배움은 정말 없는 것일까. 10대 후반이면 농경 사회에서는 충분히 장정의 몫을 했다. 건강한 노동의 기술을 익히고 사람들과 어울려 지내는 법을 배우는 것은 20평 교실에서 책으로만 가능한 일이 아니다. 인간의 능력을 대학 진학으로만 측정하는 사회는 비인간적이고 반생명적이다. 노동 교육과 시민교육의 건강한 결합을 더욱 고민할 때다. 무력감과 열등감만 키우다 학교를 떠나는 학생들을 어떻게 도와줄 수 있을까. 제각각 개성과 능력이 다른 사람들이 제 몫을 하며 살 수 있는 세상을 어떻게 만들까. 선생들은 늘 생각의 짐이 무겁다.

지난가을에 밀양 '영남 알프스' 사자평에 올랐었다. 우리나라 최대의 억새 군락지이며 고산 습지인 사자평엔 아주 작은 학교가 있었다. 하늘 아래 가장 높은 학교, 고사리학교라는 애칭으로 더 유명한 사자평분교는 1966년 개교하여 30년 동안 36명의 졸업생을 배출하고 문을 닫았다. 지금은 공터만 남은 이 산중의 학교를 거쳐 갔던 아이들. 사철 내내 억새풀 쓸리는 소리를 들으며 공부하고 뛰놀던 화전민과 목장집 아이들을 생각해 본다. 그 30여 명의 졸업생들이 어디에서 어떻게 살고 있든지 고사리학교는 그들의 마음에 영원한 고향이 되어 있을 것이다. 책 읽는 소리 낭랑했을 어느 가을날을 떠올리며, 싸 온 도시락을 먹고 따스한 햇볕을 쬐었다. 내려오는 길엔 골짜기마다 절정인 단풍에 감탄하며 사진을 몇 장 찍어 우리 반 단톡방에 올렸다.

"저도 그 산에 가고 싶어요."

"수능 끝나면 밀양 가요."

그 고대하던 '수능 끝나고' 연일 수시모집 합격자가 발표되던 12월 첫 주. 18명의 아이들은 밀양행 기차를 탔다. 그리고 하루에 다섯 차례 다니는 시골 버스를 타고 오지 마을 우리 집에 닿았다. 밀양 산촌에 집을 지어 들어온 지 4년째, 이렇게 많은 아이들 손님은 처음이었다. 오자마자 개를 끌고 산책을 나가는 아이, 고양이부터 안는 아이. 남자애들 몇은 도끼를 휘두

르며 장작을 팼다.

"쌤, 아궁이 불 어떻게 피워요?"

"밑불을 넣어서 피워야 하니까 뒷산에 가서 솔잎을 좀 긁어 와."

"솔잎이 어떻게 생긴 거예요?"

이런 멍청한 촌, 아니 도시놈들! 그래도 아이들 숫자가 많으니 저마다 재주를 발휘하여 아궁이는 금세 활활 타올랐다. 가마솥에 어묵탕을 끓이고, 바비큐 그릴에는 숯불을 피워 삼겹살을 구웠다. 준비한 음식을 먹고 마시고, 학생들의 웃음소리 노랫소리로 조용한 시골 마을이 수런거렸다. 실컷 놀고 난 아이들은 잠잘 방으로 옮겨 촛불을 켜고 마음속 이야기를 꺼냈다. 고교 3년의 소감, 친구들에 대한 느낌, 부모님께 미안한 마음, 좋아하는 여자애와 남자애……. 깊어가는 겨울밤, 방은 뜨겁고 쩡하니 차가운 하늘엔 별빛이 초롱초롱했다.

다음 날 아침밥을 지어 먹고 설거지와 청소도 끝내고 아이들은 떠나갔다. 산길을 걸어 버스를 타고 기차를 타고, 머나먼 인생길로 떠나는 듯 손을 흔들며. 아이들을 배웅하고 돌아와 보니 아궁이 벽에다 숯으로 이름들을 써 놓았다. 이 이름들은 이제 어떤 길에서 출렁이며 살게 될지. 어디에서 어떻게 살든 함께 뒹굴었던 우리들의 학교가 푸근한 마음의 고향으로 남아 있기를.

오래전에 쓴 시 한 편을 꺼내 본다.

고향 같은 선생님

조향미

내게 고향 같은 선생님 한 분 계셨으면
객지 어느 쓸쓸한 길모퉁이 돌다가
생업에 낯선 사람들에 시달리다가
문득 가슴 넘치는 안온함으로
떠올릴 수 있는 선생님
시외버스 두어 시간이면
달려갈 수 있는 동네
사립문 활짝 열려 있고
늦도록 남폿불 내걸려 있는 집
그리운 흙냄새와 낯익은 풀꽃들
서리서리 벌레 울음도
가슴 가득 품고 계신 분
내게 그런 선생님 한 분 계셨으면
또한 나도 우리 아이들에게
그런 선생님이 되었으면

　　　　　…《길보다 멀리 기다림은 뻗어 있네》(1994)

281

(읽고 쓰다)

아이들 글

———————————————————— 김민찬
———————————————————— 정승민
———————————————————— 최지환
———————————————————— 양예전
———————————————————— 우지수
———————————————————— 정선영

○ 장편소설 서평
○ 시 에세이
○ 시집 비평문

수레바퀴 아래서, 나는 생각했다

헤르만 헤세《수레바퀴 아래서》

김민찬

서론

수레바퀴 아래에 깔린 경험이 있는 사람이 과연 몇이나 될까? 나는 생일잔치 때 친구들 밑에 깔려서 돼지 멱따는 소리를 내 본 기억은 있으나, 딱히 수레바퀴 아래에 깔려 본 경험은 없다. 아니 애초에 수레바퀴 자체를 보기도 힘든데, 하물며 깔릴 일이 어디 있겠는가? 하지만,《수레바퀴 아래서》를 읽고 난 후에, 나는 처음으로 수레바퀴를 정말 눈앞에서 생생하게 보았다—아니, 느꼈다. 그야, 그게 내 친구들 머리 위에, 수업을 끝내고 나가는 선생님의 머리 위에, 하물며 내 머리 위에도 떡하니 얹어져 있으니 말이다. 그러니 이 글에선 한번 이 신경 쓰이는 수레바퀴에 대해서, 천천히 그리고 길게 이야기해 보고자 한다.

글에 앞서

우선 본격적으로 수레바퀴에 대해 이야기를 나누기 위해선, 《수레바퀴 아래서》내용에 대해서 알고 있어야 할 것이다. 그러니 아직 《수레바퀴 아래서》를 다 읽지 못한 사람들을 위해 본론에 앞서 잠시 이야기해 보도록 하겠다. 《수레바퀴 아래서》는 정말 간단히 이야기하자면 한 총명한 소년, '한스 기벤라트'에 대한 이야기로서, 한때 촉망받던, 작중에서는 "별 볼 일 없는 마을에 떨어진 한 기적"이라 불리던 아이가, 스스로의 의지가 아닌, 아버지의, 스승이라는 작자들의 의지에 의해 계속해서 끌려가는 삶을 살다, 이윽고 후에 스스로의 운명을 버티지 못하고 바스러지는 모습을 천천히, 슬프게 그려 낸 작품이라고 할 수 있다.

수레바퀴에 대한 이해

그런데 위에서 이야기한 줄거리를 보면, 서론에서 떵떵 소리쳤던, '수레바퀴'에 대한 내용이 전혀 없다. 그도 그럴게, 사실 이수레바퀴라는 것은 작품 속에서 그렇게 크게, 눈 밖으로 드러나지 않는다. 기껏해야 제목에 한 번, 그리고 중반부에 신학교의 교장이 한스에게 입발린 말로서 내뱉은 "아주 지쳐버리지 않도록해라, 그렇지 않으면 수레바퀴 아래에 깔리게 될 테니까" 이 한 구절이 끝이다. 그럼에도 불구하고 이 수레바퀴는, 정말로 중요한 요소이다. 왜냐하면 이 수레바퀴는 보이지 않을 뿐이지, 처음부터 끝까지 개근 출석한 존재이며, 이 이야기를 이끌어간 주체이며, 동시에 책 속이 아닌, 우리 머리 위에도 얹어져 있는 존재이기도 하기 때문이다. 말하자면—'A는 B이다'라는 식으로 정확하게 정의를 내릴 수는 없겠으나—이 수레바퀴는 곧 삶의 무게, 또는 그러한 것으로 볼 수 있지 않을까 싶다. 한스가 계속해서 이 수레바퀴의 무게 때문에, 스스로 갈피를 잡지 못하고 갈팡질팡하던 끝에 깔려 한 구의 시신이 되어버린 것을 보면, 더더욱 그런 생각이 든다. 그렇기 때문에 이 수레바퀴에 더더욱 집중해서 이야기를 풀어 보아야 한다. 왜냐하면 이 수레바퀴는, 방금 이야기했듯이, 비단《수레바퀴 아래서》라는 책 속에서만 존재하는 것이 아니라, 지금 당장 글을 쓰고 있는 내 머리 위에도, 그리고 이 글을 여차저차해서 보고 있을 사람들의 머리 위에도, 아주 묵직하게 얹어져 있기 때문이다. 그 누구도 삶의 무게를 짊어지지 않은 사람은 없기 때문이다.

이 수레바퀴의 시작

그런 수레바퀴를 보면서 나는 정말 여러 가지로 생각했다. 다들 정말, 저런 수레바퀴를 머리 위에 얹고서도, 정말 악착같이, 어찌 보면 정말로 처절할 정도로 열심히 살고 있구나 하면서도 동시에 대체 왜, 우리는 이런 수레바퀴의 무게에 짓눌려서 살아가야만 하는 것인가, 하는, 어떻게 보면 정말 고등학생이 진지하

286

게 할 만한 생각이라고는 생각되지 않는, 이른바 삶에 대한 고찰 또한 하게 되었다. 하지만 그중에서도 내게 가장 큰 생각의 씨앗을 심어 준 것은, 대체 무엇이 이 수레바퀴들을 자꾸만 쌓아, 매일매일 한 명의 한스 기벤라트를 만들어 깔아뭉개는가, 라는 문제였다. 인터넷 검색 포털에 자살이라고 검색해 본 적, 아마 없을 것이다. 나 또한 이전에는 그런 적 단 한 번도 없었으나, 이번에 여러 가지 생각을 하게 되면서, 한번 검색해 보았는데, 정말로, 정말로 충격적이었다. 자살자 사진? 자살 선언? 그런 건 솔직히 까놓고 말하자면 그렇게 충격적이지는 않았다. 흩어진 사지 조각을 봐도 안쓰럽다 하고 넘길 뿐이었다. 그러나 내게 정말 충격을 준 것은 자살과 관련된 뉴스들이 작성된 날짜였다. 아니, 대체 하루 간격으로 각기 다른 뉴스들이 줄줄이 작성되어 있다니, 정말로, 계속 반복해서 말하는 것 같지만, 그만큼 충격이었다. 마치 한스 기벤라트가, 그 영혼이 조각조각 흩어져, 이곳에 다시 뿌려진 게 아닌가 싶을 정도였다. 그런 충격 속에서 겨우 헤어 나온 후, 잠시 몸을 축 늘어뜨린 채, 생각해 보았다. 대체 이런 끔찍한 광경이, 왜 생겨난 것인가. 대체 무엇이 자꾸만 저들의 머리 위에 수레바퀴를 얹어, 저들을 짓눌러 죽여버렸단 말인가. 이 수레바퀴의 출처에 대한 고민을 하기 시작한 것이다. 사실 그 수레바퀴의 출처는, 다들 생각하고 있는 그게 맞다. 무슨 인심 좋은 시골 아줌마처럼―물론 얹어 주는 게 맛있는 반찬이 아니라 망할 수레바퀴이긴 하지만—계속해서 삶의 무게를 얹어 주는 것. 가족? 친구? 스승? 글쎄, 모두가 잔혹한 가족을, 잔혹한 친구를, 잔혹한 스승들 데리고 사는 것은 아니지 않으니, 총체적으로 보자면, 이 수레바퀴의 출처는, 이 모든 사회가 아닌가 싶다. 한 사람에게 너무 많은 수레바퀴를 얹을 수 있는, 또 그것을 계속해서 반복할 수 있는 것은 오로지 그것뿐일 것이다.

수레바퀴는 아직도 무겁다

또 사회 비판 이야기다, 하면서 정말 진저리를 칠 수도 있으나, 그만큼이나 사회 이야기를 하는 것은, 정말로 이 사회가 문제가 많아서라는 점을 잘 알아주었으면 한다. 수만 가지 문제가 있시만, 지금 글을 쓰고 있는 내가 학생이기에, 그리고 당장 눈앞에 입시를 앞두고 있는 고등학생이기 때문에, 이 문제가 가장 눈에 띄었다. 《수레바퀴 아래서》 속 한스의 아버지나, 다른 어른들은 한스에게 이렇게 말한다. "수리공 '같은 것들'이나 되지 말고, 목사가 되어 쨍한 앞길을 걸어가라!" 이런 뉘앙스로 말하는 부분을 볼 때, 난 참, '직업에 귀천은 없다'라는 말이 이토록이나 허망한 말이었나, 싶은 기분이 들었다. 그게, 저 모습은 우리 사회의 모습이기도 하지 않은가. 뉴스를 보면 청소부도, 공사장 인부도 다들 소중한 직업입니다! 하고 소리치고 있으나, 스크린에서 탈출해서, 밖으로 나와서 사람들 앞에서 나 청소부야, 나 공사장

인부야 하고 말하면, 어떨까? 와! 너 정말 소중한 직업을 가지고 있구나! 하고, 진심에서 우러나오는 미소로 자랑스럽게 여겨 줄까? 헛소리 말라 그래라. 다들 어, 그래 하면서 피식 웃고서는 지나갈 것이다. 한편, 어디 큰 병원 의사나, 변호사로 시작하는 '사' 자 돌림 직업들을 보자. 밖에서 나 의사 됐다! 나 변호사 됐다! 하고 말하면 다들 헉! 완전 대단해! 하면서 존경 반, 시샘 반의 눈길로, 물개처럼 바쁘게 손을 움직이면서 찬사를 멈추지 않을 것이다. 이처럼 우리 사회는 아직도, 언어 그대로 구시대적인 직업에 대한 차별이 존재하고 있는 것이다. 이 차별은 비단 직업의 높낮이를 정하는 데에서 끝나지 않는다. 문제는 이것이 곧 '낮은 직업은, 천한 직업은 가져선 안 된다' '꼭 좋은, 귀족 직업이 되어야만 인생을 살아 나갈 수 있다'라는, 무슨 헛소리인지 모를 논리로 이어진다는 것이다. 실제로 중·고등학교 수업 과정을 보면, 과거에 비해서 계속해서 그 양이, 그 난이도가 비약적으로 높아지고 있다. 그것뿐인가, 학원, 강의, 과외 등 수만 가지 핑계를 덧씌우면서, 학생들의 휴식 시간은 무슨 화장실 휴지처럼 미친 듯이 줄어들고 있다. 실제로 내 친구들만 봐도 막 11시에 집에 와서 2시까지 강의 듣고 한 두세 시간 자고 다시 학교 가고 하는 친구들도 있다. 나는 이 광경을 보면, 직업에 제멋대로 귀천을 정하고 또 그거에 악착같이 맞춰서 살아가고자—마치 목사가 아니면 안 돼! 하고 외치는 아버지의 등살에 떠밀려 살아가던 한스처럼—

289

하는 모습을 보고 있자면, 이게 대체 무슨 쌩쑈 하는 건지 모르겠다는 생각이 든다. 결국, 그 모든 것들이 마치 시계 장치 속 톱니바퀴처럼, 서로서로가 맞춰 돌아가는 것임에도 불구하고, 자기들 멋대로 뭐는 필요 없다고 빼고, 뭐는 아주 중요하다고 키우고 있는 꼴이 아닌가. 그런 시계가 퍽이나 잘 돌아가겠다. 뚜둑뚜둑 뜯어지는 소리를 내다가 결국 망가지겠지. 지금의 우리 사회가 딱 그런 모습이라고 생각한다.

수레바퀴를 버텨라

그래서 이런 한스들이 자꾸만 공장처럼 찍혀 나오는 것이 아닌가 싶다. 자꾸만 망가져가는 사회 속에서 튕겨져 나온 조각들이, 수레바퀴가 되어 우리들 위에 얹어지기에, 많은 사람들이 그 무게를 버티지 못하고 깔려 나가는 것이 아닌가 싶다. 그렇다면, 이런 한스 기벤라트들이 더 이상 배출되지 않도록, 이 많은 사람들이 자신의 머리 위에 얹힌 수레바퀴에 더 이상 깔려 나가지 않도록 하기 위해선 어떤 것이 바뀌어야 할까? 이 모든 것이 과거로 되돌아가야 하는가? 아니면 좀 더 다른 교육 방법을 실시해야 하는가? 이도 저도 아니면 그냥 다 때려 부수고 모든 것을 다시 시작해야만 하는가? 까놓고 말해서 저 방법들 모두, 면봉 끄트머리에 달린 솜으로 바다를 흡수하라는 이야기만큼이나 비현실적인 방법이다. 하나하나 읊어 보자. 모든 것이 과거로 되돌아가면 어떨까? 착각하지 마라. 지금 우리가 살고 있는 현재는, 과거에는 미래였던 시간이다. 과거로 돌아가도 결국 제자리걸음을 하게 될 뿐이라는 것이다. 좀 더 다른 교육 방법을 실시한다? 글쎄, 지금까지 학생들을 실험체 삼아 몇 번이고 바꿔 보았으나, 그닥 만족할 만한 결과를 얻은 적이 있는가, 라고 물으면 다들 입을 모아 '아니요!'라고 대답할 것이다. 아니면 다 때려 부순다? 이 사회가 우리가 때려 부수자 해서 부서지는 존재였다면, 그만큼 환상적인 이상향이 없을 텐데 말이다. 정말로 바꾸어야 하는 것은, '나 하나'의 생각이다. 우리들의 생각이라 할 줄 알았는가? 하, 솔직히 모둠활동 하면서도 한 명 의견 꺾기가 그렇게 힘든데, 선생님들은 더욱 잘 아시겠지만, 교실에서 떠드는 애 한 명 조용히 공부하게 만들기가 정말 그렇게 죽어라 힘들 수가 없는데, 하물며 5천 만의 생각을 바꾼다니. 위에서 이야기하지 않은 이유는 이게 제일 얼빠지는 소리라서이다. 그러나, 나 하나의 생각을 바꾸는 것은 어떤가? 물론 이것도 힘들다. 왜, 쉬울 줄 알았는가? 한 사람이 길든, 짧든, 한 일생을 살아가면서 쌓아 온 그 사람만의 생각은 상상 이상으로 견고하다. 하지만 말이다, 바꿀 수만 있다면 어떨까? 만일 한스가, 조종당하는 처절한 인형처럼 살아가는 것이 아니라, 그 마음속에, 작게나마, 저항의 의지를 불태울 수 있었다면, 조종당하는 인형보다는, 실을 끊고 저항하는 인형이, 좀 더 많은 무게를 버틸 수 있기에, 어쩌면 좀 더 커 있는 한스

291

의 모습을 우리도 볼 수 있었을지도 모르겠다는 생각이 든다. 나도, 우리 한 명 한 명도 마찬가지라는 말이다. 이렇게 써 놓으니, 마치 나른 사람 다 내팽개치고 나만 버티면 된다고 말하는 것 같은데, 결코 그렇지는 않다. 나만 살면 뭐하겠나, 2인용 보드게임 한 판 못 하는 미친 듯이 심심한 세계일 텐데. 좀 더 정정하자면, '나 하나' 생각을 바꾸어, '나부터' 버텨 나가야 한다는 것이다. 스스로 버텨서, 설령 수레바퀴가 너무 무거워서, 무릎이 풀려 땅바닥에 쓰러진다고 해도, 두 팔로 기어서라도 버텨서, 저항해서, 계속 기어 나가다 보면, 그 언젠가에는 알 수 있을 것이다. 수레바퀴가, 어느 틈새에 가벼워져 있다는 것을. 그때가 되면, 잠시 뒤를 돌아보면 된다. 우리 한 명 한 명이 기어 왔던 길을, 수많은 후발 주자들이, 어쩌면 우리가 메고 왔던 수레바퀴보다 더 큰, 비교할 수 없는 수레바퀴를 메고 오고 있는 것을 볼 수 있을 것이다. 그럼 이제, 그들의 앞에 서 있는 우리들이 해야 할 일이 무엇인지는, 분명히 알 수 있을 것이다.

언젠가 수레바퀴 없이도

이렇게 글을 적고 있으니, 옆에서 누군가 물었다. 대체 왜 그렇게까지 해서 이 사회를 바꾸어야 하냐고, 솔직히 자기 수레바퀴 끌고 가기도 바쁜데, 군이 도와줄 것까지 생각해야 하냐고. 이런 생각을 하는 사람은 분명히 집 앞에 지하철역 생긴다 하면 그냥 귀찮다고 반대할 사람이다. 물론 내가 살아가기도, 내 수레바퀴 끌고 다니기도 힘든 것이 사실이다. 그래서 한스가 결국은 깔려 버렸고, 그래서 많은 학생들이, 그래서 많은 사람들이 깔려 나가고, 괴로워하고 있다. 지금 이 시간까지 글을 쓰고 있는 나도, 솔직히 말하자면 진짜 괴롭다. 그렇지만 말이다. 그렇다고 해서 다른 사람들을 전부 무시하고 정말로 나 혼자 살겠다고 하면, 그래서 정말로 나 혼자 살면 어떨까? 어느샌가, 내 뒤에 그 누구도 오지 않는, 회색빛 사막만 막연히 펼쳐져 있는 모습을 본다면, 과연 그걸 산다고 할 수 있을까? 글쎄, 적어도 2인용, 4인용 보드게임 하나 정도 느긋하게 즐길 수 있지 않는 이상 산다고 말하기는 힘들 것 같다. 하지만, 만일 우리가 언젠가 가벼워진 내 수레바퀴 위에, 다른 누군가의 수레바퀴를 얹은 채로 계속해서 나아갈 수 있다면, 그렇게 해서 정말 먼 미래겠지만, 정말로 멀리 있는 미래이겠지만, 언젠가는, 내 뒤에 오는 사람들이, 기어 오지 않고, 두 발로 걸어오는 모습을, 나아가 우리 모두가 수레바퀴 아래에서도 굳게 서 있는 모습을 볼 수 있지는 않을까? 물론 지금은 나부터 버티겠다는, 지극히 이기적인 마음이 거의 대부분을 차지하고 있는 것이, 숨길 수 없는 사실이겠지만, 언젠가는 그런 모습을 볼 수 있지 않을까―막연한 생각 또한 조금씩이나마 해 보고 있다.

잊지 않을 수 있다

우리 사회는 정말로 아직도 삐그덕삐그덕 크게 소리를 내고 있다. 빈 수레가 요란하다는 말을 아주 잘 증명해 주고 있는 사례처럼 말이다.

하지만, 냄새도 계속 맡고 있으면 적응이 되어버리고, 큰 소리도 계속해서 듣다 보면 익숙해져버리는 것처럼, 지금의 사회도 그렇다. 뒤 세대로 넘어가면 넘어갈수록, 점점 더 이 망가진 사회에, 그리고 그 사회 때문에 짊어지는 이 수레바퀴에 적응해버리고 있는 것이다. 나 또한 그렇기에, 이번에 《수레바퀴 아래서》를 읽고서, 이렇게 긴 글을 쓰고자 준비를 하지 않았더라면, 아 뭐 그냥 그렇겠지, 하는 안일한 생각으로 또 넘어갔을 것이다. 그리고 실제로 우리 대부분의 학생들이, 나아가 대부분의 사람들이, 이 사실에 적응해버린 것도 사실이다. 그렇기에 이 글을 줄줄이 늘어놓으면서, 특히나 '나 하나'의 생각부터 바뀌어야 한다는 부분을 쓸 때, 지금 나는 이렇게 쓰고 있지만, 사실 나도 내일에 다다르면, 이 모든 걸 그저 한여름 밤의 꿈처럼 잊은 채로, 삐그덕삐그덕 소리에 다시 익숙해진 채로, 수레바퀴를 짊어지고 조종당하는 인형처럼, 맹목적으로 무언가를 따라가는 삶을 또다시 살게 되는 건 아닐까, 했다. 정말로, 두려웠다. 하지만 이렇게 글을 다 써 내려가고 난 뒤에 뻣뻣이 굳어버린 내 목을 좀 풀어 주고자 목을 뒤로 젖히면서, 생각했다. 이번엔 결코 잊지 않을 수 있을 것 같다고. 왜냐하면 이번에 쓰게 된 글은, 쓰면서도 계속 생각을 거듭하고, 생각을 고치고, 정리하고, 다시 고치고 정리하기를 반복하며 써 나갔기에, 예전에 썼던 글들처럼, 그저 넘기기만 하는 글이 아니라고 자신할 수 있기 때문에, 그리고 또 그 글속에, 내가 이번 책《수레바퀴 아래서》를 읽으며 생각한 내용들을, 마치 타임캡슐 속에 자신의 소중한 기록이나 물건을 담아 보관한 것처럼 담아 두었기 때문이다.

긴 글 쓰기를 마치며

장장 7시간가량의 시간. 앉아서 글을 쓰는 데 걸린 시간이다. 하지만 결코 이 7시간이 아무 의미 없는, 단순한 수행평가 채우기에 그친다고 생각하지는 않는다. 이번에 채워진 것은 뭐랄까, '수레바퀴'를 'A는 B이다' 하고 할 수 없었던 것처럼, 정확히 정의할 수는 없겠으나, 내 안의 어딘가에 존재하는 무언가─'사람의 의지'가 아닐까 싶다. 뭐랄까, 정말로 이렇게 길고 긴 글을, 글자로 빼곡히 채워 넣은 모습을 보고 있자니, 마치 이 글자들이 모여, 또 다른 하나의 팔이 되어, 내 수레바퀴를 좀 더 가볍게 만들어 준 것만 같다. 하지만, 여기서 멈추지는 않을 것이다. 지금의 이 길고 긴, 말하자면 하나의 모험이, 내 수레바퀴의 무게를 덜어주는 하나의 요소가 되었듯이, 앞으로도 나는, 수레바퀴를 악착같이 버텨서, 조금씩 조금씩이라도 그 무게를 줄여 나가, 언젠가

허리를 펴고 설 수 있는 순간이 올 때까지, 깔리지 않고, 버텨 나
갈 것이다. 수레바퀴 아래서, 나는 그렇게 생각했다.

진리를 찾는 사람들

헤르만 헤세 《데미안》

정승민

세상에 절대적인 진리가 있을까? 과연 무엇이 진리일까? 나는 무엇을 추구하며 살아야 할까? 본능적으로 이 물음들에 대해 끊임없이 고뇌하며 때로는 상실감에 젖고, 때로는 사랑에 빠진 소년 싱클레어의 이야기는 특유의 문체로 덤덤하게 다가오면서도 격동적이다. 숨 막히게 달리며 읽어 온 까닭은 아마 내 마음속 깊은 곳에 싱클레어가 겪은 폭풍이 잠재되어 있는 것이겠지, 하고 생각한다.

두 개의 세계

"새는 알에서 나오려고 투쟁한다. 알은 세계이다. 태어나려는 자는 하나의 세계를 깨뜨려야 한다. 새는 신에게로 날아간다. 신의 이름은 아브락사스." 이 이야기를 한 문장으로 요약하라고 한다면 위 구절을 말하고 싶다. 새는 싱클레어이고 깨뜨려야 할 세계를 알이라고 표현함으로써 싱클레어 혹은 우리 모두는 아직 태어나지 않았다, 존재하면서도 존재하지 않는다는 의미를 내비친다. 닭은 병아리가 스스로 껍질을 깨고 나올 때까지 조용히 지켜본다고 했던가. 데미안 역시 싱클레어가 스스로 자신에게 이르는 길을 걸어가는 것을 이끌어 주면서도 조용히 기다려 주었다. 아브락사스는 신적인 것과 악마적인 것을 결합시키는 상징적 과제를 지닌 어떤 신성의 이름…….

아브락사스에 대해 조금 더 깊이 분석하자면 현 종교와 세상이 긋는 선과 악이라는 이분법적 틀을 초월한 이름으로 풀이된다. "우리는 아마도 우리가 존경하는 신 하나를 가지고 있겠지만, 그는 함부로 갈라놓은 세계의 절반만 나타내는 거야. 우리는 모든 것을 존경하고 성스럽게 간직해야 한다고 생각해. 인위적으로 분리시킨 이 공식적인 절반뿐만 아니라 세계 전체를 말이야! 그러니까 우리는 신에 대한 예배와 더불어 악마 예배도 가져야 해." 이 구절이 인상 깊었다. 이 세계와 우리는 악으로도 이루어져 있는데 극단적으로 선만을 강요하는 종교가 우리들 자신에게로 이르는 길을 걷는 것을 방해하는 것이다. 아름답고 드높은 것, 고귀함과 같은 것만 보여 주며 우리의 눈을 가리고 나아가 생각을 옭아매고 있는 것이다.

저지르지도 않은 도둑질을 떠벌리는 어리석은 행동으로, 나쁜 친구 크로머에게 약점을 잡혀 괴롭힘을 당하는 경험으로 유년의 행복에 그어지는 첫 균열을 느끼게 된다. 아버지의 집이라는 밝은 세계 한가운데서 다른 '어두운 세계', 집안의 정돈된 평화 한가운데서 경험하는 최초의 어두운 세계의 고통스러운 체험으로부터 싱클레어의 '두 세계'에 관한 인식이 시작된다. '밝은 세계'의 다른 이름은 사랑과 엄격함, 모범과 학교이다. 그 세계에 속하는 것은 온화한 광채, 맑음과 깨끗함, 부드럽고 다정한 이야기들, 깨끗이 닦은 손, 청결한 옷, 좋은 관습, 찬송가, 의무와 책임, 양심의 가책과 고해, 용서와 선한 원칙들, 사랑과 존중, 성경 말씀과 지혜 등이다. 인생이 맑고 깨끗하고, 아름답고 정돈되어 있으려면 그 세계를 향해 있어야만 한다고 싱클레어는 생각했다. 하지만 이러한 '밝은 세계'에 속한 것들은 유년의 맑고 밝은 세계와 그를 나누며, 진정한 인간이 되는 길에서 투쟁하여 벗어나야 할 것들이다.

크로머라는 작은 악으로부터 싱클레어를 구해 주기는 했지만 데미안은 그에게는 알고 싶지 않은 갈등 상황, '또 하나의 악하고 나쁜 세계와 나를 묶어 주는 유혹자'였다. 자기 자신에게로 인도하는 어려운 길 대신 편하고 쉬운 길을 가고 싶어 하는 갈등이 시작된다. 예전의 낙원 같은 유년의 세계에 안주하고 싶은 것이다. 하지만 '두 세계'를 향해 감겨진 눈을 뜬 이상 그는 결코 편안한 마음으로 '밝은 세계'의 안락함에 기댈 수는 없는 것이었다.

지금 우리 사회도 알에서 나오기 위해 투쟁하고 있다고 생각한다. 4·19 혁명, 5·18 광주 민주화 운동, 6월 민주항쟁 등 그 옛날 시민들이 민주주의를 지켜 냈듯 온 국민이 촛불로서 일어나 민주주의 수호를 외친 것이 바로 투쟁의 과정이었고 이 사회를 가두고 있던 하나의 알껍데기를 깨부수고 나온 것이다. 물론 앞으로 깨부수고 나가야 할 껍데기들이 많다. 대표적으로 노동자의 권리 문제가 있다. 유일하게 노동자를 대변하는 정치인들이 적은 지지를 받는 것, 강성 노조의 횡포와 같은 헛소리가 난무하는 것, 비정규직 종사자들이 정당한 대우를 받지 못하는 것과 같은 침울한 현실을 보며 나도 해외로 나가 살고 싶다는 생각을 했었다. 하지만 작은 움직임이 모여 큰 변화를 일으킨다는 것을 깨달았다. 현실로부터 도피하면 또 다른 난관에 부딪혔을 때 역시 도망밖에 선택할 수 없다. 무조건 도피할 생각보다는 세상을 바꿀 생각을 해야 한다고 느꼈다. 인권 감수성의 신장 역시 같은 맥락이라 느낀다. '허용된 세계'에서만 살다가 또 다른 세계에 눈을 뜨는 사람들이 점점 늘어나고 있는 것이다. 이렇게 변화는 더디지만 반드시 찾아온다고 생각한다.

카인의 표식

나는 무교에 가까운 상태이기 때문에 이러한 종교적 이야기들, 상징적 이야기들에 대한 지식이 거의 없어 깊이 있는 이해가 어려운 부분이 조금 있었다. 그러한 지식을 단편적으로나마 살펴보았다. 하느님이 에덴동산의 아담과 하와에게 모든 생명의 나무를 허용하며 선악과만은 따 먹지 말라 당부해 놓고 이 둘에게 자유의지를 부여한 뒤, 선악과를 따 먹은 둘을 영생의 땅에서 내쫓고 아담의 씨앗들에게도 그 죄, 원죄를 새긴 것은 정말 어이가 없다. 그럴 거면 자유의지는 왜 준 것이며 선악을 분별하는 능력을 왜 갖지 못하게 하는 걸까? 그것은 아담을 잘 부려 먹기 위해서가 아닌가 하고 생각한다. 이제 인간들이 선과 악을 알게 되었으니 하느님이 편리를 위해 선만을 세뇌시키는 것이 아닌가 하고 생각한다. 또한 여기서 말하는 악은 교리가 멋대로 규정한 것이라 느꼈다.

　이 세상의 절반의 존재가 부정당하며 숨겨지고 있다. 성경에서 말하는 7대 죄악이란 것을 살펴보니 분노, 나태, 성욕, 식탐 등이 있다. 분노할 줄 모르면 권리를 찾을 수 없고 정의를 위해 싸울 수도 없다. 또한 우리는 나태해지는 시간도 필요하다고 생각한다. 사실 부지런함, 바쁨의 이면에는 피폐함도 있지 않은가. 신을 모든 생명의 아버지라고 하면서 생명의 근원인 성생활을 악마의 짓, 죄악 등으로 치부하는 것도 모순이라고 생각한다. 먹기 위해 산다는 사람도 있을 정도로 먹는 것은 너무 즐거운 일이다. 나는 절제하고 있지만 사실 먹는 것을 좋아한다. 종교가 통치의 도구로 사용되었던 전적이 있는 점을 고려하면 지배자의 이해 타산적 사상도 어느 정도 반영되어 있는 것이 아닌가 하고 생각한다.

"성욕, 식탐이 없어야 하고 분노와 나태는 나쁘다. 착하게 부지런히 일해라!"

이런 것으로 이해가 된다.

아담과 하와의 맏아들이면서 야훼가 자신이 바친 제물은 받지 않고 동생 아벨이 바친 제물은 받자 동생을 질투하여 죽였다는 카인(야훼가 누군지는 자세히 모르겠다). 자비로운 하느님이 사람들이 카인을 죽이지 못하도록 표식을 찍었다고 한다. 낙인찍힌 악인, 카인을 남달리 뛰어난 사람으로 보는 데미안의 해석은 주입된 모든 규범에 대한 다른 시각을 열어 준다.

주입식으로 가르쳐지는 성경의 내용에 대해 독특하면서도 금기시된 다른 해석을 한 데미안이 놀랍다. 카인이 남달리 뛰어난 사람이라 사람들이 그를 두려워해서 표식을 찍었다고 해석한다면, 사람들이 그를 두려워한 이유는? 바로 그가 '허용된 세계'에서는 저지르면 안 되는 악을 행했기 때문이다. 아벨을 죽였다는 것은 영웅적 행위일 수도 있고 아닐 수도 있다. 그저 '허용된 세계'에 균열을 불러온 상징쯤으로 생각하면 되겠다. 용기와 나름의 개성이 있는 사람들이 돌아다니는 것은 다른 사람들에게 불편한 일이었고, 그의 후손들도 일종의 '표식'을 지녔으며 대부분의 사람들과는 달랐다는 것이 데미안의 해석이다. 카인의 표식은 '허용된 세계'를 깨부수고 나오려는 자들의 표식이 아닐까? 그렇기에 데미안과 싱클레어 그리고 진리를 찾는 사람들이 지닌 표식…… 아브락사스를 숭배하는, 자신들만의 삶을 사는 사람의 표식이라 보면 될 듯하다. 대부분의 사람들이 안주하고 싶은 '밝은 세계'에 위협적인 '개성 있는' 사람들의 원래 모습인 우월함을 부정하고 악으로서의 이야기를 달아 놓은 것이다.

'허용된 세계'에 안주하고 싶은 이들은 언제나 변화를 이끌어오는 '개성 있는' 사람들의 표식을 악의 표식으로 왜곡해 왔다고 느꼈다. 민주화 운동, 혁명, 민중 집회를 이끈 사람들이 이제서야 제대로 세상에 알려지고 업적을 인정받기 시작한 것도 그 때문이라 생각한다.

영상(image)을 사랑하다

슬픔과 절망에 젖은 채 작은 타락을 경험하는 도시 생활을 하다 우연히 본 소녀 '베아트리체'가 아름다움과 정신성, 정결함에의 동경을 일깨우는 이상상으로 자리 잡는다. 그 이후 싱클레어가 그려 내는 영상은, "절반은 남자고 절반은 여자, 나이가 없고, 의지가 굳세면서도 몽상적이며, 굳어 있으면서도 남모르게 생명력 있어" 보이는 얼굴, "데미안의 얼굴, 나의 삶을 결정한 것, 나의 내면, 나의 운명 혹은 내 속에 내재하는 수호신, 친구의 모습,

애인의 모습, 운명의 모습"으로 확대된다. 데미안이 그렸던 자기 집 현관문 위의 마모된 문장에 그려진 새의 모습과 결합된다. "몸 절반은 어두운 지구 땅덩이 속에 박혀 있는데, 커다란 알에서부터인 듯 땅덩이에서 나오려고 푸른 하늘 바탕 위에서 애쓰고 있는" 날카로운 매의 머리를 가진 노란빛 맹금의 모습과 결합된다. 껍질을 깨고 나오려는 한 시절의 방황과 고투가 하나의 상징에 담겨 있다.

마모된 문장의 새 그림을 데미안에게 보내고 뜻밖의 답장 "새는 알에서 나오려고 투쟁한다. 알은 세계이다. 태어나려는 자는 하나의 세계를 깨뜨려야 한다. 새는 신에게로 날아간다. 신의 이름은 아브락사스"를 받는 장면은 마치 뮤지컬의 한 장면 같았다. 뮤지컬에서 인물들이 서로 짜고 친 듯이 춤과 노래로써 극 전개를 하는 것처럼 데미안과 싱클레어는 마모된 새 문장에 대해서 깊은 이야기를 나눈 적은 없는데도 서로가 서로의 메시지를 이해하는 것 때문이다.

베아트리체에게서 이러한 몽환적인 영상을 떠올린 데에는 아마 그녀가 외관상 데미안을 닮은 것이 아닌가 하고 생각한다. 부모님의 그늘로 회귀하려던 마지막 시도가 실패한 후 데미안마저 떠나고 공허와 고립감, 쓸쓸함에 빠져 있던 싱클레어에게 찾아온 요행, 즉 또 하나의 각성의 순간이다. 만약 베아트리체가 우연히 데미안과 닮지 않았다면 싱클레어는 헤어 나올 수 없는 타락에 빠져들지 않았을까 하고 생각하며, 나는 안도의 한숨을 내쉬었다.—싱클레어의 또 다른 데미안이 된 기분이다.—이렇듯 그 꿈의 영상을 사랑하는 모습에서 불교에서 말하는 번뇌의 더러움을 띤 사랑과 번뇌의 더러움을 띠지 않는 사랑 중 번뇌의 더러움을 띠지 않는 사랑이 떠오르기도 했다. 물질적인 것을 사랑하는 것이 아닌 정신적 가치를 사랑하는 것이라 그렇게 생각했다. 그렇다고 해서 에로스적 사랑이 꼭 번뇌의 더러움을 띤 사랑이라 생각하는 것은 아니다.

우리 지금 철학을 좀 해 봅시다

우연이란 존재하지 않고 무엇인가를 절실하게 필요로 하는 사람이 자신에게 정말로 필요한 것을 찾아내면, 그것은 그에게 주어진 우연이 아니라 그 자신이, 그 자신의 욕구와 필요가 그를 거기로 인도한 것이라는 구절도 괜찮았다. 데미안이 상대를 자신이 원하는 대로 행동하도록 기를 모아서 마음을 쓰는 것과 맞닿아 있다. 정말인지는 모르겠지만 절실히 원할 때 분자들이 시공간을 초월하여 마치 우연인 것처럼 이루어지게 하는 것이 아닐까 하고 생각한다. 사실 우주의 끝이 있는지, 우주 밖에는 무엇이 있는지, 우주 이전에는 무엇이 있었는지를 모르니까 우주를 움직이는 거대하고 신비한 존재가 필연을 만들어 내는 게 아닌가 하고 생각할 수도 있다.

필연에 의해 함께한 피스토리우스의 서재 벽난로 앞에서 나도 배를 깔고 누워 철학을 해 보고 싶은 생각이 들었다. 몸도 따뜻하고 소용하니 베개 하나만 갖다 놓으면 그대로 잠이 들지도 모르지만 말이다. 피스토리우스의 철학의 정의가 굉장히 웃겼다. "우리 지금 철학을 좀 해 봅시다. 철학한다는 건 '아가리 닥치고 배 깔고 엎드려 생각하기'라오." 번역자가 최대한 원문의 느낌을 살리기 위해 과감한 단어를 선택한 듯하다. 엎드려 누워서 서로 아무 말 없이 조용히 불을 응시하는 것이 철학이라니 피식 웃음이 나면서도 그런대로 이해가 되었다. 자신의 내면으로의 접속과 외부의 방해 없이 최대한 사고와 의식의 흐름에 집중하는 것이니까 말이다.

"나한테 이야기했었지. 음악을 사랑하는 건, 음악이 도덕적이지 않기 때문이라고. 나야 아무래도 괜찮은 일이지. 하지만 자네 자신이 바로 도덕주의자가 아니기도 해야지! 자신을 남들과 비교해서는 안 돼, 자연이 자네를 박쥐로 만들어 놓았다면, 자신을 타조로 만들려고 해서는 안 돼, 더러 자신을 특별하다고 생각하고, 대부분의 사람들과는 다른 길을 가고 있다고 자신을 나무라지. 그런 나무람을 그만두어야 하네. (중략) 이봐, 싱클레어, 우리의 신은 아브락사스야. 그런데 그는 신이면서 또 사탄이지. 그 안에 환한 세계와 어두운 세계를 가지고 있어. 아브락사스는 자네 생각 그 어느 것에도, 자네 꿈 그 어느 것에도 이의를 제기하지 않아. 결코 잊지 말게."

피스토리우스도 자신만의 삶을 개척해 나가며 자신에게 이르는 길을 걷고 있음을 알 수 있었다. 동시에 조금 혼란스러워 이 말을 곱씹어 보았다. '밝은 세계'로부터의 각성, 인식의 확대 등을 이야기해 오면서도 막상 도덕주의자가 아니어야 한다는 말에 잠깐 주춤한 것이다. 여기서 말하는 도덕은 인류의 보편적 도덕 가치를 제외한, 강요되는 도덕, 다른 절반의 세계를 부정하는 도덕으로 해석했다.

나도 주입되는 도덕, 강요되는 도덕에 얽매여 자신의 존재의 일부를 부정했었다. 돈에 대한 욕구를 가져서는 안 된다는 내적 갈등 말이다. 그래서 진로심리검사 같은 것을 할 때도 추구하는 가치를 답변하는 데에 있어서 나의 진심과는 다르게 답변하곤 했었다. 나의 진심이 아닌 걸 알면서도 애써 불편한 감정을 억누르곤 했다. 미래에 어떤 사회가 도래할지는 모르겠지만 최소한 지금의 사회에서는 돈이 있어야 내가 먹고 싶은 걸 먹고 하고 싶은 걸 하며, 내가 가장 꾸고 싶은 꿈을 꿀 수 있을 수도 있다. 돈에 대해 원색적인 비난, 경멸 등은 옳지 않다고 생각하게 되었다. 그래서 지금은 진로심리검사를 할 때도 나의 진심을 담아 '금전적 보상' '보수'에 대해 중요함이라고 체크했다. 사람은 부지런해야 한다는 생각도 마찬가지이다. 지금은 사람에겐 나태해지는 시간도 필요하고 우리는 그것을 나태가 아닌 여유라고 불러야 한다고 생각한다. 이러한 생각들은 종교나 사회에 의해 악으로 규정되어서 그렇지 사실은 '악'이 아닐지도 모른다는 생각을 하게 되었다.

언젠가 나는 사형 제도에 대해 반대한 적이 있었다. 억울한 피해자가 생기는 문제는 차치하고 생명을 존중해야 한다고 하면서, 법이라는 손이 집행 버튼을 누른다 할지라도 결국은 인간이 인간을 죽이는 모순이 발생하기 때문이다. 한편으로는 이전에 논리의 근거로 삼았던 '생명을 존중해야 한다'는 명제가 흔들리는 경우도 있었다. 생명 존중 사상에 근거하여 법적으로, 종교적으로, 도덕적으로 반대당하는 자살과 안락사에 대해서, 오히려 자살과 안락사를 존중할 필요도 있다고 여기기 때문이다. 같은 고통이라도 개인에 따라 견딜 수 있는 정도가 다르다. 도저히 견딜 수 없는 극한의 심리적 혹은 육체적 고통에 직면한 사람에게 당신의 생명은 소중하니 참고 견디라고만 말하는 것 또한 생명을 존중하지 않는 것이라 생각한다. 정말 한 치의 망설임도 없이 단호하게 죽음을 원하는 사람에게는 편안하게 생을 마감할 기회도 줘야 한다고 생각한다.

이렇게 도덕이라는 것은 절대적이지 않고 시대와 그 사회의 변화에 따라 달라지는 것, 개인의 가치관에 따라 다른 것이라 생각한다. 옳음과 그름에 대해 서로 다른 생각을 가지고 있는 것은 당연한 것이다. 다른 개인과 사회의 도덕적 판단에 대해 절대 개

입할 수 없다는 것은 아니다. 단지 도덕이란 것이 상대적이고 같은 명제도 사람에 따라 다르게 해석할 수 있다는 것이다. 지금 마치 내가 피스토리우스와 모닥불 앞에서 "아가리 닥치고 배 깔고 엎드려 생각하기"를 한 듯한 기분이다.

스승으로 여기던 피스토리우스의 이상을 "골동품 냄새가 난다"며 날카롭게 지적한 싱클레어. 피스토리우스가 아브락사스를 숭배하는 것까진 좋았지만 현 종교에서와 같은 의미의 숭배가 아니어야 한다. 아브락사스는 신의 이름을 빌리고 있는 것뿐이지 신이 아니기 때문이다. 사제가 되어 새로운 종교를 알리는 꿈, 찬양, 사랑과 예배의 새로운 형식을 주고 새로운 상징들을 세우려는 꿈과 같은 그의 꿈들은 치명적 모순을 지니고 있었다. 새로운 신들을 원한다는 것, 세계에게 그 무엇인가를 주겠다는 것은 틀렸으며, 각성된 인간에게는 한 가지 의무 이외에는 아무런 의무가 없기 때문이다. 자기 자신을 찾고, 자신 속에서 확고해지는 것, 자신의 길을 앞으로 더듬어가는 것 말이다. 싱클레어에게 해 주었듯 인간이 그 자신에게로 이르도록 돕는 일이 참된 구도자의 모습이 아닌가 하고 생각한다.

피스토리우스가 "골동품 냄새나는" 아름답고 성스러운 비밀의식과 상징, 신화에 둘러싸여 있고 싶어 하는 자신의 약점을 알면서도 그 속에서 벗어나지 못하는 것이 가여웠다. 운명 앞에 서는 외로움에 대한 두려움을 지닌 것이다.

자기 자신에게 이르는 길

싱클레어는 마침내 자신이 그린 꿈의 영상의 현실의 모습을 찾아낸다. 바로 데미안의 어머니 에바 부인이다. 데미안을 다시 만나고 에바 부인 주변의 '자신의 길을 가는' 뛰어난 사람들도 만난다. 싱클레어는 이 뛰어난 사람들과 자신이 결코 세상으로부터 차단되어 사는 것이 아니라고 생각했다. 다만 다수의 사람들과 어떤 경계선에 의하여 갈라져 다른 벌판에 있는 것이 아니라 오로지 다르게 바라봄에 의하여 갈라져 있는 것이다.

총상을 입고 병상에 누워 있는 싱클레어에게 데미안이 에바 부인의 키스를 전해 준 것은 격한 감동을 불러일으킨다. 뜨거운 피를 흘리며 마지막 키스를 전한 데미안은 그 시점으로부터 더 이상 싱클레어의 곁에 있을 수 없다. 크로머에 맞서든 혹은 그 밖의 다른 일이든 뭐든 데미안이 필요한 순간이 와도 그가 달려올 수 없다. 하지만 싱클레어는 이제 안다. 완전히 자신 속 깊숙이 내려가면 이제 그와 완전히 닮은 자신의 모습을 볼 수 있다. 친구이자 자신의 인도자인 그와. 마지막에 데미안이 대문자 "그 Er"라고 표기됨으로써 신처럼 드높여져 있는 부분은 전율을 느끼게 한다. 싱클레어가 몹시도 고통스럽게 찾아낸 자아의 소중함이 나타나 있는 것이다. "내 속에서 솟아 나오려는 것. 바로 그것을 나는 살아 보려고 했다. 왜 그것이 그토록 어려웠을까." 이 소설이 격한 감동을 느끼게 하는 데에는 단순히 꾸며 낸 이야기가

310

아닌, 헤세가 직접 고통을 겪고 신음하며 만들어 낸 헤세의 이야기이기도 해서이다. 헤세는 정신병 치료를 받으며 극심한 고통을 겪다 꿈에서 데미안과 같은 인물들을 만나고 영감을 얻었다고 한다. 헤세가 그랬듯 다른 이들도 자기 자신에게 이르는 길을 걸을 수 있게 도와주기 위해 이 이야기를 쓴 것이 아닌가 생각한다. 자기 자신에게 이르는 길이란 것이 무엇인지 지금은 잘 모르겠다. 삶 자체가 그 과정이기 때문이다. 나는 훗날 인간이 될까 아니면 개미로 남게 될까. 이 책을 덮으며 느낀 이 엄숙하고 오묘한 감정을 잘 간직해야겠다.

세상의 크기, 나의 크기

비스와바 쉼보르스카 〈경이로움〉

최지환

경이로움

비스와바 쉼보르스카

무엇 때문에 그 누구도 아닌 바로 이 한 사람인 걸까요?

나머지 다른 이들 다 제쳐 두고 오직 이 사람인 이유는 무

엇일까요?

나 여기서 무얼 하고 있나요?

수많은 날들 가운데 하필이면 화요일에?

새들의 둥지가 아닌 사람의 집에서?

비늘이 아닌 피부로 숨을 쉬면서?

잎사귀가 아니라 얼굴의 거죽을 덮어쓰고서?

어째서 내 생은 단 한 번뿐인 걸까요?

무슨 이유로 바로 여기, 지구에 착륙한 걸까요? 이 작은 혹성에?

얼마나 오랜 시간 동안 나 여기에 없었던 걸까요?

모든 시간을 가로질러 왜 하필 지금일까요?

모든 수평선을 뛰어넘어 어째서 여기까지 왔을까요?

무엇 때문에 천인(天人)도 아니고, 강장 동물도 아니고, 해조류도 아닌 걸까요?

무슨 사연으로 단단한 뼈와 뜨거운 피를 가졌을까요?

나 자신을 나로 채운 것은 과연 무엇일까요?

왜 하필 어제도 아니고, 백 년 전도 아닌 바로 지금

왜 하필 옆자리도 아니고, 지구 반대편도 아닌 바로 이곳에 앉아서

어두운 구석을 뚫어지게 응시하며

영원히 끝나지 않을 독백을 읊조리고 있는 걸까요?

마치 고개를 빳빳이 세우고 으르렁대는 성난 강아지처럼.

아, 이 시는 '경이로움' 그 자체다. 아직 아는 것이 부족한 나지만 이 시가 말로 표현할 수 없는 거대한 무언가를 담고 있다는 것은 알 수 있다. 이 시를 배우며 선생님께서는 이러한 질문을 "빅 퀘스천"이라 한다고 가르쳐 주셨다. 실로 크나큰 물음이다. 나는

왜 나인가? 나는 왜 이 공간에 존재하는가? 나는 왜 인간인가? 인간은 왜 이런 모습인가?……. 인간은 지구를 정복이라도 한 듯이 행세를 하지만 실은 자기 자신조차 정복하지 못했다. 이 모든 물음에 답을 내릴 수조차 없는 게 인간이다. 그렇기에 우리 모두는 자신의 존재에 대해 끊임없이 물음을 던지면서도, 세상을 이끄는 이 거대한 흐름에 몸을 맡긴다. 이 거대한 흐름이 인간을 생각하는 존재로 만들었을까? 생각이 없었다면 인간은 존재할 수 있었을까?

시의 구성을 보자면, 이 시는 처음부터 끝까지 의문으로 가득하다. 이 시는 시인이 자기 자신에게 던지는 물음일 것이며, 그와 동시에 시를 읽는 우리 모두에게 전하는 물음이다. 시를 읽는 독자가 자기 자신만의 답을 찾아갈 수 있도록 하기 위해 시인은 시에 의문을 가득 담아낸 것이 아닐까. 또, 이 시가 주는 이미지는 '까마득하다'라고 밖에 말을 못 하겠다. 시를 한 줄, 한 줄 읽다 보면 머릿속의 이미지는 내 자신을 넘어, 이 세상을 넘어, 어쩌면 이 우주를 넘을 까마득한 어딘가에 닿을 것만 같다. '나'라는 존재를 그저 자기 성찰의 수준을 넘어 우주적 존재로 바라보게 만드는 이 시를 경이롭다는 말 말고 무엇으로 표현할 수 있을까.

사실 이런 물음들은 오래전부터 있어 왔다. 인간이란 존재의 본질에 대해, 인간의 행위의 목적에 대해, 이 세상에 대해 의문을 던지는 철학이라는 학문이 있지 않은가. 철학은 기원전부터 존재한, 어쩌면 지금의 인류를 만든 학문이다. 하지만 철학서를 대뜸 읽자면, 솔직히 이해하는 데 오랜 시간이 걸리고 쉽게 마음에 와닿기는 어려운 일이다. 그럼에도 불구하고 이 시는 읽자마자 '아!' 하고 오는 것이 있다. 심지어 시 속 질문은 철학적 질문 중에서도 정말 깊은 곳에 존재하는 질문이거늘, 그런 내용들을 이토록 간결하고 강렬하게 한 장의 종이에 담아냈다는 것! 참으로 위대한 시다.

누구나 그런 때가 있겠지만 나 역시 가끔씩 스스로에게 이런 질문을 하는 때가 있다. 아등바등 살아가다가도 나는 왜 나일까? 나는 왜 인간으로 태어났을까? 등을 생각하다 보면 문득 우울해지기 일쑤였는데, 이 시를 읽고 나니 내가 이런 의문을 스스로에게 던지는 것은 당연한 일이 아닐까 생각하게 된다. 그리고 주변에 모든 것들이 전부 신기하게 보이기 시작했다. 창밖의 나무, 살랑대는 바람, 한 장의 종이, 앉아 있는 나……. 전부 다 신비로운 일들인데 난 무엇을 이렇게도 지겨워할까. 세상에 이렇게 경이로운 일들이 가득한데……. 그래서 이 시의 제목은 '경이로움'일까? 한 편의 시가 이렇게 또 내 안에 쌓여간다.

뱃속은 아무리 많이 먹어도 한계가 있지만, 머릿속은 한없이 좁아질 수도, 한없이 넓어질 수도 있다. 이러한 내 존재는 얼마나 축복을 받았는가. 그렇다고 그 축복을 나만 받은 것도 아니고 이 세상 것들은 모두 제각각의 축복을 받았다. 그리 보면 이 세상에 하찮은 것은 단 하나도 없는 것이다. 선생님께선 "한 사람의 크기는 그가 던지는 질문의 크기에 있다"라고 하셨다. 그리 보면 이 시는 나의 크기를 너무나도 많이 키워 줬다. 얻은 것들이 정말 많다. 하지만 아직도 세상엔 모르는 것들이 너무나도 많다. 그 모든 것들에 의문을 품고, 언젠가는 더 크나큰 사람이 되고 싶다.

나의 깨달음
백석〈남신의주유동박시봉방〉

양예전

남신의주유동박시봉방
백석

어느 사이에 나는 아내도 없고, 또,
아내와 같이 살던 집도 없어지고,
그리고 살뜰한 부모며 동생들과도 멀리 떨어져서,
그 어느 바람 세인 쓸쓸한 거리 끝에 헤매이었다.
바로 날도 저물어서,
바람은 더욱 세게 불고, 추위는 점점 더해 오는데,
나는 어느 목수(木手)네 집 헌 삿을 깐,
한 방에 들어서 쥔을 붙이었다.

이리하여 나는 이 습내 나는 춤고, 누굿한 방에서,

낮이나 밤이나 나는 나 혼자도 너무 많은 것같이 생각하며,

딜옹배기에 북덕불이라도 담겨 오면,

이것을 안고 손을 쬐며 재 위에 뜻없이 글자를 쓰기도 하며,

또 문 밖에 나가지두 않구 자리에 누워서,

머리에 손깍지베개를 하고 굴기도 하면서,

나는 내 슬픔이며 어리석음이며를 소처럼 연하여 쌔김질하는 것이었다.

내 가슴이 꽉 메어 올 적이며,

내 눈에 뜨거운 것이 핑 괴일 적이며,

또 내 스스로 화끈 낯이 붉도록 부끄러울 적이며,

나는 내 슬픔과 어리석음에 눌리어 죽을 수밖에 없는 것을 느끼는 것이었다.

그러나 잠시 뒤에 나는 고개를 들어,

허연 문창을 바라보든가 또 눈을 떠서 높은 천정을 쳐다보는 것인데,

이때 나는 내 뜻이며 힘으로, 나를 이끌어가는 것이 힘든 일인 것을 생각하고,

이것들보다 더 크고, 높은 것이 있어서, 나를 마음대로 굴

려가는 것을 생각하는 것인데,

　이렇게 하여 여러 날이 지나는 동안에,

　내 어지러운 마음에는 슬픔이며, 한탄이며, 가라앉을 것
은 차츰 앙금이 되어 가라앉고,

　외로운 생각만이 드는 때쯤 해서는,

　더러 나줏손에 쌀랑쌀랑 싸락눈이 와서 문창을 치기도 하
는 때도 있는데,

　나는 이런 저녁에는 화로를 더욱 다가 끼며, 무릎을 꿇어
보며,

　어느 먼 산 뒷옆에 바우섶에 따로 외로이 서서,

　어두워 오는데 하이야니 눈을 맞을, 그 마른 잎새에는,

　쌀랑쌀랑 소리도 나며 눈을 맞을,

　그 드물다는 굳고 정한 갈매나무라는 나무를 생각하는 것
이었다.

　백석의 시는 '풀꽃' 같아서 '자세히 보지 않고 오래 보지 않으
면' 그저 어려운 시가 되어 질리게 하지만, 사투리의 뜻을 찾아보
고 백석의 삶, 백석의 시대 등을 알고 나면 '예쁘고 사랑스러운'
시가 되어 내 마음을 울린다. 이렇게 좋은 시들 중 〈남신의주유
동박시봉방〉에 대하여 말해 보고 싶다.

〈남신의주유동박시봉방〉의 화자는 어느 사이에 아내도 없고 집도 없어지고 부모와 동생들과도 멀리 떨어져서 어느 목수네 집 방에서 머물고 있다. 그 방에 머물면서 자신의 슬픔과 어리석음을 생각하며 힘들어하고 있다. 그러다 화자는 깨달음을 얻어 살아갈 용기를 얻게 된다. 이 화자가 얻은 깨달음은 '내 뜻보다 더 크고 높은 것'이 있어서 '내 뜻과 힘'으로 나를 이끌어가기보다 "크고, 높은 것"이 나를 마음대로 굴려가는 것임을 생각하자는 것이다. 여기서 백석은 "크고, 높은 것"이 뭐라고 명시하지는 않았지만 '운명''신' 또는 내가 태어난 이유 등으로 볼 수 있을 것이다. 나는 이 "크고, 높은 것"을 '운명'보다는 '신'으로 보고 싶다. '운명'도 어찌 보면 '신'이 그 사람에게 계획한 것을 사람이 표현한 단어이기 때문이다.

사실 나는 "크고, 높은 것"이 나를 굴려가는 것임을 어릴 때부터 들어 왔다. 어렸을 때부터 나는 교회에 다녔었고 교회에서는 내가 이 세상에 태어난 이유에는 하나님의 뜻하심이 있을 거라 하면서 그분을 위해 살아가라고 한다. 물론 나도 그렇게 생각한다. 그리고 늘 들었던 이야기는 나의 뜻대로 살지 말고 하나님의 뜻대로 살라는 말이었고, 나를 부인하는(버리는) 삶을 살라는 말이었다. 물론 지금까지 살면서(그렇게 오래 살지는 않았지만) 노력은 많이 해 봤지만 나를 부인하는 삶을 제대로 실천해 본 적은 없었다. 사실 그 삶이 쉬운 게 아닌 것 같다. 어쨌든 나는 "크고, 높은 것"이 있다는 진리를 별 어려움 없이 늘 들어서 그 진리의 가치를 잘 알지 못했다. 늘 엄마가 있기에 엄마의 소중함을 잊는 것처럼.

이 시를 배울 때 선생님이 말씀하신 "고통은 생을 탐구하라는 신호다"라는 말을 교회에서는 "고통은 다시 하나님께로 돌아오라는 신호다"라고 말한다. 어찌 보면 비슷한 말이다. 물론 교회를 다니지 않는다면 반박을 할 수도 있겠지만. 내가 생을 탐구해 보면서 나의 잘못과 내가 놓치고 있는 부분을 깨달았을 때, 대부분의 깨달음은 '나의 삶을 살았구나'이다. 백석의 표현을 빌리자면 "내 뜻이며 힘으로, 나를 이끌어가"고 있었구나이다. 늘 엄마가 내 옆에 혹은 집에 있기에 엄마의 소중함을 잊었을 때 고통은 엄마가 한순간 내 옆에서 없어지는 것이고 그 고통으로 인해 내가 잊었던 것, 엄마의 소중함을 다시 기억하게 해 준다. 고통은 이렇게 중요한 역할을 한다. 그래서 교회에서는 고통을 금이 되는 과정이라 비유한다(아, 교회에서는 고통을 고난이라고 많이 표현한다).

이는 나의 해석인데 교회에서는 고통을 금이 되는 과정이라 말한다고 했었는데 백석은 이 '금'(고난을 견뎌 낸 상태)을 "굳고 정한 갈매나무"라 표현한 것 같다. 왜냐하면 "굳고 정한 갈매나무"는 바위 옆에 외로이 서서, 어두워 오는데 하얀 눈을 맞고 있으면서도 '굳고 정하기 때문'이다. 종종 사람들은 고통받기가 힘들어 기도하기를 '이 고통을 피하게 해 주세요'라 한다. 그러면서도 '금이 되게 해 주세요' '굳고 정하게 해 주세요'라고 기도한다. 그러나 이는 이루어질 수 없다. 왜냐하면 굳고 정하게 되는 것도 금이 되는 것도 다 고통이 있기에 이루어지기 때문이다. 그래서 '하나님'은, 백석의 표현으로 "더 크고, 높은 것"은 고통을 준다.

사실 이렇게 말하는 나도 고통이 찾아오고 힘든 일이 있을 때면 '나한테 왜 이러냐'고 항의를 할 때가 한두 번이 아니다(물론 사람에게 그렇게 할 때도 있지만 그렇기보다는 그분에게…… 물론 하면 안 되겠지만). 늘 그 진리를 잊지 않으려 애를 쓰지만 늘 그렇듯이 쉽지는 않다. 그럼에도 불구하고 노력하고 시험을 즐기는 삶을 살기를 바란다. 그리고 그 시험 속에 윤동주, 백석 시인처럼 다른 많은 선배들처럼 깨달음을 얻어 한 단계 더 발전하는 내가 되었으면 좋겠다.

현대인의 삶을 대변한 시

칠십 명의 시인《순간을 읊조리다》

우지수

　시집 전체의 느낌은 흔히 '인스타나 페북에 올리기 좋은 시집'
이란 느낌이 들었다. 같은 색, 같은 크기로 된 글자로 시만 적혀
있는 시집과는 다르게 시 한 편마다 다른 색과 다른 크기, 다른
일러스트로 구성되어 있다. 그리고 짧은 문구로 되어 있는 게 대
부분이라 읽는 데 얼마 걸리지 않았고 지루한 느낌도 전혀 없었
다. 하지만 짧은 문장 하나에 예상치 못하게 훅 들어오는 문장도
있었고 많은 생각을 하게 하는 문장들도 있었다. 이 책은 현대인
들이 살아가면서 공감할 만한 내용이 많은 것 같다. 전체적으로
읽다 보면 현대인들의 삶에 대해 말하는 듯한 시가 많아서 속이
시원하기도 하고 한편으로는 슬픈 느낌도 들었다. 마음에 드는
시들이 많아서 고르는 게 힘들었다.

Sad Movie

오경화

어젯밤 울적한 일이 있어 울었다.
내가 간밤에 울었다고 해서
다음 날 아침, 세상이 멈추는 건 아니다.
세상은 나와 상관없이 잘도 돌아간다.

sad movie라도 보러 갈까.
엉엉 울어버리고 sad movie
때문이라고 말할까.

내가 간밤에 얼마나 슬펐고 그래서 얼마나 울었는지는 세상에 아무런 영향도 주지 않는다. 아무렇지 않다는 듯이 아침이 찾아오고 세상은 잘 돌아간다. 우리의 힘든 마음은 전혀 고려해 주지 않는다. 우리는 넓은 세상에 비해 너무도 작은 존재라는 생각이 들었다. 내 삶이 세상이 움직이는 시나리오대로 따르는 새드 영화처럼 느껴질지도 모른다. 어떻든지 간에 세상에 맞춰서 살아가야 한다. 이런 생각에 슬퍼지기도 했지만 한편으로는 이런 세상에 맞춰서 바쁘게 살아가다 보면 힘들었던 일들을 잊어버릴 수 있지 않을까? 하는 긍정적인 생각도 들었다.

삼십 세

최승자

이렇게 살 수도 없고 이렇게 죽을 수도 없을 때
서른 살은 온다.

(하략)

서른 살, 정말 먼 것 같지만 그렇지도 않다. 예전에는 고3도 되게 먼 나이처럼 느껴졌지만 어느새 내년에 고3이 된다. 서른 살도 그럴지 모른다. 서른 살이라는 나이는 외로운 나이라고 생각한다. 대부분 사회생활을 시작했을 나이이고 이제 부모님에게 의지하기가 어려운 나이라고 생각한다. 또한 학창 시절이 그리워지고 많던 친구들 중 진정한 친구 몇 명만 남게 되는 그런 외로운 나이라고 느껴진다. 이 시에는 그런 서른 살의 슬픔이 느껴진다. 내가 생각했던 어른의 모습과 너무 다를 수 있고 서른 살이 되면 엄청난 일을 할 것 같았던 어린 날의 나에게 부끄러움을 느낄지도 모른다. 그래서 이렇게 살기 싫다는 생각이 들 수도 있지만 이렇게 죽어버릴 수도 없는 그런 때. 이 시에서는 그럴 때 바로 서른 살이 온다고 말한다. 사람들은 살기 싫은 게 아니라 이렇게 살기가 싫은 거라고 말한다. 서른 살의 나는 그러지 않았으면 좋겠다. 어떤 사람이 되어 있든지 간에 너무 깊이 슬퍼하지 않았으면 좋겠다. 서른 살도 아직 젊은 나이이고 인생에 한 번밖에 없는 나이다! 서른 살이 됐을 때 이 시를 다시 읽어 보고 싶다. 느끼는 점도 다를 거고 감회가 새로울 것 같다.

자본주의 사연
함민복

성동구 금호 4가 282번지
네 가구가 사는 우편함

서울특별시의료보험조합
한국전기통신공사전화국장
신세계통신판매프라자장우빌딩
비씨카드주식회사
전화요금납부통지서
자동차세영수증
통합공과금
대한보증보험주식회사
중계유선방송공청료
호텔소피텔엠베서더
통합공과금독촉장

대우전자할부납입통지서
94토지등급정기조정결과통지서

이 시대에는 왜 사연은 없고
납부통지서만 날아오는가
아니다 이것이야말로
자본주의의 절실한 사연이 아닌가

　이 시를 읽고 우편함의 기능에 대해 생각해 봤다. 원래 우편함
은 편지를 전해 주는 기능을 가장 많이 했을 것이다. 그런데 요즘
은 편지는 정말 보기 드물고 납부통지서만 날아온다. 나는 이것
에 대해 한 번도 깊이 생각해 본 적이 없었다. 초등학생 때부터
친구들과 문자로 자주 주고받았기 때문에 편지를 쓰는 일은 거
의 드물었다. 하지만 초등학교 1학년 때 전학 간 친구에게 편지
를 보내 본 적은 있다. 그리고 요즘은 군대 간 오빠에게서 사연이
가끔씩 날아온다. 그 친구와 오빠에게서 올 편지는 언제쯤 도착
할까 하는 두근거리는 마음이 좋았다. 그리고 손수 손글씨로 꾹
꾹 눌러쓴 편지는 정성이 가득했다. 하지만 요즘은 그러지 않아
도 보내자마자 바로 도착하는 신문물이 발명되었다. 그래서인지
그때의 두근거림은 카카오톡 '1' 표시가 없어지는 것을 기다리는
두근거림으로 바뀌었다. 이런 채팅 앱 때문에 편지를 쓰는 사람

은 거의 없어졌다. 우편배달하는 분들도 얼마나 재미없을까. 보기만 해도 정성이 느껴지는 편지는 없고 항상 딱딱한 납부통지서만 배달하는 건 정말 재미없는 일일 것이다. 하지만 시에서는 이것이야말로 "자본주의의 절실한 사연"이라고 표현한다. 통지서에 담아 전달되는 자본주의의 사연. 우리는 어느새 자본주의에 적응하며 살고 있다. 우편함에 통지서만 가득해도 이상할 것 없는 그런 자본주의의 삶을 살고 있다. 이러다가 우편함의 이름이 통지서 보관함으로 바뀔지도 모른다. 이런 자본주의에 잘 적응해서 살고 있다는 게 한편으로는 씁쓸하기도 하다.

　나는 고등학생이 되기 전에 시를 접한 적은 학교 수업 말고는 거의 없었다. 그리고 시는 이해하기 어렵고 지루하다고 생각했다. 하지만 매주 시 외우기 활동도 하고, 이렇게 수행평가로 시집 비평도 하니까 다른 학교보다 시를 접하는 기회가 많았다. 이번에 시집을 고를 때 안에 무슨 시가 있나 살펴보는데 익숙한 시들이 많았다. 어디서 봤는데? 하는 시들은 전부 2년 동안 학교에서 외운 적 있는 시였다. 내가 기억하고 있는 것도 신기했고 매주 외우다 보니 생각보다 많은 시들을 알게 된 것 같아 뿌듯했다. 그러면서 시에 대한 생각도 점차 바뀐 것 같다. 이제는 시가 가진 매력을 알게 되었다. 길지 않은 문장이 이렇게 많은 생각을 하게 해준다는 게 신기했고 이제는 좋아하는 시인까지 생겼다. 이주형 선생님 시간에 윤동주 시인의 작품을 대여섯 개 정도 봤는데 너무 감동적이었다. 그래서 이번에 윤동주 시인의 시집을 읽어 보고 싶었지만 누가 빌려갔는지 윤동주 시집이 안 보였다. 하지만 그래서 더 다양한 시들을 접할 수 있었던 것 같다. 이번에 고른 시집은 이해하는 데 어려운 점도 딱히 없었고 내가 느낀 점들을 쓰다 보니 즐거운 수행평가가 된 것 같다. 글을 적는 내내 생각하는 게 너무 즐거웠다. 나뿐만 아니라 이런 시집 활동을 통해 시의 즐거움을 느낀 친구들이 많을 것이다. 그런 점에서 이번 시집 읽기 활동은 친구들에게 더 다양한 시들을 접하게 하고 자신의 생각을 쓰게 함으로써 시의 재미를 알게 해 주는 좋은 활동인 것 같다.

고통과 의지와 민족의 얼

윤동주《하늘과 바람과 별과 시》

정선영

　시집의 전체적인 느낌은 '열의'와 '애상'의 공존이었다. 어떤 시에서는 그의 임을 한없이 그리워하는 서정적 면모를 띠면서도, 또 어떤 시에서는 목표를 향한 숭고한 의지가 돋보였다. 이것들도 내 이목을 끌기 충분했지만, 무엇보다 내가 이 시집을 고른 이유는 크게 두 가지이다. 첫 번째는 단연 윤동주의 시집이어서다. 난 그의 시적 표현 방식을 굉장히 좋아한다. 아니, 사랑한다. 그가 나타내고자 하는 참뜻을 알기 위하여 계속해서 곱씹어 보면, 절로 감탄이 나올 뿐이다. 그리고 두 번째 이유는 그의 생애 마지막 시집이기 때문이다. 독립운동을 하며 겪은 수많은 고통과 의지와 민족의 얼이 이 한곳에 속속들이 들어 있으리라 짐작하여 그의 옥사 10년 후 발행된 이 전집을, 이름마저도 낭만적인

이 전집에 들어 있는 여러 영혼을 읽었다. 여기 이 시집에서야 감동적이고 훌륭한 시들은 한없이 많았지만 그중에서도 나에게 가장 큰 감명을 주었던, 특히나 내가 계속하여 음미해 보았던 시를 소개하려 한다.

눈 오는 지도

순이가 떠난다는 아침에 말 못할 마음으로 함박눈이 내려, 슬픈 것처럼 창밖에 아득히 깔린 지도 위에 덮인다.
　방 안을 돌아다보아야 아무도 없다. 벽과 천정이 하얗다. 방 안에까지 눈이 내리는 것일까. 정말 너는 잃어버린 역사처럼 홀홀이 가는 것이냐. 떠나기 전에 일러둘 말이 있던 것을 편지로 써서도 네가 가는 곳을 몰라 어느 거리, 어느 마을, 어느 지붕 밑, 너는 내 마음속에만 남아 있는 것이냐. 네 조그만 발자욱을 눈이 자꾸 내려 덮어 따라갈 수도 없다. 눈이 녹으면 남은 발자국 자리마다 꽃이 피리니 꽃 사이로 발자욱을 찾아 나서면 일 년 열두 달 하냥 내 마음에는 눈이 내리리라.

이 시를 처음 읽었을 때는 그저 감탄만 나올 뿐이었다. 두 번째로 읽었을 때는 내 마음 깊숙이 감동이 퍼져 나갔고, 세 번째로 읽었을 때는 그의 슬픔이 나에게까지 느껴졌다. 떠나가버린 임을 향한 그리움이 흰 눈에 베어 나에게 내리는 듯했다. 사랑하는 사람이 이미 떠나간 새하얀 함박눈, 벽과 천정은 혼자 남겨진 그를 더욱 쓸쓸하게 만들었다. "일 년 열두 달 하냥 내 마음에는 눈이 내리리라"는 임이 떠났던 어느 눈이 내리던 날을 오랫동안 잊지 못할 것을 뜻한다. 그 새하얀 곳에서, 임도 없고 임에 대한 그의 마음만이 덩그러니 남아 있는 그의 모습이 그려졌다. 이미 떠나간 그 사람을 향하여 애타게 찾아다니는 그의 마음도 함께 말이다. 임에게 전해 주지 못한 편지는 투명한 눈물로 적셔질 듯했다.

괜히 그가 겪은 슬픔, 그리고 그가 앞으로 느낄 임에 대한 애절한 그리움들이 내 눈길을 붙잡아 한동안 놔주지 않았다. 그는 얼마나 슬퍼했으며 앞으로는 또 얼마나 그리운 나날들을 보낼지 가슴이 시리고 먹먹해졌다. 새하얀 하늘에서는 그리운 임을 만났길 간절히 바라고 또 바란다. 이별이 있기에 만남이 있는 거라고들 하지만 그 이별의 또 다른 끝엔 재회가 있었으면 하는 생각이 드는 시였다.

십자가

쫓아오던 햇빛인데

지금 교회당 꼭대기
십자가에 걸리었습니다.

첨탑이 저렇게도 높은데
어떻게 올라갈 수 있을까요.

종소리도 들려오지 않는데
휘파람이나 불며 서성거리다가,

괴로웠던 사나이,
행복한 예수 그리수도에게처럼
십자가가 허락된다면

모가지를 드리우고 꽃처럼 피어나는 피를
어두워가는 하늘 밑에
조용히 흘리겠습니다.

　첫 번째 시는 그리운 임을 향한 애상적인 시였기에, 두 번째 시는 이와 반대의 주제를 소개하려 한다. 위의 시에서는 그의 비애가 드러난 애상적인 분위기였다면, 이 시는 그의 견고함이 성스러운 분위기를 자아냈다. "쫓기는 햇빛" "높은 첨탑", 들리지 않는 종소리에도 예수 그리스도는 '행복하게' 희생을 하여 결국 햇빛은 "교회당 꼭대기/ 십자가"에 걸리었다. 쫓기는 햇빛과 높은 첨탑, 늘리지 않는 종소리라는 암울하고 비극적인 당대의 현실에도 불구하고 예수 그리스도의 희생을 통해, 햇빛은 높은 곳에 걸릴 수 있었다는 해피엔딩이 아닐까 생각한다. 이 시에서 작자는 예수가 되길 원한다. 아니, 정확히 말하자면 무언가 대상을 위하여 희생을 하고, 이를 통해 목표를 성취하고 싶어 한다.

나는 이 시를 재차 읽으며 그가 희생하길 바라는 대상은 조국이라는 것에 확신을 했다. 희생을 할 수 있다면 기꺼이 꽃, 즉 자신의 목숨을 조국의 독립을 위하여 바치겠다는 뜻으로 다가왔다. 쫓기던 햇빛이 십자가에 걸리었다거나 목숨을 꽃에 비유한 것은 그가 독립에 대한 희생 의지가 있었기에 더욱더 두각이 드러났다. 이는 그가 그리 직설적인 화법이나 명령형 어조를 사용하지 않았음에도 그의 굳센 의지와 조국에 대한 사랑을 나타내는 데 큰 기여를 했다. 그의 견고한 의지로 인해 잔잔한 마음에 큰 파도가 일은 듯했다. 왜 이런 감동적인 시를 이제야 알았는지 무지한 과거의 나에 대한 아쉬움이 생겼다. 정말 감동적이고 이 감정을 감히 형용할 수 없을 정도로 훌륭한 시다.

평소에 시에 대해서는 나는 시험 출제 내용이라고 생각했다. 이 시는 어떠한 성격을 띠며 이 구절은 무엇을 뜻하는지 암기했을 뿐이고, 시에 대한 얕은 이해와 무조건적인 암기만을 했기에 시를 충분히 즐길 수 없었던 듯하다. 그러나 시를 읽을 수 있었던 시간이 두 시간이나 주어지자, 처음에는 시를 읽는 것이 책에 비해서 짧고 간결하다는 생각뿐이었지만 책장을 넘기면 넘길수록 나에게 좀 더 친근하고 마음 깊숙이 다가왔다. 시를 되뇔수록 깊어지는 감정도 새로웠다.

시집 읽기 활동은 평소 가질 수 없었던 마음의 여유를 갖게 해주고, 또 내면의 성장을 이루게 해 주었다. 학교생활을 하면서 무언가에 빠져 깊은 감동을 느끼거나 타인의 의견에 대하여 깊이 생각하고 또 이해한 적이 꽤 많지 않았는데, 잠깐이라도 이렇게 되어 굉장히 뜻깊은 시간이었다. 시집 읽기 활동의 가장 큰 장점은 시를 통한 시인 고찰이라 생각한다. 나는 이 시를 통해 윤동주라는 열사를 더욱 깊이 알게 되었으며, 더욱 존경하게 되었다.

시는 곧 시인의 내면이라고 하고, 시는 시인 자체라 해도 과언이 아니다. 시인의 생각과 가치관이 시에 그대로 나타나기 때문이다. 윤동주 시인의 시들을 통해 그를 더 알게 되었고, 이해하게 되었고, 존경하게 되었다. 그가 숨 쉬었던 시대에서, 나 스스로 그가 되어 그의 생각을 조금이라도 엿볼 수 있어서 기쁘다. 윤동주 시인은 지금쯤 차가운 쇠창살 너머로 바라보았던 별이 되어 있으면 한다. 그리고는 하아얀 세상에서 그리워하던 임을 만난 채, 독립이 이루어진 조국을 내려다보길 간절히 바란다. 그래서 내 마음에 따뜻한 감동을 주었던 것처럼 타인에게 감동을 받고,

또 행복하시길 바란다. 그리고는 앞으로 펼쳐질 멋질 나날들을 하늘에서 내려다보시며 시를 써 주셨으면 하고 감히 바란다. 우리도 당신을 잊지 않을 테니, 우리도 당신의 숭고한 정신을 영원토록 기억할 테니. 자연과 나라와 조국을 사랑한 윤동주 시인께.